가리키네
KB251551

무적타가
無敵多家

無敵多家 5

신독 新무협 판타지 소설

초판 1쇄 찍은 날 § 2005년 4월 11일
초판 1쇄 펴낸 날 § 2005년 4월 21일

지은이 § 신독
펴낸이 § 서경석

편집장 § 문혜영
편집책임 § 유경화
편집 § 장상수 · 김민정 · 최하나

펴낸곳 § 도서출판 청어람
등록번호 § 제1081-1-89호
등록일자 § 1999. 5. 31
어람번호 § 제2-0571호

주소 § 경기도 부천시 원미구 심곡1동 350-1 남성B/D 3F (우) 420-011
전화 § 032-656-4452   팩스 § 032-656-4453
http://www.chungeoram.com
E-mail § eoram99@chollian.net

ⓒ 신독, 2004

ISBN 89-5831-496-6 04810
ISBN 89-5831-315-3 (SET)

무적다가 無敵多家

5 무적관문

신독 新무협 판타지 소설

Fantastic Oriental Heroes

도서출판 청어람

|목차|

제35장 소혼시독(消魂屍毒)

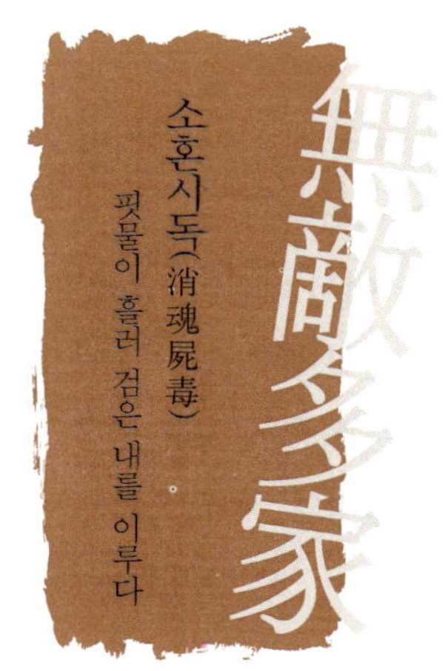

"아직 멀었나?"

"생각보다 지반이 훨씬 단단한 것 같습니다."

"그래? 폭우뢰(暴雨雷)를 모두 써도 상관없다. 무적다가 놈들이 운중곡 밖으로 튀어나올 때까지 계속 터뜨리도록."

"옙!"

발밑에 넘실대는 운중곡의 안개를 굽어보며 무곡은 눈을 빛냈다.

무곡의 명을 받은 성군(星軍)들은 운중곡의 끝에 버티고 선 거대한 바위 봉우리의 곳곳에 계속 폭우뢰를 장치해 터뜨렸다.

쿵쿵 소리를 내며 자욱한 폭음과 함께 연기가 치솟아올랐으나, 얼마나 단단한 암석으로 이루어졌는지 아직도 바위 봉우리는 제 형태를 유지하고 있었다.

무곡의 입이 열리며 은은한 살기(殺氣)가 감도는 묵직한 음성이 터져 나왔다.

"어서 나와라. 문곡과 염정의 원수를 갚아주마."

발밑에 흐르는 독 안개를 굽어보며 운중곡을 감싼 절벽 정상에서 무곡은 차츰 살기를 돋우었다.

절벽의 위에는 검은 피풍의를 휘날리는 현성교의 정예들이 무곡의 명만을 기다리며 빼곡하게 서 있었다.

*　　　　*　　　　*

동굴 천장이 우르르 소리와 함께 흔들리며 주먹만한 돌멩이들이 쿵쾅거리며 떨어져 흙먼지가 자욱하게 일어났다.

진파는 눈도 깜박이지 않았다. 진파의 눈은 오직 풍협만을 향한 채였다.

풍협은 눈을 감고 있었다.

사방으로 폭주하던 검은 독무(毒霧)는 모두 풍협의 몸속으로 빨려 들어갔으나, 아직도 풍협은 운공 삼매경에 빠져 있었다.

진파가 동굴 천장을 향해 힐끗 시선을 돌렸다.

균열을 일으켰던 동굴 천장의 틈바구니가 점점 더 벌어지는 것이 보였다. 날카롭게 쪼개진 돌 덩이들이 쿵쿵 소리를 내며 동굴 바닥에 떨어져 박혀 들었다.

풍협의 운공 때문이든, 외부의 충격 때문이든 더 이상 동굴 안에 있는 것은 위험하기 짝이 없었다.

천장의 균열과 흔들림은 풍협의 운공 때문이라 보기엔 너무 심하게 요동을 쳤다. 아무래도 외부에서 인위적인 충격이 가해지고 있음이 틀림없었다.

‘현성교 놈들일까……?’

마음은 다급하기 짝이 없었으나 진파의 표정은 별다른 변화가 없었다.

그가 여기서 동요를 일으키면 뒤에 남은 사람들은 더욱 불안할 것이라는 사실을 진파는 잘 알고 있었다.

꼭 움켜잡은 벽화의 손에서 갑자기 힘이 느껴졌다. 그러나 진파는 벽화를 바라보지 않았다. 볼 수 없었다. 이렇게 가까이 서서 그녀의 눈빛을 받을 자신이 없었다.

‘동생은 아니겠지만……. 빌어먹을! 아닐 거야! 지금 이런 생각할 때가 아니야!’

진파는 벽화의 말없는 격려를 애써 마음에서 지우며 빠르게 생각을 정리했다. 그의 시선은 여전히 풍협을 향해 고정된 상태였다.

‘아직 운중곡에 가득 찬 독 안개는 그대로다. 지금 곡 밖으로 나갈 수 있는 사람이 나와 벽화밖에 없어. 아버지가 빨리 깨어나셔서 시독을 흡수하셔야 하는데…….’

칠성벽쇄진으로 안개를 피워 가두어둔 시독은 풍협만이 거둘 수 있다 했다. 모두가 무사히 운중곡을 빠져나가려면 반드시 풍협의 운공이 무사히 끝나야만 했다.

“진파야! 위!”

그때 뒤에서 날카로운 호통이 들려왔다. 유현의 다급한 외침에 고개를 드니 집채만한 바위가 진파와 벽화의 머리 위로 떨어져 내리는 것이 보였다.

“젠장!”

벽화가 손을 쓰려 했으나 진파가 한발 더 빨랐다. 진파의 허리춤에서 철가장에서 얻은 검, 철우가 빛살처럼 뽑혀 올랐다.

소리도 없이 뽑힌 검은 반 호흡도 안 되는 짧은 시간을 가르고 다시 검집으로 돌아갔다.

허리춤에서 시작된 철우의 눈부신 궤적을 따라 진파와 벽화의 머리 위로 떨어지던 바위가 그대로 두 쪽으로 갈라져 굉음을 울리며 바닥에 떨어졌다.

“허……. 진파가 확실히 새로운 경지에 들어섰구나.”

진파에게 경고를 보냈던 유현이 고개를 끄덕이며 감탄하자, 옆에 서 있던 철정이 의아한 듯 물었다.

“진파 실력이면 저 정도는 전에도 가능했을 텐데요?”

“물론이다. 하지만 같은 바위를 베었다 해도 어떻게 베었느냐가 중요하지. 진파는 지금 쾌검으로 저 바위를 갈랐다. 진파의 쾌검은 검병을 손가락으로만 잡지. 오직 한 점을 노려 전신의 힘을 검끝에 모아야 한다. 그런데 진파는 그 쾌검식으로 찌른 것이 아니라 아예 바위를 갈라 버렸구나. 전보다 한 단계 성장한 것이 분명해.”

“그렇군요…….”

철정의 눈은 진파의 등을 향했다.

한때는 자신과 그리 수준 차이가 나지 않았다. 어느새 훌쩍 앞서 나간 진파를 보며 철정은 자신도 모르게 씁쓸한 감정이 솟구치는 것을 느끼고는 그만 당황하고 말았다.

그 생경한 감정은 질시였다.

‘내가 이 정도밖에 안 되는 놈이었던가? 지금 진파를 질투하는 거

냐? 철정! 정신 차려라! 지애의 복수를 하려면 딴생각할 틈이 없잖아!'

철정은 자신의 양볼을 짝 소리나게 두드렸다.

"철 소협, 왜 그래요?"

평소 비무 상대를 해주던 사후 막수옥이 걱정스러운 듯 묻자 철정은 딱딱하게 굳어버린 얼굴로 고개를 흔들었다.

"아무것도 아닙니다."

삭막하게 눈을 빛내는 철정을 바라보며 막수옥은 입술을 깨물었다. 듣고 싶었다, 지금 어떤 생각을 하는지. 감싸주고 싶었다, 정인(情人)을 잃은 철정의 마음을. 그러나 철정은 좀체 막수옥에게 마음을 열지 않았다. 막수옥은 안타까운 눈으로 철정을 바라보다 그의 시선을 따라 고개를 돌렸다. 철정의 시선 끝에는 진파와 벽화가 있었다.

두 사람은 잡았던 손을 놓고 풍협을 향해 몸을 날리고 있었다.

풍협의 머리 위로 떨어져 내리던 돌 조각들이 진파와 벽화에 의해 산산이 부서져 흩어졌다. 진파의 검과 벽화의 소수(素手)가 허공에 난무했다.

"우리도 도와야 하는 것 아닐까요?"

철정의 말에 유현은 고개를 흔들었다.

"넌 저 독에 당해보지 않아서 잘 모른다. 중독되는 즉시 온몸을 움직일 수 없고, 말도 할 수 없어. 도와주려다 오히려 짐이 될 수도 있음이야. 지금은 지켜보는 수밖에 없다."

진파가 돌연 훌쩍 신형을 날려 풍협의 앞으로 내려서며 벽화를 향해 고개를 돌리는 것이 보였다.

진파의 날카로운 호통이 이어졌다.

"넌 오지 마!"

진파를 따라 신형을 날리던 벽화가 움찔 몸을 멈추었다.

풍협의 앞에 선 채 고개만 뒤로 돌린 진파는 벽화의 얼굴을 보고 있지 않았다. 벽화를 향해 말하고는 있었지만 그의 시선은 벽화를 향해 있지 않았다.

벽화는 숨이 막혀왔다.

자신을 보며 말하라고 소리치고 싶었다. 그러나 벽화의 입에서 튀어나온 말은 잠겨들듯 무거운 한마디뿐이었다. 절로 목소리가 떨려왔다.

"……왜?"

진파의 눈썹이 잘게 꿈틀거렸다. 아무것도 아닌 한마디를 건네기가 왜 그리 어려운 것일까.

진파는 아예 고개를 돌려 버렸다.

벽화를 마주 대하기가 너무 힘들었다. 친동생일지도 모른다는 생각은 이전엔 없었던 수많은 머뭇거림을 갖게 했다. 예전처럼 자연스럽게 벽화를 대할 수 없었다.

진파는 저도 모르게 어금니를 질끈 깨물었다.

숨을 들이켰다. 가까스로 평온함을 가장한 목소리가 벽화를 향했다.

"거기서 우리를 엄호해 줘. 난 아버지의 운공을 도와야겠다. 네 무적심공으론 불안해. 넌 중독의 위험이 있으니까 여기 오면 안 돼."

벽화의 대답은 들려오지 않았다. 어떤 표정으로 자신을 바라보는지조차 알 수 없었다.

뒤통수가 따가운 것을 느끼며 진파는 두 눈을 감고 있는 풍협을 향해 손을 뻗었다.

"아버지, 제가 운공을 돕겠습니다. 제 진기를 받아들이세요."

풍협이 들을 수 있을지조차 알 수 없었지만 진파는 전음을 보냈다.

지금은 한시라도 빨리 풍협의 운공이 끝나도록 모든 힘을 기울일 수밖에 없었다. 운공 도중에는 절대 독무(毒霧) 가까이 접근하지 말라는 풍협의 당부가 있었지만, 진파는 그런 것을 따질 경황이 없었다.

이대로 동굴이 붕괴된다면 이백이 넘는 목숨이 생매장당할 판이다. 아직 운중곡에 가득 찬 독 기운을 견딜 수 있는 이도 없으니 밖으로 나갈 수도 없었다.

방법은 단 하나, 풍협의 운공이 빨리 끝나도록 그가 돕는 수밖에 없었다.

그마저 중독될지도 몰랐지만 그 수밖에는 없었다.

그때 진파의 눈앞에 불쑥 벽화의 얼굴이 나타났다.

"벽화야!"

진파가 깜짝 놀라 벽화를 불렀으나 그녀는 대답하지 않았다.

딱딱하게 굳어 있는 벽화의 표정은 유리를 깎아 만든 조각처럼 핏기 하나 보이지 않아 창백하기만 했다. 빨간 입술이 열리며 벽화는 참았던 불만을 한꺼번에 토해냈다.

"오빠! 도대체 왜 그래? 뭐가 문제야? 왜 자꾸 날 피하는 거야? 왜? 왜!"

불길이라도 내뿜듯 퍼부어대는 벽화의 목소리에 진파의 음성도 커졌다. 진파의 마음은 급하기만 했다.

"무슨 짓이야? 네가 아무리 무적심공을 익혔다고 해도 이렇게 가까이 다가오는 건 자살 행위야! 중독되고 싶어? 당장 저리 가지 못해!"

풍협의 가슴을 향해 뻗어가던 손으로 벽화의 손목을 잡아챘지만 벽화는 물러서지 않았다.

꼭 다문 입매에 서린 고집이 한 걸음도 물러서지 않겠다는 의지를 드러냈다. 벽화는 진파를 똑바로 바라보며 한마디씩 끊어 분명히 외쳤다.

"대답해. 왜 날 피하는 거야?"

진파와 벽화의 눈이 마주쳤다.

하고픈 말은 너무나 많았다.

그러나 할 수 없었다.

무엇을 말한단 말인가. 어떻게 말한단 말인가.

진파의 목소리는 밑바닥까지 잠겨 쉿소리를 냈다. 그의 눈은 어느새 벽화의 눈을 피하고 있었다.

"지금은 이럴 때가 아니야. 제발 비켜줘."

벽화는 고개를 돌린 진파를 향해 소리쳤다.

"지금 아니면 언제 말하겠다는 거야? 감추지 않기로 했잖아! 솔직히 다 말하기로 했잖아! 도대체 왜 그러는 거야?"

"제발 뒤로 물러서."

"오빠!"

"뒤로 가 있으란 말이야!"

진파의 얼굴은 무섭도록 일그러졌다.

고막이 울리도록 소리를 질렀으나 하나도 시원스럽지 않았다.

아팠다.

명치를 찌르는 고통은 이제까지 한 번도 경험해 보지 못한 날카롭고도 둔중한 충격을 진파에게 주었다.

멍하게 바라보는 벽화의 눈빛이 가슴을 시리게 한다. 한 번도 벽화에게 소리를 질러본 적이 없었건만. 벽화를 아프게 할 일은 절대 없을 것이라 생각했건만.

의도하지 못했던 상처를 주고받은 두 사람 사이로 조용한 음성이 흘렀다.

"진파야."

진파의 고개가 휙 돌아갔다.

풍협이 눈을 뜨고 있었다.

친친 얽혀 거대한 나무뿌리처럼 보이는 균사덩어리 속에 파묻혀 있던 풍협의 몸이 서서히 밖으로 빠져나왔다.

"성공하셨군요."

진파의 음성에는 기쁨의 빛이 담겨 있지 않았다. 눈을 뜬 풍협을 보고 있자니 원망만이 솟구친다.

벽이다.

하나의 벽을 넘었다고 생각했더니 새로운 벽을 안겨주었다. 아버지는 진파에게 벽이었다. 넘을 수 없는 고민만을 던져 주는, 외면하고픈 벽이었다.

풍협은 묵묵히 진파와 벽화를 보다가 고개를 저었다.

"시간이 모자라 무적독공(無敵毒功)을 완성하지 못했구나. 몸은 움직일 수 있겠지만 미완성의 독인(毒人)이 되어버렸다. 절대 내 몸을 만지지 말거라."

"독인이라고요?"

"그래."

검은 낯빛에 옷 밖으로 드러난 피부는 온통 까맸다.

만질 수도 없단다. 겨우 움직일 수 있게 되었는데 만지지도 말란다.

진파는 풍협을 바라보다 고개를 돌려 버렸다. 풍협의 얼굴을 마주 대하고 어떤 표정을 지어야 할지 알 수 없었다. 팽팽히 당겨진 턱에는 울퉁불퉁 어금니를 문 자국이 솟구쳐 올랐다.

"알겠습니다."

질끈 주먹을 움켜쥐었지만 힘이 들어가지 않았다.

좀 더 강했더라면.

좀 더 컸더라면.

풍협이 운공을 중단하고 눈을 뜬 것이 자신의 탓인 것만 같아 진파는 아버지를 바로 볼 수 없었다.

귓가에 조용한 풍협의 음성이 들려왔다.

"가자. 일단 이곳을 벗어나야 한다. 하나씩 문제를 해결해야 한다는 것을 잊지 말거라."

진파는 대답하지 않고 몸을 돌렸다.

아무런 말도 할 수 없었다.

고개를 돌리니 물끄러미 텅 빈 시선으로 자신을 바라보는 벽화가 보인다. 진파는 낮은 목소리로 겨우 한마디를 내뱉었다.

"나가서 얘기하자. 부탁해."

벽화는 무언가 말하려는 듯 망설이다 작은 한숨만을 내쉬었다.

몸을 날리는 진파의 뒷모습을 쫓아 경공을 전개하면서도 벽화의 얼굴엔 어떤 확신의 빛이 서려 있었다.

단순한 이유가 아닐 것이다. 무언가 말 못할 이유가 있는 것이 틀림없었다. 벽화의 마음은 점점 무겁게 가라앉았다.

둘의 뒷모습을 바라보는 풍협의 눈빛이 쓸쓸하게 빛났다.

"가주(家主)!"

무적다가의 이백오십여 가신들이 격동에 차 포권을 취했다.

그들의 앞에 선 풍협의 얼굴도 가늘게 떨렸다.

가신들의 얼굴을 하나하나 바라보면서 풍협의 얼굴은 미미하게 흔들렸다.

보이지 않는 얼굴들이 많았다.

고개를 돌리니 석상처럼 굳어 있는 오십여 인의 시신이 보였다.

구하지 못한 가신들.

그에겐 가족과 같은 이들이었다.

풍협의 눈 꼬리가 축축하게 젖어들었다.

그러나 그는 곧 고개를 돌렸다.

지금은 살아남은 자들을 온전히 살려야 할 때였다. 회한에 젖는 것은 그 후라도 늦지 않는다.

멀리서 들리는 폭음 소리와 함께 동굴이 계속 비명을 토하고 있었다.

풍협은 자신을 찾아 이 죽음의 절지로 망설임없이 뛰어든 가신들을 하나하나 바라보았다. 눈이 마주치는 가신들마다 빙긋 웃으며 고개를 끄덕인다. 스치는 눈인사 사이로 수많은 말들이 오갔으나, 쿵쾅거리며 붕괴 중인 동굴 속에서 그들은 묵묵히 침묵을 지켰다.

마침내 풍협의 입이 열렸다.

“공 노인.”

“말씀하슈.”

“갑시다.”

“그 말을 기다렸소!”

풍협이 몸을 날려 선두에 서고, 그 뒤를 따라 이백여 가신이 획획 신형을 날렸다.

“우리도 가자.”

유현의 말을 따라 소수마후들과 철정이 몸을 날렸다. 맨 뒤에는 진파와 벽화가 나란히 몸을 세우고 있었다.

그들의 뒤로 쿵쾅거리며 동굴 천장이 주저앉기 시작했다.

＊　　　＊　　　＊

무곡은 휘휘 몸을 날려 절벽을 타고 내려와 운중곡의 입구에 버티고 선 임후생의 앞에 섰다.

절도있는 포권을 취한 무곡이 임후생을 향해 입을 열었다.

“교주님, 조금만 있으면 운중곡 끝의 마후전(魔后殿)을 붕괴할 것입니다.”

“그런가?”

“예! 그 안에 얼마나 되는 인원이 있는지는 모르겠지만 곧 모습을 드러낼 수밖에 없을 겁니다.”

임후생은 운중곡의 입구를 향해 조용히 검은 시선을 던졌다. 눈자위까지 검게 물들어 있는 임후생의 눈에는 아무런 감정도 실려 있지 않았다.

“시독(屍毒)으로 오염된 이곳을 세상과 격리하고 있었던 것인가. 과연 무적다가의 풍협이로군.”

조용히 혼잣말을 내뱉은 임후생은 투명한 벽에 가로막힌 듯 입구에서 벗어나지 않는 하얀 안개를 바라보았다. 운중곡에 설치한 진법이 안개를 계곡에 가두기 위한 것이라는 게 임후생의 신경을 건드렸다.

“곧 죽어도 무림의 수호자다, 이건가?”

죽음의 안개.

운중곡 안에 가득 찬 안개는 누구도 해독할 수 없는 치명적인 독을 품고 있었다.

애초에 풍협이 이곳에 뼈를 묻었으리라곤 생각하지 않았다.

자신조차도 감당할 수 없는 독이었기에 풍협도 그러리라 생각한 것뿐이었다.

곡 자체를 없애 버리자고 수차례 탄원이 올라왔을 때에는 풍협은 죽었을 것이라 가볍게 묵살한 임후생이었다.

아들의 원수가 풍협이라 생각한 적은 없었다. 아들의 사지가 잘린 그 참혹한 장소에 임후생이 도착했을 때는 이미 풍협은 떠나고 없었다.

아들의 사지를 자르고 무공을 폐한 이들은 무맹의 인물들이었지 풍협이 아니었다. 그의 당당함과 호기에는 임후생도 감탄하는 바였다. 하지만 아들의 폭주를 무릎 꿇린 이는 당시 스무 살도 안 된 풍협이었다. 현성교의 정당한 징벌을 방해한 자는 무적다가의 풍협이었다. 임후생은 그것을 잊지 않고 있었다.

상념을 깨고 무곡의 보고가 들려왔다.

"운중곡의 양편 절벽에는 무곡성군이 진을 치고 있습니다. 입구에서 광명정까지는 요소요소에 문곡성군과 염정성군이 매복했습니다."

"그런가?"

"그들은 절대 이곳을 빠져나가지 못할 것입니다. 무맹의 총력이 이 안에 있더라도 이 지형에서 삼 개 성군의 전력은 절대 감당할 수 없으리라 자신합니다."

"그들은 무적다가야. 잊지 말게."

"존명!"

무곡은 힘차게 복명하고 다시 몸을 날려 절벽 위로 사라져 갔다.

임후생의 시선은 흔들림없이 운중곡의 입구를 향한 채였다.

"이제 만날 수 있는 것인가? 오겠지?"

임후생도 운중곡에 퍼진 시독을 다스릴 자신은 없었다.

하지만 상대는 풍협이었다.

누구도 감당할 수 없으리라 자신했던 그의 아들을 깨끗하게 패배시킨 무적다가의 당대 가주였다.

그를 직접 대면하고 싶어 운중곡 폭파 제의를 물리쳤던 임후생이었다.

"살아 있겠지? 독을 다스리고 내 앞에 나타나겠지?"

풍협이 살아 있다는 것은 운중곡에 설치된 진법을 보아서도 틀림없었다.

임후생의 전신을 싸고 돌던 검은 안개가 꿈틀꿈틀 움직이기 시작했다.

임후생의 나직한 목소리가 운중곡에 조용히 울려 퍼졌다.

"그래야 할 게야. 그래야 나도 그대 앞에서 그대의 아들을 병신으로 만들어줄 것이 아니겠는가."

*　　　　*　　　　*

"진파야."

풍협의 부름에 진파는 앞으로 나섰다.

빽빽이 통로를 메우고 있던 무적다가의 가신들이 길을 터 비켜주었다.

그들의 사이를 통과하는 진파를 바라보는 두 눈엔 무한한 기쁨이 서려 있었다. 그 눈빛 속에 담긴 기대와 자부심을 한 몸에 느끼면서도 진파는 그 시선들이 부담스럽기만 했다.

어울리지 않는 옷을 걸친 것마냥 진파는 거추장스럽기 짝이 없었다.

풍협의 바로 뒤에 있던 공철이 진파의 어깨를 툭 쳤다.

"소주(少主)! 얼굴을 펴시오. 소주는 당당한 무적다가의 후예라오."

'알고 있어. 그래서 화나는 거야.'

공철의 전음을 들으며 진파는 자신이 느낀 거북한 감정의 정체를 그제야 알아챌 수 있었다.

무적다가의 당대출도객.

진파에겐 하등의 가치도 없는 칭호였다.

너무도 실감이 나지 않는 가문이다. 얼마 전까지 보잘 것 없는 무관의 집안이라 알고 있었던 그의 집안이 무림의 태두에 우뚝 선 무적다가라니.

무림의 평화 수호와 대의명분.

그따위 건 한 번도 생각해 보지 않았다. 그런 것이 가치있다고 여겨 본 적도 없었다.

그에게 그런 가치관을 심어준 이는 바로 눈앞에 보이는 양괴 공철이었다.

자유로운 독행대로(獨行大路)를 가르쳤던 공철이 아니든가. 대의의 무가치함을 가르쳤던 공철이 아니든가.

진파는 지그시 공철을 노려보았다.

공철의 노안(老眼)에 담긴 장난기가 진파의 마음을 조금 풀어지게
했다.

"소주는 뭐가 어찌 되었건 나의 소주요. 소주의 길을 가시오. 딴 건
신경 쓰지 마쇼. 내 할 말은 그것밖에 없소이다."

"알고 있어. 그렇게 할 거야."

"갑자기 쏟아진 후광에 당황할 필요 없소. 그렇다고 갑자기 소주가
잘나진 건 아니니까. 하지만 외면할 필요는 없지 않소? 맘껏 이용하시
오. 쓸 건 쓰되 자신을 잃지만 않으면 그만 이외다."

진파는 잠시 공철을 바라보다 힘차게 고개를 끄덕였다.

"알았어."

진파는 지나치는 공철에게 한마디 덧붙였다.

"고마워, 할배."

공철의 얼굴에 빙긋 웃음기가 떠올랐다.

"저 왔습니다, 아버지."

진파가 옆에 서자 풍협은 고개를 끄덕였다.

"칠성벽쇄진은 다 파악했겠지?"

"예."

"운중곡은 이미 완전히 포위되어 있구나. 너도 느낄 수 있느냐?"

진파는 눈앞에 넘실대는 안개 벽을 바라보며 고개를 끄덕였다.

한 걸음만 더 디디면 안개 가득한 운중곡이다. 좌우가 깎아지르는
벼랑으로 이루어져 있어 벼랑 정상에 버티고 선 현성교도들의 기파(氣
波)를 온몸으로 감지할 수 있었다.

"엄청난 수로군요."

"그렇다."

"어찌하실 생각입니까?"

"너라면 어쩌겠느냐?"

진파는 풍협의 반문을 받고 사천의 절곡에서 현성교와 맞부딪쳤던 일을 떠올렸다.

그때의 지형도 운중곡과 비슷했다.

차이점이라면 운중곡을 이루고 있는 벼랑이 그때보다 더욱 높고 험악하다는 것뿐.

"계곡 밖에도 적이 있겠지요?"

"그럴 것이다. 엄청난 기운이 느껴지는구나. 아마도 현성교주가 직접 오기라도 한 모양이다."

"현성교주가요?"

진파의 눈이 경련을 일으켰다. 소수마후들을 데리고 아버지를 찾았던 이유가 무엇이던가. 바로 현성교주의 제령술을 두려워했기 때문이 아니던가. 진파는 절로 마음이 긴장되는 것을 참을 수 없었다.

"그래, 정신을 집중해 보거라. 너라면 그의 존재를 발견할 수 있을 것이다."

진파는 풍협의 말대로 온 정신을 모아 운중곡의 출구 쪽을 관찰했다.

풍협의 말대로였다.

어둡고 음습한 마기가 스멀스멀 피어오르는 것이 느껴졌다. 손끝이 떨려왔다. 유현이 마정에 있을 당시에 느꼈던 마기와는 비교도 되지 않는다. 이건 사람이 뿜어낼 수 있는 마기가 아니었다.

진파는 질끈 이를 물었다.

"전에도 이런 지형에서 저들과 싸운 적이 있습니다."

“그래?”

“하지만 그때는 출구 쪽에 적이 없었어요. 그때보다 지형도 나쁘고 상황도 안 좋습니다.”

“어찌하는 것이 좋겠느냐?”

진파는 풍협을 바라보았다.

아버지는 자신에게 무엇을 요구하는 것일까.

이런 긴박한 상황에서 전술 교육이라도 하려는 것일까?

그러나 지고 싶지 않았다. 상대가 비록 아버지일지라도. 아니, 아버지이기 때문에.

“현성교주가 왔다면 벽화와 다른 누이들은 앞으로 나갈 수 없습니다. 아직 제령술에서 완전히 자유로워졌다 하기는 힘드니까요. 해독된 분들도 너무 오랫동안 시독과 싸웠기 때문에 제 실력을 발휘할 수 없습니다. 안개 속에 섞인 시독을 제거하더라도 정면 돌파는 불가능합니다. 게다가 따로 탈출할 수 있는 출구도 없으니 선택할 수 있는 길은 오직 하나입니다.”

진파는 계곡의 양 벽을 이루고 있는 벼랑을 가리켰다.

“이곳을 거슬러 올라가 단숨에 포위망을 뚫어야 합니다. 희생이 따르겠지만 이편이 피해를 최소한으로 막을 겁니다. 저라면 그렇게 하겠습니다.”

풍협은 흐뭇한 표정으로 고개를 끄덕였다.

“좋은 판단이다. 내 생각도 너와 같다. 하지만.”

풍협은 한 걸음 내디뎠다.

운중곡의 안개 속으로 성큼성큼 걸어간 풍협은 뒤로 돌아 진파를 바라보았다. 안개 속에 선 풍협은 진파를 향해 부드럽게 미소를 보냈다.

"희생이 따를지라도 피해를 최소화하겠다는 발상은 좋았다. 하지만 하나를 놓쳤더구나. 이 벼랑을 뚫더라도 입구에 버티고 선 현성교주는 어찌할 셈이더냐? 그러면 단숨에 우리를 추격할 게다. 또한 그 말고도 황산 자락에 또 다른 매복이 버티고 있다면?"

"……!"

진파는 풍협을 바라보다 흠칫 숨을 삼켰다.

아버지는 그를 보며 웃고 있었다.

태연히 웃고 있는 얼굴 뒤에 숨은 결의가 느껴져 진파는 다급히 입을 열었다.

"아버지!"

"황산을 빠져나가면 산동으로 가라. 네 무적심공은 닥바지에 달해 있으니 곧 완성할 수 있을 게다. 네가 가야 할 곳은 산동에 있다. 그것밖에는 가르쳐 주지 못하겠구나. 할아버지를 만나면 모든 것을 알 수 있을 게다."

"아버지! 안 됩니다! 아버지 몸도 정상이 아닙니다! 무슨 소리를 하시는 겁니까? 모두 함께 포위망을 뚫으면 됩니다!"

진파의 목소리가 높아졌다. 아버지에 대한 반감은 아직도 마음 한 구석에 남아 있었지만 그런 것은 문제도 아니었다.

풍협은 혼자 남으려 하고 있었다. 자신 혼자 현성교의 추격을 막는다 말하려는 것이 아닌가.

진파를 바라보는 풍협의 눈은 웃고 있었다.

"너도 명심해라. 가문의 수장이란 자신에게 가장 엄격해야 한다. 내 너에게 이런 말을 할 수 있는 면목은 안 선다만……. 상황을 잘 보거라. 네가 말한 대로 아직 벽화나 다른 아이들의 제령술은 완벽하게 풀리지 않았다. 가신들의 몸 상태는 말이 아니다. 너도 느꼈겠지만 운중 곡의 절벽에 매복한 이들만 일류고수 오백이 넘는다. 현성교주도 입구 쪽에 버티고 서 있다. 뒤를 막을 사람이 필요한 건 너도 알고 있을 게 야. 그러니 내가 남는다."

"그럼 저도 남겠습니다! 왜 혼자서만……."

"그만. 이건 가주로서 내리는 명이다. 내게 방법이 있다. 운중곡에 퍼진 독기를 이용하면 충분히 가능한 방법이다."

"아버지!"

"그만! 아비가 누구라고 생각하느냐?"

"……."

"아비가 바로 풍협이다!"

갑자기 풍협의 몸에서 범접할 수 없는 위엄이 새어 나오기 시작했 다. 검게 물든 얼굴과 피부로도, 다 떨어져 나간 옷자락으로도 풍협의 당당한 위태를 가리지는 못했다.

진파는 풍협의 나직한 호통 한마디에 더는 아무 말도 할 수 없었다. 의지와 관계없이 절로 고개가 숙여진다. 한마디 제지도 할 수 없었다. 숨이 막힐 듯 엄청난 위엄을 뿜어내는 풍협의 기세에 진파는 더 이상 아버지를 말리지 못했다.

풍협은 외부로 개방했던 자신의 기파를 거두어들이며 공철을 향해 시선을 던졌다. 다정스러운 눈이었지만 엄격했다. 그는 지금 주인으로 서 공철을 대하고 있었다.

"공 노인, 진파를 도와주시오. 현성교의 발호가 문제가 아니오. 이 제 곧 다른 삼천교도 움직일 게요. 개왕 어르신을 만나 후일을 의논해 주시구려."

“주인…….”

공철이 떨리는 목소리로 무언가 말하려 했으나 풍협은 얼마 남지 않은 소맷자락을 휘둘렀다. 가벼운 그 손짓에 공철도 입을 다물었다.

이런 결정을 내릴 때의 풍협에게는 아무도 이의를 제기할 수 없었다. 눈앞에 서 있는 사람은 약관도 안 되어 협(俠)의 별호를 얻은 사내, 단지 혼자서 현성교의 폭주를 막아냈던 그 풍협이었다. 이것이 바로 무적다가의 당대 가주 풍협의 진면목이었던 것이다.

풍협은 공철의 말을 막고는 가신들을 향해 천천히 시선을 주었다.

“이곳은 내가 맡겠소. 다른 가신들도 고생이 많으셨소 못난 가주를 만나 그대들의 희생이 막심하였소. 진파를 잘 보좌해 주시오. 검치, 자네도 도와주게.”

“이보게, 풍협!”

유현도 다급히 풍협을 불렀으나 그의 귀에 들린 전음어 유현은 흠칫 믐을 떨 수밖에 없었다.

“내가 따라가지 못할 경우 벽화의 일을 잘 살펴주게. 저승길에서 한이 되지 않도록 말이야.”

“풍협!”

“이 방법밖에는 없네. 부탁하네. 내가 아비 노릇 좀 하게 도와주게나.”

풍협의 전음에 유현은 더 이상 말을 건네지 못했다. 그 또한 알고 있었다. 지금의 전력만으로 현성교와 맞상대를 하겠다는 것은 계란으로 바위를 치는 격임을. 땅이라도 치고 싶은 심정이었다. 시간이 부족했다. 조금만 더 시간이 주어졌더라도…… 조금만 더.

“저희도 함께…….”

한 걸음 앞으로 내디디며 건넨 벽화의 말은 풍협에 의해 막히고 말
았다.

"아니. 이건 무적다가의 가주인 내 일이다. 너희의 심령 제압은 진
파가 노력하면 곧 완전히 뿌리가 뽑힐 것이다. 시간이 좀 모자랐구나.
이도 운명인 게지. 너흰 진파를 도와주어라."

벽화를 바라보는 풍협의 눈 한구석엔 애잔한 파문이 일렁였으나 더
는 말을 덧붙이지 않았다. 풍협은 모두를 향해 천천히 고개를 돌렸다.

풍협의 잔잔한 음성이 이어졌다.

"여기까지는 내가 마무리 짓겠소. 잠시 후면 운중곡의 독기가 걷힐
거요. 절벽 위의 현성교도들은 내가 맡겠소. 안개가 사라지면 모두 절
벽을 올라 황산을 벗어나시오. 북쪽 능선에서는 아직 적의 기운이 느
껴지지 않소. 그곳으로 탈출하시오. 이건 가주로서 내리는 명이오. 반
대는 인정하지 않겠소. 나머지는 진파, 네가 해라. 이들을 이끌고 무사
히 황산을 빠져나가는 거다. 내 곧 뒤를 따르마."

"아버지!"

풍협은 웃고 있었다. 진파를 바라보는 풍협의 얼굴에는 여러 가지
감정이 한꺼번에 떠올라 있었다. 그러나 그의 얼굴은 당당하게 웃고
있었다.

"진파야…… 미안했다."

마지막 말이 끝남과 동시에 풍협의 몸이 사라졌다.

"아버지!"

"풍협!"

"주인!"

각기 다른 간절한 부름이 통로를 울렸다. 그러나 그 대상인 풍협의

몸은 결코 보이지 않았다.

　진파가 앞으로 튀어나갔으나 곧 거대한 힘에 밀려 제자리로 내동댕이쳐졌다. 진파의 입에서 거센 쇳소리가 터져 나왔다.

　"아버지!"

　절벽의 정상을 오가며 분주하게 폭우뢰의 폭발을 지시하던 무곡의 입에 자신감 넘치는 미소가 걸렸다.

　"이제야 무너지는군."

　우르르릉 소리를 내며 바위 봉우리의 곳곳에서 먼지 폭풍이 일어나고 있었다.

　폭죽이라도 터지듯 발호하는 먼지 기둥이 터져 나오며 바위 봉우리는 차츰차츰 그 형체를 무너뜨려 가고 있었다.

　"모두 긴장해! 신호를 보내면 즉시 철시(鐵矢)를 발사한다!"

　그가 이끌고 있는 무곡성군의 수가 물경 오백.

　양편 절벽을 가득 메운 무곡성군은 세 가지 주무기 중 하나인 쇠뇌를 잔뜩 겨눈 채 무곡의 지시를 기다리고 있었다.

　"흠?"

　갑자기 발밑에 넘실대던 하얀 안개가 꿈틀대기 시작했다.

　끓는 물처럼 출렁출렁 넘실대던 안개가 소리없이 소용돌이치기 시작했다.

　"모두 대기!"

　날카로운 무곡의 목소리가 울려 퍼지고, 절벽 정상에는 긴장감이 가득 들어차기 시작했다.

조용히 안개를 뚫고 솟아오르는 풍협의 만면에는 그림 같은 미소가
드리워져 있었다.

얼마 만에 얻은 자유인지 모른다.

십여 년간 갇혀 있던 운중곡의 균사덩어리 속에서 해방된 풍협은 절
정의 어기비행을 이용해 허공으로 조금씩 떠오르고 있었다.

'멋지게 컸어.'

진파의 얼굴이 떠오른다.

이목구비 하나하나는 제 어미를 닮았지만 전체적인 인상은 완전히
자신을 닮았다.

그 얼굴을 하고서는 어딜 가도 그의 아들이란 말을 듣지 못할 리 없
다.

어디 얼굴만인가.

풍협이라는 거창한 별호를 얻을 때 그의 나이 겨우 열여덟이었다.
그런데 그의 아들은 그보다도 어린 나이에 당시 그가 올랐던 수준을
뛰어넘어 있었다.

'잘난 놈이야.'

성격도 강했다.

자기 생각도 또렷했다.

천지 사방에 대고 얘가 내 아들이다라고 목놓아 자랑하고 싶었다.

하지만 자신에겐 자격이 없었다.

아들이 크는 것을 보지도 못했고, 따뜻하게 안아준 기억도 없다. 흔
한 밀전병 하나 시준 적 없이 저 혼자 훌쩍 커버린 아들.

미안했다.

거기다 진파가 첫 정을 준 벽화가 친남매일지도 모른다는 부담마저

짊어주었다.

"이걸로 빚을 좀 갚을 수 있을까?"

풍협은 눈을 감았다.

그가 창안한 무적독공을 운기해 운중곡에 가득 찬 시독의 기운을 온 몸으로 받아들였다.

비명횡사한 아이들이 몸을 썩혀가며 만들어낸 독이기 때문일까.

소혼시독(消魂屍毒)이라 혼자 부르는 이 시독은 너무도 한 서린 안타 까움을 전해주었다. 기혈을 타고 도는 거센 독 기운에 풍협은 부르르 몸을 떨었다.

소혼시독과 함께 한 지 벌써 십여 년이 지났다.

그의 몸속에 일부처럼 들어앉은 독기가 시퍼렇게 날을 세워 질주하 는 것을 느끼며 풍협은 아릿한 미소를 머금었다.

'너희의 원한을 이것으로 조금이나마 풀려무나. 너희를 죽인 현성교 도들을 너희가 막는 것이다. 너희의 몸으로 이룬 독으로 그들을 징벌 할 것이다. 너무 잔혹한 짓이 되겠지만 후회는 없다. 그들은 넘어선 안 될 금단의 선을 넘어섰으니.'

풍협은 눈을 떴다.

어느덧 안개의 끄트머리에 거의 근접해 칠성벽쇄진이 쳐놓은 보호 선에 육박해 있었다.

'현성교주, 당신은 너무 많은 죄업을 쌓았구려. 그리도 한이 깊으셨 소?'

풍협의 몸이 안개를 뚫고 솟구쳤다.

십여 년 만에 처음 쬐는 햇빛은 강렬하게 그의 눈으로 파고들었다.

경악에 찬 호령과 함께 그의 몸을 노리고 쏟아지는 거센 쇠뇌의 폭풍우가 보였다.

　'이제 나도 당신 못지않은 죄를 짓겠구려.'

　풍협의 입이 열리며 천지를 뒤흔드는 장소(長嘯)가 울려 퍼졌다.

　"챠아아아—!"

　무곡은 자신의 눈을 믿을 수 없었다.

　분명 무언가 이상한 조짐이 있다는 건 그가 바보가 아닌 이상 곧바로 알 수 있었다.

　그에 맞춘 대비까지 완벽하다 자신했던 무곡이었다.

　소수마후들을 사로잡기 위해 묵철로 짠 쇠그물까지 준비했던 터였다.

　그러나 홀로 안개 속에서 솟아나온 풍협은 그의 모든 준비를 무참히 박살 내고 있었다. 아니, 녹여 버리고 있었다.

　풍협을 향해 쏘아낸 쇠뇌들이 거미줄에 걸린 부나방처럼 허공에 멈춰 녹아내리고 있었다.

　운중곡을 가득 메웠던 안개들이 녹고 있었다.

　하얀 안개가 풍협의 몸을 통과해 쏘아질 때는 검은 독화살로 바뀌어 있었다.

　쇠뇌를 쏘던, 쇠그물을 들고 있던 수하들이 태양 빛에 얼음이 녹듯이 끈적끈적한 검은 핏물로 녹아내리고 있었다.

　강호에 나선다면 일개 성(省)도 무력 점령할 수 있다던 오백여 명의 무곡성군이 한꺼번에 핏물로 녹아내리고 있었다.

　"끄으으……."

　풍협이 자신을 보고 있다.

교주를 제외하고는 누구도 당할 수 없으리라 자신했던 무공이었건
만. 걸음마를 뗄 때부터 핏물에 절어 담금질했던 무쇠와 같은 몸뚱이
였건만.

무곡은 녹아내리고 있는 자신의 손을 보고 있었다.

풍협을 향해 내뻗으려 했던 손이 뚝뚝 검은 진물을 흘리며 녹아내렸
다. 빨간 속살이 핏물로 화해 투두둑 떨어져 내렸다.

'이것이 무적다가의 힘이란 말인가……?

그 생각을 끝으로 무곡의 머리마저 녹아내렸다.

운중곡을 둘러싼 긴 절벽의 양편에는 검은 핏물로 화해 버린 오백여
명의 잔해가 검은 냇물을 이루어 흐르기 시작했다.

제36장 연혼검(練魂劍)

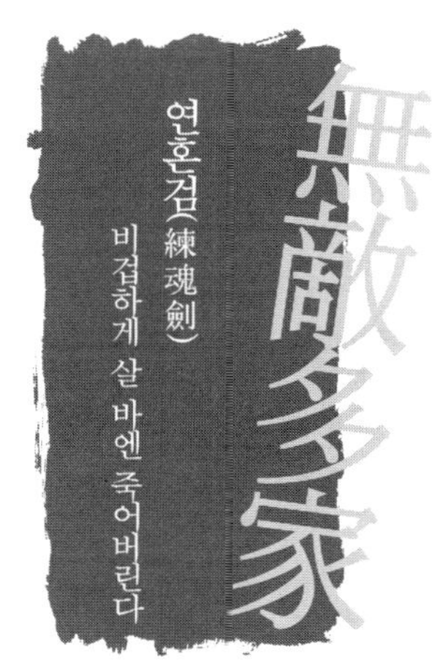

　　　　"소주(少主),

가시오."

공철의 부름에도 진파는 무릎을 꿇고 고개를 푹 숙인 채 아무 대답이 없었다.

　　"소주!"

그제야 진파의 머리가 들렸다. 고개를 든 진파의 얼굴은 멍하게 질려 있었다.

진파의 볼에 한줄기 눈물이 흘러내렸다. 그의 눈동자는 초점을 잃고 텅 비어 공허했다.

　　"소주! 당장 안 일어날 게요?!"

그래도 대답이 없자 공철은 버럭 고함을 질렀다.

　　"이놈, 진파야! 정신 차려!"

가신들 앞에서 이름을 부르며 막말을 하자 손일연이 깜짝 놀라 공철을 말렸다.

"여보! 지금 뭐 하는 거예요!"

"말리지 마! 우리가 이따위로 소주를 키웠는가! 누가 울래, 누가!"

공철은 손일연의 손을 뿌리치고 진파의 멱살을 쥐었다. 공철의 거친 손짓에 따라 진파의 머리가 앞뒤로 흔들렸다.

그러나 진파는 여전히 초점없는 공허한 눈으로 하늘을 바라볼 뿐이었다.

진파와 공철을 둘러싼 사람들의 얼굴은 창백한 진파의 표정처럼 딱딱하게 굳어 있었다.

＊　　　　＊　　　　＊

"안개가 사라졌다!"

공철의 말이 끝나기도 전에 진파는 통로에서 튀어나갔다.

안개가 사라진 운중곡은 황량하기 그지없었다. 진파는 고개를 들었다. 아득한 공중에 떠 있는 풍협의 모습이 눈에 보였다.

풍협의 몸에서 거미줄처럼 검은 빛 줄기가 폭사되어 사방을 휘몰아치고 있었다.

광풍폭우(狂風暴雨)였다.

미친 바람이 휘몰아치고, 거센 폭풍우가 덮치는 것만 같았다.

절벽의 양편을 가득 메우고 있던 현성교도들이 일시에 검은 핏물로 녹아내렸다.

상상도 하지 못했던 참혹한 장관에 진파는 벌린 입을 다물 수 없었다. 아버지는 천계에서 하강한 전신(戰神)처럼 허공에 버티고 선 채 현성교도들에게 불벼락을 내리고 있었다. 참혹했다. 그러나 장엄한 아름다움이었다.

유현이 멍하니 서 있는 진파의 어깨를 붙잡았다.

"어서 빠져나가야지! 풍협이 벌 수 있는 시간은 얼마 없어! 현성교주가 곧 올 게다!"

안개가 빠져나갔지만 칠성벽쇄진은 아직도 진세를 그대로 유지하고 있어, 입구를 지키고 있는 현성교들은 뚫고 들어올 수 없었다.

하지만 유현의 말대로 망설일 틈이 없었다. 언제 현성교주가 모습을 드러낼지 알 수 없는 일 아니던가.

지금은 탈출해야 할 때였다.

진파는 이백여 명의 가신과 유현 등을 바라보며 힘차게 고개를 끄덕였다.

"오빠, 우리가 앞장설게."

벽화가 진파를 향해 말을 건넸다.

"좋아! 나도 같이 간다. 확보물을 만들어!"

진파가 먼저 몸을 날렸다.

체력이 떨어진 무적다가의 가신들을 위해 진파와 소수마후들은 절벽의 틈에 구멍을 뚫으며 정상을 향해 치달려 오르기 시작했다.

"장관이군."

진파를 포함한 열셋의 그림자가 일렬 횡대로 늘어선 채 절벽을 날아오르는 것을 보며 유현은 나직한 탄성을 토해냈다.

"어서 오르세. 이러고 있을 시간이 없어."

공철의 재촉에 유현은 고개를 끄덕였다.

"제가 뒤를 맡지요."

“이번만 부탁하네.”

“종종 부탁하셔도 됩니다.”

“큼! 자네 많이 컸군.”

공철은 짧게 코웃음을 쳤지만 곧 몸을 날려 절벽을 오르기 시작했다.

공철의 성질상 후배에게 뒤를 맡긴다는 것은 있을 수 없는 일이었지만, 시독에 시달리느라 떨어질 대로 떨어진 체력을 무시할 만큼 외고집을 가진 것은 아니었다.

공철과 손일연을 필두로 무적다가의 이백오십여 가신이 줄지어 절벽을 오르기 시작했다.

소수마공과 옥수공으로 뚫어놓은 구멍을 잡아채며 올라가는 모습은 제 실력을 발휘하지 못한다지만 일대의 고수들로 불리기에는 손색이 없었다.

철정이 한숨을 쉬었다.

철정의 마음을 눈치챈 유현이 다정스레 어깨를 두드렸다.

“너도 저들만큼은 할 수 있다. 자신감을 가져라.”

“그럴까요?”

“아직 네가 얼마나 강해진지 너 자신은 실감하지 못할 것이다. 적과 살검을 섞어봐야 느낄 수 있을 게야. 어서 올라가거라.”

철정이 꾸벅 머리를 숙였다.

“그럼 먼저 가겠습니다.”

무적다가의 가신들과 섞여 그들에 못지않은 속도로 오르는 철정을 보며 유현은 빙긋 웃음을 머금었다.

문득 허공으로 시선을 돌린 유현의 얼굴에서 씻은 듯 웃음이 사라졌다.

허공을 가로지르는 검은 그림자를 발견했던 것이다.

검은 안개를 휘장처럼 몸에 감은 마인(魔人), 바로 현성교주 임후생이었다.

"그대가 풍협인가?"

임후생은 풍협이 내려선 절벽의 끝 자락에 우뚝 서서 뒷짐을 진 채 표표히 옷자락을 휘날렸다.

풍협은 목구멍을 타고 솟아오르는 핏덩어리를 억누른 채 고요히 임후생을 바라보았다. 운중곡의 독 안개를 흡수해 독공(毒功)으로 내뿜는 한 수가 성공하긴 했지만, 그 한 수가 풍협의 몸에 준 부담도 만만치 않았다. 풍협은 토혈(吐血)을 억누르며 몸의 균형을 찾기 위해 은연중 최선을 다하고 있었다.

바람도 불지 않건만 풍협의 옷깃이 절로 펄럭였다.

풍협을 바라보는 임후생의 기파는 그만큼 날카롭게 뭉쳐 풍협을 향하고 있었다.

짧은 침묵이 흐른 후, 풍협은 천천히 입을 열었다.

"현성교주 되시오이까?"

십여 장을 격하고 절벽의 정상에 마주 선 두 절대자는 마치 옛 친구라도 만나듯 담담하게 서로를 응시하고 있었다.

"생각보다 훨씬 더 지독한 손길이군. 내 아들을 살려 두었던 자네의 자비심은 이제 사라졌나 보군 그래."

절벽의 정상에 흥건히 고인 피의 웅덩이들을 바라보며 임후생은 담담하게 말을 건넸다.

“어쩔 수 없었소이다.”

풍협은 가만히 한숨을 토해냈다. 임후생은 풍협을 바라보며 큭큭 마른 웃음을 터뜨렸다.

“어쩔 수 없다라……. 참 편리한 대답이군. 오백이나 핏물로 녹여버리고도 그 말이 나오나? 정파 무림인들이 이 꼴을 보면 자넬 마두(魔頭)라 부르겠군 그래. 크큭.”

“미안하오. 내 독공이 조금만 더 완성되었더라도 죽이지 않을 수 있었겠지만……. 교주께서 너무 빨리 오셨소.”

“지금 오히려 내 탓을 하는 것인가? 허허! 정말 고상한 대답이군.”

풍협은 임후생의 날카로운 시선을 담담히 받으며 조용히 말했다.

“저들의 목숨 값을 묻는다면 저도 할 말이 있지 않겠소이까?”

“할 말이 있어? 중원인들이 감히?”

“현성교가 이 땅에 흐르게 한 피는 생각하지 않는 거요? 게다가 죄 없는 어린 소녀들까지 소수마후로 만들기 위한 희생양으로 죽였소이다.”

“중원인들이 먼저 아무 죄 없는 우리 교도들을 해쳤지!”

임후생과 풍협의 눈이 허공에서 맞부딪쳤다.

풍협은 안타까운 눈으로 임후생을 바라보았다.

“어차피 명분없는 싸움입니다. 꼭 이렇게까지 저를 몰아세워야 하시겠소이까?”

“명분? 몰아세워?”

임후생의 검은 수염이 바람에 휘날렸다. 부릅뜬 두 눈은 온통 새까맣게 물들어 있어 어떤 감정도 발견할 수 없었다. 그러나 그의 목소리에 짙게 실린 살기(殺氣)만으로도 임후생의 내심은 알 수 있었다.

"애초에 명분 따위가 걸린 게 아니었지! 너희가 무슨 짓을 했는지 잊었나? 내 아내를 죽이고, 내 아들을 병신으로 만들지 않았나! 아무 죄 없는 교도들을 해치고도 사과 한마디 없었지 않았나! 명분? 명분이라고!"

"선후를 따지는 것은 이미 의미가 없는 일이외다. 지난날 아드님이 이 땅에 흐르게 한 피도 적지 않았소. 게다가 교주께선 열어선 안 될 봉인까지 열지 않으셨소이까? 소수마후를 만들고 마제가 되기 위한 연공까지 하셨지 않소? 그렇게까지 하셔야 했소? 꼬리에 꼬리를 물고 이어질 복수라는 건 얼마나 허망하기 짝이 없소이까?"

갑자기 임후생이 메마른 웃음을 터뜨렸다. 세월의 고뇌가 짙게 밴 웃음소리는 풍협의 말이 남긴 여운을 단숨에 잘라 버렸다.

"우흐흐흐. 그만 하시게. 이따위 아무 의미도 없는 말들이 무슨 소용이 있겠나. 그래도 선후를 따지는 게 의미없다는 말에는 동의하네. 우린 이미 건널 수 없는 강을 가운데 둔 사이니까. 자네와 내가 이런 몇 마디 말로 화해하고 이해한다면, 그거야말로 가소로운 일 아닌가?"

임후생의 시선은 풍협의 등 너머를 향해 있었다.

진파를 필두로 무적다가의 가신들이 속속 절벽의 정상으로 올라서는 중이었다.

진파의 곁에 서서 옷깃을 휘날리는 열한 명의 소수마후를 보며 임후생은 만족한 미소를 머금었다.

"드디어 보게 되는군. 생각보다 훨씬 상태들이 좋아. 잘 보관해 주었으니 내가 감사해야 하는 건가?"

풍협은 나직한 한숨을 토해냈다. 그의 얼굴엔 솔직한 아쉬움이 드러나 있었다.

"아쉽구려. 내 말에 좀 더 귀를 기울여 주시길 바랐는데."

"하나마나한 소리지. 이미 잘잘못을 따질 시기는 예전에 넘어섰네."

임후생의 눈은 소수마후들에게 고정되어 있었다. 풍협은 한 걸음 움직여 임후생의 시야를 가리며 단호하게 말했다.

"당신은 절대 저 애들을 해치지 못할 거요."

"해쳐? 누가? 내가 말인가?"

임후생은 풍협을 상대하는 것이 즐거운 듯 과장된 어깻짓을 해 보였다.

그러나 임후생의 눈은 결코 웃지 않았다. 활짝 웃고 있는 얼굴과는 달리 풍협에게 고정된 눈은 그의 일거수일투족을 냉정하게 관찰하고 있었다.

"내가 저 애들을 해칠 리가 있나! 저 애들은 모두 본 교의 아이들이라네."

"부끄럽지도 않소? 적어도 그대가 위선자는 아니라 생각했거늘. 저 애들에게 당신이 무슨 짓을 했는지 모른단 말이오? 하늘이 무섭지 않소이까?"

"모르긴. 자랑스러운 현성교의 딸들이 된 것이지. 그 무슨 섭섭한 말이던가. 나야 위선자를 경멸하지. 위선자란 말이야말로 그대들, 중원인들을 위한 말이 아니던가?"

임후생은 쿡쿡거리며 괴소(怪笑)를 머금더니 천천히 두 손을 가슴께로 들어 올리기 시작했다.

"하늘 따윈 무섭지 않네. 현성(玄聖)의 부르심과 징벌이라면 언제든 달게 받을 각오가 되어 있지. 그렇다고 내가 한 일을 후회하진 않아. 다시 과거가 되풀이되어도 난 같은 선택을 할 걸세. 자네들, 중원인들의 오만함을 피바다로 갚아줄 뿐이지."

임후생의 몸을 감싸고 있던 검은 안개가 급속도로 팽창해 몸 주위이 장을 온통 검은 장막으로 뒤덮어갔다. 생명이라도 갖고 있는 것처럼 꿈틀거리며 세력을 확장하는 검은 안개에선 시꺼먼 핏방울이 금방이라도 흘러내릴 것 같았다. 온 신경을 곤두세우는 삼엄한 살기가 일렁였다.

검은 머리카락과 수염이 한 올 한 올 공중으로 치솟아오르며 임후생의 입이 열렸다.

"이제 말장난은 그만두지. 어디 무적다가의 가주가 얼마나 강한지 보여주게나. 내 아들을 폐인으로 만들어 버린 그대의 검(劍)을 보고 싶군 그래."

큭큭거리는 임후생의 입이 점점 찢어지기 시작했다. 서빨간 잇몸과 함께 하얀 이들이 검은 안개 속에서 섬뜩하게 빛을 발했다.

좌우로 찢어진 임후생의 입이 열리며 무시무시한 마성(魔聲)이 흘러나왔다.

"이게 내 몸을 살라 익힌 북명신공이라네."

임후생이 팔을 뻗자 검은 강기덩어리가 풍협을 노리고 일직선으로 폭발하듯 뿜어졌다. 공간을 단숨에 뭉개 버릴 듯 질주하는 검은 강기는 치명적인 독기를 머금고 풍협을 향해 광포한 이빨을 드러냈다.

공기를 찢어발기는 날카로운 파공음이 길게 울렸다. 그 뒤를 따라 압축된 공기가 터져 나가는 엄청난 충격음이 절벽의 정상을 뒤흔들었다. 우르릉 소리를 내며 절벽에서 떨어져 나간 바윗덩이들이 운중곡의 아래로 떨어져 내려갔다.

“이, 이런!”

공철은 동동 발을 굴렀다.

절벽의 한쪽에서 우뚝 버티고 선 채 서로를 향해 강기를 발출하는 임후생과 풍협을 지켜보며 공철은 주먹을 불끈 쥐었다.

막상막하.

누가 우위라 아무도 단언할 수 없는 삼엄한 대결이었다.

서로 피하지 않은 채 일장(掌)씩 주고받는 무식하기 짝이 없는 대결이었지만, 그것이야말로 초절정에 접어든 고수들만이 벌일 수 있는 진정한 대결이라는 것을 공철은 잘 알고 있었다. 아차 하고 한 걸음이라도 밀리는 순간이 끝이리라.

쾅쾅 울리는 폭음이 운중곡을 가득 메우기 시작했다.

공철의 두 손에 저도 모르게 땀이 흥건하게 차 올랐다.

“왜 검을 쓰지 않으시는 게요……. 검을 쓰시오, 주인!”

“할배, 빨리 대열이나 정비해.”

“소주!”

“이유가 있어서 그러시는 거야! 지금은 시간이 없단 말야!”

진파는 쿵쾅거리는 굉음을 들으면서도 결코 고개를 돌리지 않았다. 그러나 질끈 깨문 이 사이로 억눌린 신음이 새어 나왔다.

“으…….”

풍협은 검(劍)을 잡을 수 없었다.

시독의 생성체가 되어버린 그 몸으로는 어떤 검도 잡을 수 없었다. 잡는 순간 검병이 녹아버리고, 검신마저 삭아버린다고 풍협이 고개를 저었던 것이다.

‘무적독공만 완성하셨어도 검을 쓰실 수 있었을 텐데…….’

진파는 약해지려는 마음을 떨쳐 버리기라도 하듯 세차게 고개를 흔들었다.

"빨리, 빨리! 모두 빨리 좀 올라와요!"

절벽을 올라서는 무적다가의 가신들을 잡아 올리며 진파는 점차 새빨갛게 눈이 충혈되고 있었다.

아버지의 독공은 완전하지 않다.

운공을 강제로 끝내고 눈을 떴다는 것을 진파는 누구보다도 잘 알고 있었다.

조금이라도 아버지에게 힘이 되려면 지금 이 사람들을 빨리 피신시켜야 한다는 것을 진파는 알고 있었다.

이미 호랑이 등에 탄 형국. 호랑이 등에서 내리는 순간 이빨에 물어 뜯겨 피투성이로 사지가 조각날 터였다.

절벽에서 올라서는 이들을 끌어 올리는 손이 가늘게 떨리고 있었지만 진파는 이를 악물었다.

"빌어먹을! 빨리—!"

이런 감정일지는 몰랐다.

바로 곁에서 아버지가 싸우는 것을 알면서도 아무 힘도 보탤 수 없다는 게, 이런 참을 수 없는 더러운 기분이란 걸 진파는 몰랐다. 부글부글 끓어오르는 가슴을 달래느라 진파는 감히 풍협이 싸우고 있는 모습을 볼 수가 없었다.

진파가 홱 고개를 돌려 벽화를 바라보았다. 벽화도 열심히 절벽을 오르는 사람들을 끌어 올리는 중이었다.

"벽화야! 여긴 됐으니까 앞쪽에 매복이 있는지 확인 좀 해줘!"

벽화는 진파를 바라보다 다급한 그의 표정에 힘차게 고개를 끄덕였다.

"응!"

너무나 답답해 다급한 상황이란 걸 알면서도 진파를 추궁했지만 지금은 그럴 때가 아니란 걸 벽화도 알고 있었다.

진파는 자신의 마음을 숨기지 않겠다 약속했지 않은가. 벽화는 나중에 모든 것을 말해 주겠다는 진파의 약속을 굳게 믿었다. 진파를 믿지 않는다면 그녀가 세상 천지에 누구를 믿을 것인가.

벽화의 신형이 물 찬 제비처럼 지면을 박차고 날아올랐다.

부풍무영을 극한까지 시전하는 벽화의 옷자락이 파라라락 거세게 흔들렸다.

무너진 바위 봉우리 너머로 연이어져 있는 황산의 북쪽 능선을 바라보며 벽화는 신형을 멈추었다. 허공에 매달린 듯 우뚝 선 벽화의 발밑으로 하얀 먼지들이 뒤따라와 물결쳐 흔들렸다.

어떠한 매복도 보이지 않았다.

천하 절경 황산의 굽이쳐 흐르는 능선 사이에는 한 사람의 그림자도 보이지 않았다.

"으음……."

하지만 벽화는 신음을 내뱉을 수밖에 없었다.

풍협의 말이 옳았다.

족히 천 명은 될 듯한 거대한 기운이 황산에 가득 퍼져 있었다. 날카롭게 살기를 곤두세운 보이지 않는 기운은 속속 운중곡 주변으로 모여들고 있었다.

하지만 다행스럽게도 그들이 빠져나가야 할 북쪽 능선 전면에는 미약한 기운만이 꿈틀거리며 똬리를 틀고 앉은 상태였다.

벽화는 신형을 돌려 쏜살같이 진파를 향해 몸을 날렸다.

"오빠!"

"어떠니?"

진파가 가신들의 손을 잡아 절벽에서 끌어 올리며 벽호에게 고개를 돌렸다.

"우리가 이쪽으로 탈출할 거라곤 예상 못했나 봐. 앞에도 매복한 놈들이 있지만 얼마 되지 않아. 대부분이 운중곡 입구에서 광명정 쪽으로 배치되어 있는 것 같아. 하지만 지금 이쪽으로 몰려들고 있어."

"얼마나 걸릴 것 같아?"

"거의 다 온 것 같아. 서두르지 않으면 앞으로 돌아 포위망을 넓힐 거야."

"젠장!"

진파는 부지런히 양손을 놀려 마지막 사람들을 끌어 올렸다.

철정이 올라서는 것을 마지막으로 운중곡에 남아 있던 모든 이들이 올라서자 진파는 품속에서 묵아를 꺼냈다.

아웅.

어느새 어미 고양이만큼 자란 묵아는 아무것도 모르는 듯 고개를 흔들며 진파를 바라보고 있었다. 어느덧 귀여움 대신 묵직한 맹수의 위엄이 얼굴에 담기기 시작한 묵아였다. 진파는 묵아의 목을 몇 번 간질여 준 후 손일연에게 건네었다.

"할멈, 이놈 좀 맡아줘. 내가 기르는 놈이야."

"오빠, 왜?"

"묵아를 안고 싸우면 신경이 쓰여서 최선을 다하지 못해. 이게 나아."

“그래요. 그놈, 귀엽기도 하지. 고양이치곤 특이하게 생겼네요.”

묵아를 고양이인 줄 아는 손일연을 보며 벽화는 살짝 미소를 머금었다. 상황이 이렇게 심각하지 않았다면 진파와 함께 박장대소를 터뜨릴 말이었다.

“걔, 표범이에요.”

“뭐예요?”

놀란 표정으로 묵아를 살피던 손일연은 새삼 감탄하며 묵아의 비단결 같은 몸을 쓸어 만졌다.

“어쩜……. 그러고 보니 맹수다운 기품이 있구나. 우리 친하게 지내자꾸나. 할미가 잘 보살펴 주마.”

묵아도 자상하게 웃어주는 손일연이 마음에 든 듯 혀를 내밀어 손가락을 간질였다.

손일연이 묵아를 어르며 품에 안자 진파는 대열의 앞으로 몸을 날렸다.

꽝꽝거리는 폭음이 계속 들려왔지만 진파는 눈도 돌리지 않았다. 보고 싶었지만 감히 고개를 돌릴 수 없었다. 풍협이 위험에 처한 것을 보면 도저히 발을 뗄 수 없을 것 같았다. 일행을 바라보는 진파의 두 눈엔 괴로운 결의가 일렁였다.

진파가 유현을 향해 빠르게 말했다.

“유 숙! 제 뒤에서 방향을 지시해 주세요.”

“알겠다.”

“황산을 벗어나는 방향은 공 할배와 함께 상의해 정해주시고요.”

“좋소이다.”

“벽화야, 인원을 나눠줘. 화살촉처럼 일직선으로 뚫고 나가야 하니까 양옆을 너희가 맡아줘야겠다."

"응."

벽화가 대답하자 진파는 철정을 향해 고개를 돌렸다.

"정아."

"그래."

진파와 철정은 서로를 바라보며 긴장감 넘치는 눈빛을 주고받았다. 진파가 철정의 어깨를 꽉 붙들었다.

"넌 나와 함께 선두에 서자."

"좋아!"

철정이 호쾌하게 대답하며 거검을 뽑아 들자 진파는 크게 고개를 끄덕였다.

이제 정말 망설일 시간이 없었다. 하지만 아버지를 한 번만 더 보고 싶었다. 보면 갈 수 없을 것 같았으나 그래도 한 번만이라도 더 보고 싶었다.

절벽의 끝에서 맞부딪치고 있는 풍협과 임후생에게 고개를 돌린 순간 진파는 보고야 말았다.

절로 어깨가 흔들렸다. 발이 땅에 붙어버린 것처럼 진파는 잠시 동안 움직일 수 없었다.

산발이 된 머리카락을 나부끼며 현성교주와 맞서고 있는 풍협의 뒷모습이 진파의 시야를 가득 채웠다.

처음 보는 아버지의 등이었다.

이곳은 자신이 맡겠다는 의지를 드러낸 그 넓은 등을 바라보며 진파는 나직하게 풍협을 불렀다. 자신만 들을 수 있을 정도의 아주 작은 목소리로.

"아버지."

우드득.

주먹을 쥔 손가락에서 우두둑 관절이 부딪치는 소리가 울렸다.

"가요!"

진파는 바로 신형을 돌리려 했다.

그러나 할 수 없었다.

그 순간 장력을 나누며 격돌하던 현성교주와 풍협의 일전(一戰)이 새로운 국면에 접어들었던 것이다.

"크아아아아—!"

운중곡 전체를 뒤흔드는 고함 소리가 악귀의 호곡성처럼 처절하게 울려 퍼졌다. 깜짝 놀란 진파 일행의 발이 우뚝 멈춘 것은 현성교주의 마력이 뒤섞인 그 고함 때문이었다.

풍협은 전신의 소혼시독을 뭉쳐 독강기(毒罡氣)를 공처럼 부풀렸다. 풍협의 장심(掌心)에서 그의 손바닥 색깔처럼 새까만 강기공이 뭉쳐 올라왔다.

'크으……'

풍협은 눈앞에서 점점 팽창하는 현성교주 임후생을 둘러싼 검은 안개를 바라보며 짙은 신음을 삼켰다.

쓴 물과 함께 피비린내가 입 안에 가득 맴돌았다.

'한계군……'

오백여 명의 현성교도를 단숨에 녹여 버렸던 소혼시독도 현성교주 임후생을 어쩌진 못했다.

임후생은 비록 마제(魔帝)가 되지 못해 불완전한 상태였지만 독중지

성(毒中之聖)에 근접한 독인이었고, 그가 북명소에 몸을 담가 익힌 북명신공 또한 천하에 그 짝을 찾기 어려울 만큼 지독한 독음공(毒陰功)이었던 것이다.

풍협은 아쉬웠다.

검이 없는 것이, 아니, 검을 잡을 수 없는 그의 손이 너무도 아쉬웠다.

운중곡에서 소혼시독과 싸우는 동안 풍협의 검은 제 기능을 잃은 지 이미 오래였다. 웬만한 청강검 정도는 그의 손에 잡히는 순간 검신까지 녹아내리고 말리라는 것을 풍협은 잘 알고 있었다. 그의 애검 또한 검병이 녹아버리고 검신마저 삭아버리는 것을 두 눈으로 똑똑히 보았지 않았는가.

'그 한 수만 쓸 수 있다면……. 아니, 그건 최후의 수단이야. 성공할 것이라는 확신이 없어.'

그동안 참오했던 무형검(無形劍)의 일식을 과연 순후한 무적심공이 아닌 미완성의 무적독공으로도 구사할 수 있을지 풍협은 자신이 없었다.

게다가 점점 거칠게 압박하는 임후생의 거센 공격에 풍협은 점차 기력이 떨어지고 있었다.

이미 세맥을 치달려 장기에까지 깊숙이 침입한 소혼시독이 그의 몸을 아귀 떼처럼 물어뜯고 있었다. 완전히 통제하는데 실패한 소혼시독이 그의 발목을 깊디깊은 심연의 늪으로 끌어들였다. 다시 소혼시독이 그의 몸을 완전히 지배하게 된다면, 그는 꼼짝도 못한 채 군사들의 도움을 받아야만 정상으로 회복할 수 있다. 그러나 임후생이 그런 시간을 줄 리 만무했다. 한 번 몸의 균형이 무너진다면 남은 답은 하나. 그의 죽음뿐이었다.

'결정타를 날리려는 건가……? 헛!'

임후생을 둘러싸고 거대하게 팽창하는 안개를 보며 마지막 기력을 짜내던 풍협이 갑자기 헛바람을 들이켰다.

임후생의 신형이 흐릿한 잔상을 날리며 흔들리더니 풍협의 시야에서 완전히 사라졌던 것이다.

"이런!"

풍협 같은 절대고수가 상대를 놓친다는 것은 있을 수 없는 일이었지만, 임후생의 마기는 사방에 가득 퍼져 있어 기운을 분간할 수 없었다.

'은신술인가?'

서둘러 날카롭게 사방을 주시했으나 어느 곳에도 임후생의 모습은 보이지 않았다. 기척도 잡히지 않았다.

풍협의 신형이 앞뒤가 겹치는 것 같은 잔영을 남기며 순식간에 뒤로 돌아섰다. 그리고 풍협은 전혀 예상하지 못한 광경을 보고야 말았다.

풍협은 눈을 부릅떴다.

온 정신을 임후생과의 대결에 쏟고 있던 풍협은 아직도 진파가 떠나지 않은 것을 보고 경악하고 말았다. 벌써 떠났으리라 생각했건만. 벌써.

다급한 음성이 터져 나왔다.

"뭐 하는 짓이냐! 빨리 가지 못해!"

"아버지!"

"이놈! 아비 말을……. 헉!"

풍협은 진파를 꾸짖다 말고 번개같이 몸을 날렸다.

우측의 절벽에서 유령처럼 솟아오르는 검은 그림자를 보았던 것이다. 풍협을 지나쳐 진파 일행의 바로 옆에서 떠오르는 검은 유령 같은 그림자는 현성교주 임후생의 것이었다.

풍협은 황급히 몸을 날리며 버럭 고함을 질렀다.

"하아―! 모두 피해!"

꽈릉―

풍협의 장심에서 폭죽 터지는 듯한 폭음성이 터져 나왔다.

그동안 끌어 모았던 소혼시독의 독기를 모두 끌어냈지만, 그것은 준비하지 못한 화급한 일장(一掌)이었다.

"끄윽!"

목덜미를 치받고 올라오는 소혼시독의 독기에 풍협은 더는 참지 못하고 신음 소리를 내뱉고야 말았다.

그런데 풍협의 일장을 맞은 임후생의 검은 그림자가 들연 허공에서 씻은 듯 사라져 버렸다.

풍협은 눈을 부릅떴다.

'허상(虛像)!'

손에는 아무 감촉도 없었다. 허공을 격하고 때린 장력이라지만 감촉은 남아야 하건만!

풍협은 번개같이 뒤로 돌아섰지만 해일처럼 그의 몸을 덮치는 검은 장벽에 아득한 절망감을 느꼈다. 이미 눈앞에 닥쳐 든 검은 파도는 아무 소리도 없이 다가와 풍협의 몸을 강타해 버렸다.

콰드드득―!

온몸을 바윗덩어리로 뭉개 버리는 것만 같은 거센 충격이 풍협을 덮쳤다.

“컥!”

풍협의 입에서 피분수가 터져 올랐다.

음유한 기운이 가득한 소리없는 공격은 풍협의 칠공(七孔)에서 단숨에 검붉은 피를 쏟아내게 했다.

풍협은 제자리에 선 채 뒤로 넘어가며 아득한 외침을 들었다.

그가 사랑한, 그러나 아무것도 해준 것 없는 아들의 목소리를.

“아버지!”

“흐흐흐……”

풍협의 곁에 모습을 드러낸 임후생의 입가에 잔혹한 미소가 걸렸다. 거의 귀밑까지 입이 찢어져 시뻘건 잇몸을 가득 드러낸 임후생이 날카롭게 웃음을 터뜨렸다.

“푸하하하하하— 혁아! 아들아! 네 원한을 이제야 갚았구나!”

피투성이로 쓰러져 있는 풍협의 얼굴은 하늘을 향해 있었다. 부릅뜬 그 눈을 보며 임후생은 광소를 터뜨렸다.

“아버지가 된 기분을 이제 알겠는가? 그런 거라네. 자네 아들은 자네의 최고 약점이었던 것이야. 알겠나? 푸하하하하!”

“아버지!”

앞으로 달려나가려는 진파를 공철이 붙들었다. 그러나 진파는 공철의 손을 단숨에 뿌리치고 전력을 다해 몸을 날렸다.

십 장을 한숨에 건너뛰며 휘두른 진파의 중검(重劍)이 가공할 거력을 품고 현성교주를 노렸다.

그러나 현성교주는 진파를 바라보기만 할 뿐 손을 쓰지 않았다. 조용히 한 발을 들어 풍협의 머리를 밟은 현성교주가 피식 실소를 터뜨렸다. 그의 검게 빛나는 눈은 날카롭게 진파의 눈을 노려보고 있었다.

"네 아버지 아직 안 죽었다. 지금 죽여 버릴까? 확 머리통을 터뜨려 버리는 건 어때?"

"헉!"

진파의 검이 허공에서 휘청였다.

진파의 입에서 핏방울이 튀었다. 입술을 깨문 채 진파는 철우를 회수하기 위해 온 공력을 기울였다.

공력의 수발이 자유로우려면 삼 푼쯤의 여력은 남겨두어야 했지만 진파의 검은 온 힘을 모은 것이었다.

"으아아아―!"

허공에 뜬 진파가 괴성을 질렀다.

"호~ 대단한걸?"

허공에서 발을 차 몸을 비틀어 회전하며 내리 꽂히던 검을 회수하는 진파를 향해 임후생은 조용히 이죽거렸다.

쾅!

진파의 중검은 현성교주를 베는 대신 절벽에 깊은 칼자국만을 남겼다.

"헉헉!"

일행과 현성교주 사이에 떨어진 진파는 철우를 든 채 가쁜 숨을 몰아쉬었다. 간신히 중검을 제어해 냈지만 뒤엉킨 기혈이 가슴을 압박했다. 그러나 진파의 눈은 성난 호랑이의 그것처럼 살기를 가득 담은 채 날카롭게 빛나고 있었다.

"후웁! 아버지는 정말 무사하신가?"

"어허. 네 아비도 내게 존장의 예우를 다하는 걸 보지 못했느냐? 넌 내 손자뻘이야. 예의를 갖춰라.”

“닥쳐라! 예의를 원한다면 당당한 무인답게 행동해! 그 더러운 발부터 치워!”

진파가 고함을 질렀지만 임후생의 표정에는 아무 변화도 없었다.

“그래?”

임후생이 잇몸을 가득 드러내며 웃음을 지었다.

“죽일까?”

오른발에 힘을 주자 풍협의 머리가 뿌드드득 바닥을 파고들기 시작했다.

정신을 잃었는지 풍협에게선 아무런 신음 소리도 새어 나오지 않았다.

“그만!”

진파는 활활 타는 눈빛으로 임후생을 노려보았다. 으드득 소리와 함께 진파의 턱이 팽팽하게 당겨졌다.

“내 사죄하리다. 교주라는 분이 부끄럽지도 않소?”

“부끄러워? 내가 왜? 정작 부끄러워야 할 건 바로 너란다. 후후.”

진파는 상황을 똑바로 파악하기 위해 정신을 모으려 했지만 뜻밖의 말에 그만 반문을 하고 말았다.

“그게 무슨 뜻이오?”

“이유를 모르나? 생각보다 아둔하군. 어째 너 같은 녀석이 내 손자를 이겼는지 모르겠구나. 운이 좋았던 것인가?”

임후생은 꼼짝도 못하는 풍협을 힐끗 내려다보고는 끌끌 혀를 찼다. 그는 진파를 바라보며 고개를 갸웃거렸다.

“생긴 것만 닮았지, 아직 아버질 따라 가려면 한참 멀었구나. 쯧쯧,

풍협이 불쌍한지고. 잘 듣거라, 아이야. 네 아비 독공은 정말 대단했다만 미완성이더구나. 나와 손을 섞던 처음부터 내상을 입그 있었지. 그 몸으로 날 상대한 것만 해도 기특하긴 해. 허허.”

임후생이 너털웃음을 터뜨렸으나 진파는 뚫어져라 임후생을 노려볼 뿐이었다.

“게다가 너희가 질질 시간을 끌어주어서 네 아비는 마음 놓고 나와 싸울 수도 없었지. 대열은 뭐 하러 정비해? 올라오는 족족 도망가면 그뿐이지. 쓸데없이 시간을 낭비한데다 떠나야 할 마지막 기회는 그나마 놓쳐 버렸잖아? 내 손자 같았으면 절대 하지 않았을 실수지. 우흐흐.”

진파의 얼굴이 점점 붉게 달아오르고 있었다. 빨개지는 진파의 얼굴을 바라보다 임후생이 큭큭 웃음을 터뜨렸다.

“그거냐? 네가 적협(赤俠)이라 불리는 이유가? 꼭 원숭이 엉덩이를 얼굴에 붙인 것 같구나. 흐흐.”

빠드득 이를 갈아붙인 진파가 매섭게 쏘아붙였다.

“당신 손자라면 나한테 팔다리를 하나씩 잘린 그 병신 새끼 말이오? 정말 자랑스럽겠구려!”

임후생의 얼굴에서 씻은 듯 웃음기가 사라졌다. 그러나 임후생은 곧바로 살기 어린 괴소를 머금었다.

“성질 나쁜 애송이군. 자기 처지를 몰라도 너무 모르는 것 아닌가?”

임후생의 발에 힘이 들어갔다. 뿌드득 하는 기분 나쁜 소리와 함께 풍협의 머리가 반 치쯤 더 바닥을 파고들었다. 풍협의 입에서 울컥 핏덩어리가 터져 올랐다.

“아, 아버지!”

“꼼짝도 하지 말도록.”

임후생의 경고에 앞으로 한 발 내디디려던 진파는 우뚝 발걸음을 멈추었다.

“성질만 더럽지, 머리는 나쁜 아이야. 이제 네 처지를 알았느냐? 아… 자네들도 꼼짝 마. 아니, 이미 꼼짝할 수가 없는 처지지? 크큭.”

진파는 현성교주의 뒤편 절벽으로 검은 파도처럼 한꺼번에 솟아오르는 현성교도들을 보며 입술을 깨물었다. 뒤를 돌아보니 유현 등의 얼굴도 딱딱하게 굳어 있었다.

유현의 전음이 들렸다.

“이미 북편에서도 적들이 몰려들고 있다. 포위되고 말았어.”

진파의 입에서 부드득 이를 가는 소리가 들렸다.

“이런 간교한…….”

“간교하긴. 이런 건 전술이라고 고상하게 불러야 한단다, 아이야. 시간을 끄는 걸 몰랐던 건 네 탓이야. 자신을 탓해야지 누굴 원망하느냐? 세상 모든 이치가 그런 것이니라.”

임후생은 여유롭게 수염을 어루만지며 진파를 조롱하듯 바라보았다.

“그럼 이제 빚 계산부터 할까? 내가 시키는 대로 하면 풍협의 목숨을 빼앗지는 않겠다. 우리 아들의 목숨은 살려주었으니 그 보답을 해야지. 흐흐.”

진파의 얼굴은 이제 완전히 붉은 가면을 쓴 것처럼 빨갛게 달아올라 있었다.

수치스러웠다.

자신의 판단이 잘못되었다 인정하는 것은 어렵지 않았다. 하지만 그 순간의 망설임 때문에 일행 모두가 위험에 빠진 것은 용납할 수 없었다. 최소한 다른 일행을 먼저 피신시키기라도 했어야 마땅했다.

'제기랄!'

아무리 이를 갈아붙인다 해도 상황이 나아지진 않을 것이다.

눈앞에 피를 토하며 쓰러진 아버지를 보자니 눈이 뒤집혀 왔지만 진파는 흥분 속에도 정신을 차리려 노력했다.

그때 임후생의 거친 목소리가 진파의 귀를 헤집었다.

"우선 내 물건부터 되돌려받아야겠지? 소수마후들을 내게 넘겨라."

"이이……! 그녀들은 물건이 아니야―!"

"어허! 예의를 갖추랬지!"

진파가 고함을 지르자 임후생은 다시 풍협을 밟은 발에 힘을 주려 했다.

"안 돼! 그러지 마시오!"

"그럼 넘겨."

"크으으."

"잘 생각해. 그것들이야 사육된 살인 도구들일 뿐이야. 그것들 때문에 소중한 아버질 죽게 할 셈인가?"

임후생의 검은 눈은 진파의 마음속을 들여다보기라도 하듯 유리알처럼 반짝였다.

"잘 생각해. 풍협이야 이제껏 운중곡에 갇혀 있었으니 태어나서 처음 만난 것 아니겠나? 아버지 사랑이 그립지 않아? 여자 때문에 아버지를 죽게 한 패륜아가 될 셈이야? 대무적다가의 당대출도객이라는 네가 말이냐?"

"끄으으."

진파의 얼굴이 괴롭게 일그러졌다. 아버지도 당하지 못한 현성교주를, 그것도 아버지가 인질이 된 상태에서 공격할 방법은 자신에게도, 일행 중 그 누구에게도 없었다. 아무리 생각해도 답이 나오지 않았다. 아무리 생각해도.

그때 귓전에 조용한 전음이 울렸다.

"힘들다면 그냥 고개만 끄덕이려무나. 나야 네 할아비뻘이다. 네 마음을 이해하고도 남지. 일후에게 정을 주었다지? 여자야 세상에 많고도 많아. 하지만 아버지는 한 분뿐이지 않니? 네가 동의만 하면 내 조용히 소수마후들의 심지를 제압해 데려가마. 어떠냐?"

진파의 고개가 천천히 숙여졌다.

임후생의 입가에 회심의 미소가 어렸다.

소수마후들이야 지금이라도 제령술을 이용해 제압할 수 있었다. 그러나 임후생은 보고 싶었다. 무적다가의 후예가 처절히 무너지는 그 꼴을. 손자의 팔다리를 자르고 손녀를 죽인 진파가 완전히 안팎으로 붕괴하는 모습을.

고개를 숙인 채 어깨를 떠는 진파를 즐겁게 바라보느라 임후생은 진파의 눈빛이 파랗게 불타오르기 시작하는 것을 볼 수 없었다.

'젠…… 장.'

진파는 어금니가 깨져라 질끈 이를 물었다.

아무리 생각해도 빠져나갈 구석이 없었다.

그러나 진파의 눈은 활활 불타올랐다. 가슴속에서 활화산이라도 들끓고 있는 것처럼 온몸이 뜨겁게 불타올랐다.

'비겁하게 살 바엔 차라리 죽어버린다!'

진파는 공철에게 전음을 보냈다.

"할배, 할배가 가르쳤지? 대의 따위는 생각하지 말라고. 할 수 없는 일을 하려고 자신과 가족을 희생시키는 건 미련한 짓이라고 했지? 그 말을 이제 알겠어."

"소주, 그 무슨……?"

"무적다가가 어떤 건지 난 잘 몰라. 하지만 비겁하게 살고 싶지는 않아. 현성교주하고 일 대 일로 붙겠어. 내가 공격을 시작하면 할배는 가신들을 데리고 피해. 벽화들도 책임지고 데려가. 세상은 광협 할아 버지더러 책임지라고 해. 난 내가 하고 싶은 걸 하겠어!"

공철이 진파를 말리기 위해 고함을 질렀다. 전음이었지만 공철의 안 타까운 마음이 그대로 실려 천둥 치듯 진파의 귀를 때렸다.

"소주!"

진파는 그 순간 임후생을 향해 번쩍 고개를 들었다. 고개를 치켜든 진파의 얼굴은 붉게 물들어 적색 가면을 뒤집어쓴 것처럼 불타고 있었 다.

"그래, 결심했는가?"

고개를 든 진파에게 임후생이 말을 건넸다.

진파는 바닥에 꽂힌 철우를 회수해 천천히 검집에 꽂아 넣었다.

임후생이 피식 웃으며 고개를 끄덕였다.

"후훗. 지혜로운 선택을 했군."

"난 지혜 같은 거 없수다."

진파가 고개를 외로 꼬며 퉤 하고 침을 뱉었다.

천천히 고개를 돌린 진파는 임후생을 한껏 노려보았다.

"나랑 일 대 일로 붙읍시다."

“뭐?”

임후생이 어이가 없다는 듯 진파를 바라보다 마침내 헛웃음을 터뜨렸다.

“푸허허! 정말 세상을 모르는 애송이구나. 네 아비 목숨이 내 손에 달려 있는데, 일 대 일? 내가 협객인 척 감동해서 응해주기라도 바라는 것이더냐? 세상은 그렇게 낭만적인 게 아니란다. 내게 덤비면 네 아비 목숨은 없다. 그래도 덤빌 테냐?”

“세상 사는 법 따윈 모르오. 당신처럼 쪽팔리게 살고 싶지 않을 뿐이지. 교주라는 사람이 그게 뭐요? 아버질 인질로 잡고 그 아들한테 협박이나 하고! 당신이 아버지를 죽이려면 먼저 나를 없애야 할 거요!”

‘할 거요!’ 라는 말의 여운이 끝나기도 전에 진파의 신형은 그 자리에서 사라졌다. 진파가 서 있던 자리에는 누런 흙먼지만이 휘날렸다.

단숨에 칠 장을 건너뛴 진파의 팔목에서 눈을 부시게 하는 찬란한 섬광이 폭발했다.

츄리리리리릿―

귀를 멀게 하는 강렬한 호곡성과 함께 스무 가닥의 연혼사가 임후생을 노리고 허공을 쪼갰다.

“헛!”

임후생이 헛바람을 들이켰다.

연혼사가 임후생의 두터운 호신강기를 뚫고 어느새 목전까지 쇄도했던 것이다. 광마 이종이 사용했던 희대의 마병기, 연혼사의 출현이었다.

“합!”

임후생의 호통과 함께 그의 몸을 둘러싸고 있던 검은 강기 벽이 폭발하듯 부풀어 올랐다.

　임후생을 금방이라도 꿰뚫을 듯 보였던 연혼사의 쇄도가 그 순간 딱 멈추었다. 임후생의 가공할 강기 벽은 연혼사의 돌진력마저 무력화시켰던 것이다.

　허공에 붙잡혀 있듯 떠 있는 연혼사를 보며 임후생이 비릿한 웃음을 지었다.

　"겨우 이 정도냐?"

　임후생의 전신에서 검푸른 강기 벽이 폭발했다. 소리 하나 없는 독기(毒氣)를 가득 담은 강기 벽, 그것은 바로 풍협을 암습했던 그 북명벽강(北溟壁罡)이었다. 임후생의 북명벽강이 철벽 같은 기세로 진파를 향해 몰아쳤다.

　"그건 인사였어!"

　진파의 소매가 춤을 추었다. 북명벽강에 가로막혀 허공에 멈춰 있던 연혼사가 진파의 손짓을 따라 핑 소리를 내며 바닥을 휩쓸었다.

　임후생의 앞쪽에 뿌연 먼지가 피어올랐다. 그 사이를 헤치며 진파의 신형이 허공을 갈랐다. 북명벽강의 해일을 피해 임후생의 측면으로 뛰어들며 진파는 소리를 높였다.

　"발이나 치워!"

　진파는 사지백해(四肢百骸)에 흐르는 모든 힘을 짜내 연혼사에 실어 내쳤다. 연혼사가 채찍처럼 바닥을 휘돌아 임후생의 하반신을 향해 일직선으로 폭사되었다.

　"연혼도―!"

　스무 가닥의 연혼사가 열 가닥씩 허공에서 뭉치며 두 개의 칼처럼 임후생을 노리고 쇄도했다. 임후생의 하체를 노리는 두 가닥 하얀 실선이 허공을 찢어발겼다.

"이놈이?!"

임후생이 깜짝 놀라며 몸을 돌렸다.

풍협의 머리에 얹었던 발을 바닥에 내려놓으며 임후생은 진파가 돌진하는 왼편을 향해 힘찬 궁보를 디뎠다.

쾅!

절벽을 송두리째 뒤흔드는 진각(震脚)이었다.

임후생이 내디딘 오른발을 중심으로 바닥이 거미줄 같은 균열을 일으켰다.

화탄이라도 터진 것처럼 바닥이 갈라지며 조각난 돌 조각들이 폭죽처럼 날아올랐다.

그러나 임후생을 향해 날려진 연혼사 두 줄기는 돌 조각들을 부수며 일직선으로 뻗어나갔다.

"차아―!"

임후생이 갑자기 쌍장(雙掌)을 마구 흩뿌렸다.

콰콰콰콰쾅!

임후생의 장력은 연혼사를 겨냥한 것이 아니었다. 그가 노린 것은 진파가 신형을 옮기고 있는 절벽 자체였다.

임후생의 장력에 휘말린 절벽이 진파를 가운데에 두고 양편으로 포위라도 하듯 무너져 내렸다. 그대로 있다가는 운중곡 아래로 진파가 추락할 판이었다.

"젠장!"

진파는 어쩔 수 없이 연혼사를 회수하고 허공으로 몸을 띄웠다. 무너지는 절벽을 피해 다시 임후생의 정면으로 뛰어내렸다.

임후생의 회심에 찬 일갈이 터졌다.

"기다렸다—!"

임후생의 두 손이 허공을 수놓았다. 그의 손이 움직이자 소리도 없는 검푸른 독 기운이 쑥쑥 솟아오르는 죽순마냥 한없이 커지기 시작했다.

임후생이 진파를 향해 두 팔을 떨치자 엄청난 강기의 벽이 연달아 피어나기 시작했다. 검푸른 강기 벽의 물결은 임후생의 지휘라도 받듯 차례차례 허공을 가로질러 진파를 사방에서 압박해 왔다.

진파는 두 눈을 부릅떴다. 이제는 신법을 이용해 이동 공격을 할 수도 없었다. 이리저리 무너져 내린 절벽은 안정된 틈이 보이지 않았다. 임후생과 풍협이 있는 곳을 빼고는 온통 갈라지고 무너져 버렸던 것이다.

'이제 진짜 정면 대결인가? 젠장. 해보자!'

바로 그때였다.

진파의 옆으로 하얀 그림자들이 너울거리며 나타났다.

벽화를 포함한 열한 명의 소녀였다. 진파의 옆에 바싹 붙으며 벽화가 소리쳤다.

"혼자서 안 되면 다 같이 해!"

우박이 쏟아지듯 스물네 줄기의 소수마공이 임후생의 북명벽강을 두드렸다.

"안 돼!"

진파는 안타까운 마음에 고함을 질렀다. 임후생이 제령술을 쓰면 벽화들은 꼼짝없이 그에게 굴복하고 말 것이 아닌가. 다 피하라고 했건만. 다!

“하압!”

진파의 양 팔목에서 연혼사 스무 가닥이 다시 피어올랐다. 연혼사 스무 가닥이 하나로 꼬여 뭉치기 시작했다. 연혼사에 기를 실어 검기를 발출하는 건 아직 가능하지 않았다. 그러나 시도해야 했다. 저 철벽 같은 북명벽강을 가를 것은 아직 미완성인 연혼검(練魂劍)뿐이었다.

그때 갑자기 십후 현정이 앞으로 튀어나갔다. 그녀가 향하는 방향에는 풍협이 쓰러져 뒹굴고 있었다. 현정의 눈에는 뿌연 물막이 가득 드리워져 있었다.

“아저씨!”

“현정아!”

현정의 곁에 있던 이후 추소예가 깜짝 놀라 그 뒤를 따랐다. 추소예가 현정의 몸을 막 잡아채려는 그때.

갑자기 임후생의 무시무시한 고함 소리가 허공을 뒤흔들었다.

“갈(喝)!”

단 한 소리. 그러나 그 한마디의 고함이 시간을 멈추고 공간을 가두어 버렸다.

“아악!”

임후생의 일갈 한 번에 소수를 내뻗던 마후들이 머리를 감싸쥐며 단박에 바닥에 나뒹굴었다.

‘컥!’

진파의 목구멍에서도 울컥 핏줄기가 솟구쳤다.

“괘씸한 것들. 주인도 몰라보느냐?”

임후생의 음성이 우렁우렁 울렸다.

임후생이 손을 뻗었다. 그의 손길을 따라 제일 가까운 곳에 쓰러져 있던 이후 추소예와 십후 현정이 임후생의 강기 벽 속으로 순식간에 휘말려 빨려들었다.

초점을 잃은 현정과 추소예의 눈동자가 진파의 얼굴을 바라보고 있었다. 그리고 그들은 진파의 눈앞에서 먼지로 부서지기 시작했다.

누나라고 부르지 말라던 추소예가, 아버지를 좋아한다며 끝까지 풍협에게만 치료를 받던 현정이 진파의 눈앞에서 스러져 갔다.

"악—!"

진파의 눈에 보이는 모든 정경이 갑자기 느리게 움직이기 시작했다. 시야에서 모든 색(色)이 한꺼번에 사라졌다. 세상은 온통, 검고 흰 농담(濃淡)으로만 이루어져 마치 수묵화를 보는 것만 같았다.

이후와 십후를 집어삼킨 임후생은 크크 느리게 웃음을 터뜨렸다. 진파를 비웃듯 잔뜩 미소를 머금은 임후생이 손을 떨쳤다. 그의 손에서 시꺼먼 강기 벽이 해일처럼 펼쳐져 진파를 덮쳤다.

임후생의 강기 벽이 덮쳐 오는 것도 마치 거북이가 움직이듯 느릿느릿하게 보였다. 강기의 잔흐름마저도 진파의 눈에는 똑똑히 보였다.

갑자기 넓어진 진파의 시야에 임후생의 발치에 쓰러져 있는 아버지가 보였다. 임후생의 발치 옆에 널브러져 있는 풍협의 머리가 보였다.

그때 진파와 풍협의 눈이 마주쳤다.

'아버지!'

진파의 두 눈에 꼬물거리며 움직이는 풍협의 오른손이 잡혔다. 바닥을 더듬으며 서서히 뒤집어지는 풍협의 오른손이.

풍협은 검붉은 피로 덮인 눈을 들어 진파를 보고 있었다. 그 눈에 담긴 절박함과 결심을 진파는 단숨에 읽을 수 있었다.

진파는 이를 악물었다.

아버지가 마지막 한 수를 쓰려 하는 것이 분명했다.

진파는 자신의 이상한 상태도 의식하지 못한 채 한껏 고함을 질렀다. 느릿느릿 뭉개져 끊어지는 이상한 고함 소리가 진파의 귀에 울렸다.

"하―아―아―아! 연―혼―검―!"

연혼사가 느리게 하나로 합쳐지기 시작했다. 진파의 미간에 푸른 힘줄이 파랗게 돋아났다. 한 가닥으로 꼬인 연혼사에서 파르스름한 검기가 치솟았다. 삼 장에 달하는 긴 연혼사가 한 자루 검이 되어 북명벽강을 갈랐다. 임후생이 그 칙칙한 검은 눈을 크게 치뜨는 것이 보였다.

콰르릉.

연혼사의 검기와 북명벽강이 부딪치며 천지를 뒤흔드는 폭음이 터져 올랐다.

진파는 정신없이 뒷걸음질쳤다. 술 취한 사람처럼 뒤로 물러서던 진파가 울컥 피를 토해냈다. 그러나 진파의 눈은 결코 감기지 않았다. 그의 두 눈은 흔들림없이 풍협을 향한 채였다.

풍협의 검지에서 번쩍 하고 검은 빛이 솟구치는 것이 보였다.

'무형…… 검!'

지풍이 아니었다. 강기도 아니었다.

예리하게 빛나는 삼엄한 기운은 검(劍)만이 풍길 수 있는 기세를 담은 채 빛나는 검첨(劍尖)을 만들어냈다. 풍협의 무형검이 임후생을 향해 번개처럼 폭사(暴射)되었다.

"크헉!"

임후생이 격한 신음을 토해냈다. 가슴이 꿰뚫린 그는 피를 토하며 뒤로 날아갔다.

풍협 또한 바닥에 누운 채 울컥거리며 피를 토해냈다.

진파도 가슴을 움켜쥐며 무릎을 꿇었다. 연혼사가 힘을 잃고 바닥으로 떨어져 내렸다.

그와 동시에 현성교도들과 무적다가의 가신들이 함성을 지르며 양편에서 밀물처럼 밀려들기 시작했다.

“끄으……. 진파야, 더 이상 쫓지 말게 해라. 현성교주는…… 심장을 꿰뚫렸어……. 살지 못할…… 게다.”

“아버지.”

“어서……. 가신들을 더 잃을 순…… 없어.”

피투성이로 바닥에 쓰러져 있는 풍협의 곁에 진파가 무릎을 꿇고 앉아 있었다. 진파는 입가에 흐르는 피를 닦으며 곁에 서 있는 공철에게 시선을 돌렸다.

다시 색(色)을 되찾은 정경이 눈에 들어왔다. 공철의 걱정스러워하는 안색도 제대로 보였다. 진파가 입을 열었다.

“할배, 부탁해. 난 아직…… 못 움직여.”

“알겠소.”

공철은 걱정스러운 눈빛으로 풍협을 바라보다 손가락을 입으로 가져갔다. 날카로우나 청아한 휘파람 소리가 허공을 갈랐다. 현성교도들을 쫓아가던 무적다가의 가신들을 향해 공철은 길게 고함을 질렀다.

“모두 돌아오게! 가주의 명이시네!”

공철의 말이 떨어지자 무적다가의 가신들이 속속 몸을 돌렸다.

임후생을 들쳐 업고 후퇴하던 현성교도들은 그 틈을 타 재빨리 사라지기 시작했다.

"정아! 돌아가자!"

유현은 제일 앞에서 달리며 현성교도들을 베어 넘기고 있는 철정을 불러 세웠다. 그러나 철정에게는 그 소리가 들리지 않았던지 거검을 휘두르는 그의 신형은 더 깊이 현성교도들의 틈을 뚫고 들어갔다.

"이런! 정아!"

당황한 유현이 현성교도들을 향해 달려들었다. 교주의 패배에 당황한 듯 한꺼번에 후퇴를 하면서도 현성교도들의 후퇴는 일사불란(一絲不亂)하기만 했다. 그 속을 뚫고 달리는 유현의 음성이 크게 울렸다.

"정아! 어디 있느냐?"

사방을 날카롭게 주시하며 달리던 유현의 눈에 드디어 철정이 잡혔다.

바닥에 쓰러진 철정의 가슴을 향해 칼을 쑤셔 박으려는 현성교도 한 명이 눈에 들어왔다.

"안 돼!"

유현의 검이 허공을 갈랐다.

유현이 던진 검이 철정을 노리던 현성교도의 가슴을 꼬치처럼 꿰었다.

득달같이 달려간 유현은 철정을 들쳐 업고 검을 회수했다.

유현은 정신을 잃은 철정을 업고는 현성교도들과 반대 방향으로 달리기 시작했다. 진파가 있는 쪽을 향해.

"아버지."

"만지지…… 마. 중독된다……."

풍협은 힘없이 고개를 저었다.

검게 변색된 얼굴에 시뻘건 피가 잔뜩 묻어 있는 풍협의 얼굴은 곧 숨이 멎을 사람으로만 보였다.

풍협이 누워 있는 곳은 습기를 머금은 동굴 안이었다. 가신들을 후퇴시킨 후 풍협이 원한 곳은 폐쇄된 장소였고, 그들에게는 남은 시간이 얼마 없었다. 가신들 네 명이 검집으로 풍협을 받쳐 들고 광명정 주위의 이 동굴 속에 풍협을 누인 것이 바로 조금 전이었다. 풍협을 바닥에 누이자마자 그의 몸을 받쳤던 검들이 쨍강거리며 삭아 부서졌다.

동굴 안에 들어와 있는 사람들은 얼마 되지 않았다. 진파와 음양쌍괴, 벽화와 유현이 전부였다. 나머지 사람들은 모두 동굴 밖에서 표정이 굳은 채 묵묵히 서 있었다.

풍협의 몸에 서서히 균사가 덮이고 있었다.

풍협의 몸속에 기생하고 있던 균사들이 그의 몸을 치료하기 위해 급속도로 팽창하고 있었다. 풍협의 몸은 서서히 균사에 뒤덮여 가고 있었다.

"진파야, 내 꼭…… 살아나서 널 찾아가마. 그동안은 네가…… 가주 해라. 그리고…… 축하한다. 연혼검이라……. 드디어 네 검을 얻었구…… 나."

"아버지……."

"현성교주는 죽겠지만…… 후사를 남겨둔 모양이더구나. 나머지 삼천교도…… 있다. 모두 네가 감당해야 한다……."

"말씀 그만 하세요. 힘들잖아요."

"아니……. 이건 내 의무…… 란다. 산동으로 가라. 아까 그 경험으로…… 네 무적심공은…… 절정에 이르렀다. 무적검보에 심공을 주입하면…… 어디로 가야 할지 알 수 있을 게야……."

진파의 눈이 일그러졌다. 그렁그렁 눈물이 고인 진파의 눈에는 풍협의 모습이 자꾸 흐리게만 보였다.

"젠장……."

진파는 주먹을 들어 눈을 닦았다. 아버지 앞에서 울기는 싫었다. 억지로 웃으려 입술을 위로 올렸다.

풍협의 눈매가 오므라들었다.

"그런 얼굴을 웃기다고…… 하는 게야. 그 얼굴하고 어디 가서 나…… 닮았다는 말은 하지 마라."

"말 안 해도 다 알아봐요."

"그렇지……."

풍협의 얼굴에 미소가 맺혔다. 그러나 그 미소를 바라보는 진파는 따라 웃을 수 없었다. 풍협은 치료를 위해 균사의 도움을 받아야겠다고 이 동굴을 원했지만 그의 오장육부는 제자리를 이탈한 지 오래였고, 전신은 소혼시독이 완전히 점령한 상태였다. 이 동굴이 풍협의 무덤이 될 수도 있다는 것을 진파는 잘 알고 있었다.

진파의 목소리가 떨려 나왔다.

"가주 같은 거 하기 싫으니까 꼭 살아오셔야 해요. 약속하시는 거죠?"

"녀석……. 싫어도 하게 되는 게 그 자리야……."

풍협의 입까지 천천히 균사에 덮이기 시작했다. 풍협은 흐릿해지는 눈을 들어 유현을 바라보았다.

"검치…… 부탁하네. 잊지…… 말게."

"알겠네."

유현은 답답한 가슴을 누르고 조용히 대답했다.

풍협의 눈은 마지막으로 음양쌍괴와 벽화를 향했다. 그러나 어느새 입까지 균사에 덮인 풍협은 그들에게 어떠한 말도 할 수 없었다.

마침내 풍협의 눈도 균사에 의해 덮였다. 무섭게 팽창하는 균사들은 풍협의 몸을 똘똘 말아가기 시작했다.

"아버지!"

진파가 풍협을 부르며 와락 달려들려는 것을 공철이 막았다.

"나갑시다, 소주. 그 독을 이겨낼 수 있는 분은 주인뿐이오. 꼭 치료를 하시고 우리를 찾아오실 거요."

"아니라는 걸 할배도 알잖아! 아버지의 오장육부가 다 끊어진 거 할배도 알잖아!"

"잘 참다 이제 와서 못난 소리! 말이 씨가 된다는 거 모르시오!"

공철은 진파의 몸을 꽉 끌어안고 밖으로 향했다.

"제엔장! 아버지이!"

임후생에게 당한 내상으로 제대로 힘을 쓸 수 없었던 진파는 공철의 손에 끌려 동굴 밖으로 나오고 말았다.

마지막으로 동굴 밖으로 나온 유현은 묵묵히 검을 치켜 올렸다.

새하얀 섬광과 함께 동굴 입구가 우르르 무너지기 시작했다.

"아버지!"

진파의 목소리만이 허공에 떠돌았다.

＊　　　＊　　　＊

공철에게 멱살이 잡힌 진파의 눈앞에 벽화가 섰다.

벽화의 눈에도 물막이 뿌옇게 서려 있었다.

"오빠…… 언니와 현정이가 죽었어. 오빠까지 이러면 우리는 어떻게…… 해?"

진파의 눈썹이 꿈틀거렸다.

진파의 눈에 서서히 초점이 돌아오기 시작했다.

"그래……. 이러고 있을 때가 아니지……. 정신 차려야 한다는 거 나도 알아……. 하지만 정말 기분 더럽다……."

간신히 만난 아버지와 다정하게 정을 나눌 시간도 없었다.

아버지는 머리 한 번 쓰다듬어 주지 못했다. 그 큼직한 손으로 한 번만 쓰다듬어 주기라도 했으면.

진파는 한동안 묵묵히 하늘만 바라보다가 세차게 고개를 흔들었다.

멱살을 잡은 공철의 손을 잡으며 진파가 입을 열었다.

"됐어, 할배. 이거 놔. 이제 어떻게 해야 하는지 얘기해 보자구."

"소주!"

공철의 감격에 겨운 목소리가 울려 퍼졌다.

유현이 진파를 바라보며 흐뭇한 미소를 지었다.

제37장 태산일관(泰山 日觀)

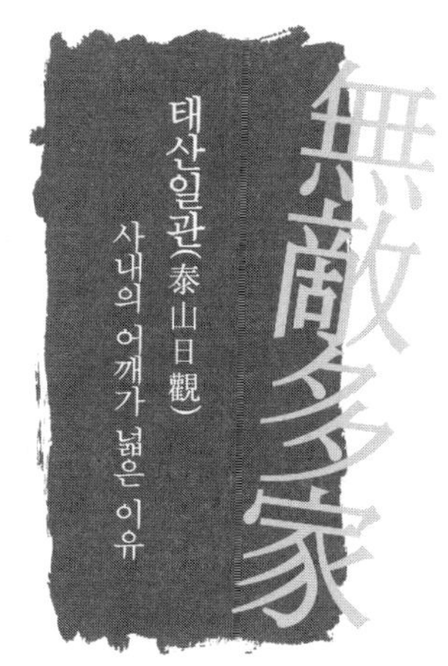

눅눅한

습기가 떠돌아 동굴의 천장에선 똑똑 물방울이 떨어져 내렸다.

가르릉거리는 거친 숨소리를 뚫고 미약한 음성이 울렸다.

"그만…… 돌아가게."

"교주님!"

"수아와…… 마지막을 보내겠네……. 수아가 출도할 때까지 탐랑(貪狼) 자네가 교를 맡아주게……. 수아를 잘 보필해 주게."

"크흐흑! 교주님!"

문곡과 염정, 무곡이 죽고 난 후 네 명만 남은 칠성(七星) 중 한 명인 탐랑은 굵은 눈물을 쏟아냈다.

임후생은 동굴 벽에 기대앉아 힘없이 고개를 저었다. 가슴이 쩍 갈라져 도저히 살아 있을 것 같지 않은 상세였지만, 임후생은 놀랍게도 숨을 쉬며 말을 하고 있었다.

“가게. 믿겠네.”

탐랑은 서서히 몸을 일으켰다. 일그러진 얼굴을 한 채 물끄러미 임후생을 바라보던 탐랑은 천천히 큰절을 올렸다.

탐랑이 몸을 돌려 사라지자 그르릉 하며 기관 장치가 닫히는 소리가 울렸다.

임후생은 탐랑의 뒷모습을 바라보다 천천히 손자를 불렀다.

“수아야……”

“할아버님.”

수정타(水精埵)의 북명소(北溟沼)에 몸을 담근 채 임수는 침울한 목소리로 대답했다. 찰박이는 물소리와 함께 상체가 꿈틀거렸으나 임수는 북명소 밖으로 나올 수 없는지라 그저 임후생을 바라볼 뿐이었다.

오른팔이 있던 자리에는 푸른 광택이 도는 의수가 달려 있었다. 그 한 곳을 제외한 임수의 몸은 온통 검은색으로 시꺼멓게 변색되어 있었다. 눈자위마저 까맣게 변해 있어 감정을 느낄 수 없었지만, 그의 두 눈에는 물기가 번들거렸다.

“시간이 얼마…… 없다. 내 몸을 가까이 옮기거라.”

스윽 하고 임후생의 몸이 떠올랐다. 동굴 벽에 기대었던 그의 몸은 임수가 몸을 담그고 있는 북명소 곁으로 날아내렸다.

조심스럽게 임후생을 옮겨놓은 임수는 물끄러미 임후생의 얼굴을 바라보고 있었다.

임수가 팔다리 하나씩을 잃고 돌아왔을 때도 임후생은 별다른 감정을 표하지 않았다. 그때도 임후생은 지금처럼 묵묵히 임수를 바라보기만 했다. 죽음이 목전에 닥쳐왔는데도 임후생은 무감동한 눈으로 바라보기만 한다.

그러나 임수는 알고 있었다, 감정이 담기지 않은 까만 눈에 일렁이는 안타까움과 분노를. 그의 마음도 임후생과 다르지 않기에 그는 임후생의 눈빛을 읽을 수 있었다.

임후생의 입이 열렸다. 한탄처럼 힘없는 목소리는 점점 사그라지고 있었다.

"사귀(四鬼), 그들을 데려오게……."

동굴 한구석에서 검은 안개가 꿈틀거리며 물결쳤다. 임후생의 몸에서 떨어져 나가 수정타의 구석에서 일렁이던 검은 안개가 스르륵 임후생의 곁으로 움직였다.

검은 안개가 물러난 자리엔 두 명의 여인이 꼭 끌어안은 채 몸을 웅크리고 누워 있었다. 멍한 눈빛으로 서로의 얼굴만 바라보는 두 여인은 이후 추소예와 십후 현정이었다.

추소예와 현정이 먼지처럼 부서지는 모습은 환영이었고, 실제로는 사귀가 그들을 안개 속으로 빼돌렸던 것이다.

"소수마후 둘이다……. 그 녀석을 놀라게 해주려고 장난을 쳤던 것인데, 내가 당할 줄은 몰랐지……. 넌 절대 방심하지 말드록 해라. 소수마후 둘을 가져왔으니 너는 마제가 될 수 있을 게야. 그놈들은 이것들이 죽은 줄 알 것이다."

"할아버지……."

임후생은 임수의 눈을 바라보며 빙긋 미소를 지었다.

"미안하구나. 네게 큰 짐을 지우는구나."

"할아버지……."

임후생의 생기를 잃어가던 눈이 또렷하게 살아나기 ㅅ작했다. 잦아들던 목소리도 어느새 힘을 되찾고 있었다. 회광반조(廻光返照)였다.

“명심해라. 현성의 분노를 놈들에게 똑똑히 알려주어라. 할아비가 무적다가에 작은 안배를 남겼다. 중요 인물로 보이는 자에게 섭혼술을 펼쳐 놓았으니 적절히 이용하거라.”

임후생이 교주로서 마지막 지시를 하고 있다는 것을 깨달은 임수는 조용히 되물었다. 감정에 휘둘려 임후생의 유언을 헛들을 수는 없었다.

“누굽니까?”

“누군지는 모른다. 스무 살 정도로 보였으니 아마도 그 녀석 친구겠지. 네가 섭혼술을 펼치면 미간에 희미한 검은 별이 떠오르는 자가 있을 것이다. 그자다. 철저히 이용해라.”

“알겠습니다.”

“이제 가야 할 때가 된 것 같구나. 네게 조금이나마 남은 힘을 전해주겠다. 도움이 될 게야.”

“할아버지!”

“어차피 곧 녹을 몸이야. 받아들여라.”

임수는 천천히 다가오는 임후생의 손을 피하지 못했다. 똑바로 치켜뜬 두 눈엔 분노가 일렁일 뿐이었다. 임후생이 아닌 무적다가를 향한, 중원인들을 향한 거친 분노가.

“좋은 눈이다. 너도 이제 사내가 되었구나. 그 녀석과 좋은 승부가 될 것이야. 방심하지 말아라.”

임후생은 임수의 정수리에 검은 손을 얹고는 피식하고 웃음을 피어냈다.

“당돌하고 멋대로인 것 같지만 생각도 깊은 녀석이더구나. 하지만 네 앞을 막을 놈이다. 사내는 장애물을 남겨선 아니 된다.”

“명심…… 하겠습니다.”

악다문 잇새로 떨리는 음성이 새어 나왔다.

임후생은 고개를 한 번 끄덕이고는 등줄기를 꼿꼿이 세워갔다.

“준비하거라.”

“예.”

임수가 눈을 감고 운기에 들어가자 임후생은 손자의 얼굴을 잠시 동안 들여다보다 흐뭇한 미소를 지었다.

“현성의 뜻이 널 돌보실 게다.”

임후생의 몸에서 검은 연기가 뭉클거리며 피어올랐다. 어깨를 타고 팔을 흘러 임수의 머리 속으로 흘러 들어가는 검은 연기를 따라 임후생의 몸은 발치부터 조금씩 녹아내리고 있었다.

“현생에도 업보의 불벼락이 내린다는 걸…… 똑똑히 가르쳐 주거라.”

눈을 감은 임수의 몸에서 찬란한 검은 광휘가 뻗어 오르기 시작했다. 녹아내리는 몸이 고통스럽지도 않은지 임후생은 손자를 바라보며 활짝 웃고 있었다.

*　　　*　　　*

산동으로 향하는 관도를 따라 달리는 마차가 있었다. 네 필의 말이 끄는 사두마차의 마부석에는 두 명의 노소가 앉아 있었다. 진파와 공철이었다.

“알 수 없네. 거기 뭐가 있다는 거지?”

풀 한 포기를 입에 물고 잘근잘근 씹으며 진파는 고개를 갸웃거렸다.

"쯧쯧. 가보면 알 것을……."

마차를 몰며 공철이 끌탕을 치자 진파는 휙 고개를 돌렸다.

"지금 가주한테 시비 거는 거야?"

"아직 가주 아니외다. 가주가 아무나 되는 줄 아쇼? 시험을 통과 못 하면 가주 못 된다오."

"젠장! 또 시험이야? 시험 안 해보면 모른대?"

"시험도 안 해보고 어찌 알까? 겉만 보면 전혀 미덥지 않은데 뭘 어쩌누?"

"뭐야?"

진파의 행동은 평소보다 훨씬 과장되어 보였다. 집을 나서기 전 공철과 투닥거리던 그때 그 모습이었다. 공철 또한 그렇게 진파를 대하고 있었다.

아버지를 잃을지도 모른다는 불안감을 지우기 위해 진파는 일부러 공철에게 과하게 장난을 쳤고, 공철 또한 진파의 마음을 아는지라 예전처럼 진파를 대해주고 있었다.

공철이 웃음을 물고 진파를 바라보았다.

"똑똑히 들으슈. 출도객이 가주로 인정받으려면 전대 가주의 시험을 통과해야 하오. 무적다가 역사상 한 번 물먹고 다시 재도전한 가주는 없었소이다. 정신 똑바로 차리슈."

"젠장! 끝까지 시험 인생이야?"

진파가 머리를 감싸 쥐자 공철이 헛웃음을 흘렸다.

"인생이 원래 그런 거라오. 흘흘."

웃고 있었지만 진파를 바라보는 공철의 눈엔 걱정이 가득했다.

가신들은 모두 재활을 위해 황산의 곳곳에 안돈시킨 후 떠난 산동행이었다. 유현이 개왕과의 접촉을 맡았고, 철정과 손일연, 벽화들만이 동행하는 산동행. 진파가 이상해진 건 그때부터였다.

강호행을 한 지 일 년도 안 되었건만 훌쩍 어른이 되어버린 진파였다. 묵직한 장부의 기태를 내보이던 진파가 갑자기 예전의 어린애처럼 행동을 하곤 했다. 사람들과 같이 있을 때만.

'걱정을 끼치고 싶지 않았던 것이오……? 마음은 이해하겠지만 그 웃음이 더 애잔하구려, 소주.'

진파가 머리를 들자 공철은 더 진하게 웃음을 흘렸다. 눈가에 가득한 주름살을 한껏 찌푸려 공철의 걱정에 가득 찬 눈빛은 보이지 않았다.

"근데 할배."

"말하쇼."

"내가 다른 가주들과 달라야 한다는 말은 도대체 뭐야?"

"아, 그거요? 상황이 그렇지 않소이까. 사천교(四天敎)가 모두 준동할 모양이니 우리도 힘을 더 모아야지요."

"현성교가 사천교 중 하나라는 건 알겠는데, 나머지 삼천교(三川敎)는 그럼 어디 어디야?"

"모르오."

"몰라? 왜 몰라! 그럼 나보고 뭘 어쩌라구!"

공철은 킁하고 콧김을 내뿜었다.

"소수마후를 만들어내는 곳이 사천교 중 하나요. 현성교가 원래 사천교 중 하나였음을 안 게 아니외다. 그들이 소수마후를 만들어냈기 때문에 사천교 중 하나가 된 것이오."

"그럼 나머지 삼천교는?"

"완전한 마제가 출현하면 나머지 삼천교가 준동한다 알려져 있을 뿐이오. 그들의 실체가 무엇인지는 아직 알 수 없소이다. 아직까지 강호에는 완전한 마제가 출현한 적이 없기 때문이오."

"그럼 아직 시간이 있겠구나."

"그렇소. 소수마후로부터 소수마공을 흡취해야 마제가 되고, 천인혈(千人血)을 흡수해야 진정한 마제가 되니까."

"알고 있어."

진파는 햇빛에 반짝이는 말 잔등을 노려보며 잔뜩 이를 물었다. 울퉁불퉁 솟아나는 어금니 자국에 공철은 또 마음이 안쓰러웠다.

'죽은 애들을 생각하는군.'

공철은 진파에게 서둘러 말을 걸었다. 일부러 명랑해지려 애쓰는 게 자연스럽지 않다는 건 알고 있었지만, 중요한 시험을 앞둔 지금 차라리 그러는 편이 나았다.

"사천교가 준동할 때를 대비해 중원 곳곳에는 무적다가의 잠룡단(潛龍團)들이 은거하고 있소."

"잠룡단? 이름이 왜 그래? 잠룡쟁패랑 비슷하잖아! 재수없게시리!"

"잠룡쟁패보다 잠룡단의 역사가 더 오래되었소. 그런 쓸데없는 거에 집착하지 마슈."

"알았어. 빨리 말해 봐."

"그들은 평상시엔 그저 생업에 종사할 뿐이오. 무적다가의 숨겨진 힘이라 생각하면 되오이다. 그들은 가주의 명에도 움직이지 않소. 가주도 그들의 존재를 모르오. 오직 전대 가주들만 대대로 그들의 존재를 알고 있을 뿐이오."

"되게 복잡하게 해놨네. 그럼 어떻게 해야 하는데?"

"잠룡단에는 네 명의 단주가 있소이다. 사천교가 모두 준동해야만 잠룡단이 움직이고, 단주들의 시험을 통과한 가주만이 그들을 움직일 수 있소."

"뭐야! 또 시험이란 말야!"

"인생이 그렇다지 않았소."

"제엔장!"

마차 안에서 조금씩 흔들리는 진동을 느끼면서도 철정은 묵묵히 창밖만 바라보고 있었다.

손일연을 포함해 모두 열한 명의 여인만이 탑승해 있는 마차였지만 철정의 눈은 깊숙이 잠겨 있기만 했다.

'어떻게 된 걸까……?'

철정은 알 수 없었다.

현성교도들과 맞서자 이성을 잃었다. 선지애가 절벽에서 추락하며 그를 바라보던 눈길만이 떠올라 철정은 거검을 휘두르더 맹수처럼 날뛰었다.

후퇴하라는 말도 듣지 못한 채 현성교도들의 틈에 끼어들어 거검을 휘둘렀던 것밖에는 기억나지 않는다. 무참하게 조각나 흩어지는 육신의 파편 속에서 그는 야차처럼 날뛰었다. 거기까지만 기억났다.

다시 정신을 차렸을 땐 유현의 등에 업혀 있었고, 도대체 어디서 어떻게 정신을 잃었는지 철정은 도무지 기억을 할 수가 없었다.

유현은 살기(殺氣)가 과하게 치밀어 올라 혼을 놓친 모양이라고 말했지만 납득하기 어려웠다. 이성을 잃은 건 분명했지만, 복수의 순간을 놓칠 정도는 분명히 아니었다.

'지금 중요한 건 그게 아니지. 더 힘을 길러야 해.'

철정은 상념에서 깨어나다 문득 미간을 찌푸렸다. 볼을 통해 따가운 시선이 느껴졌던 것이다.

'막 소저군……'

진파가 걱정되어 산동행을 따라 나섰지만 은근히 느껴지는 막수옥의 눈빛이 철정으로선 부담이 되었다. 함께 무공을 수련할 때는 막수옥의 마음을 느끼지 못했다. 밀폐된 마차에 며칠 동안 함께 있어보니 막수옥이 어떤 마음으로 그를 대하는지 그제야 알 수 있었다. 그러나 받아들일 수 없는 마음이지 않은가.

지금도 따갑게 느껴진다. 바로 옆에 앉은 막수옥이 그를 바라보는 눈빛이.

"철 소협, 무슨 걱정 있으세요?"

"아닙니다. 지애를 생각하고 있었습니다."

철정은 일부러 딱딱하게 대답했다.

"네에……"

막수옥이 머뭇거리며 또 무슨 말인가 꺼내려 하자 철정은 몸을 일으키며 손일연을 바라보았다.

"저도 마부석에 나가 있겠습니다."

"좁을 텐데?"

"하늘을 보고 싶습니다. 지붕에라도 앉아 있겠습니다."

손일연의 대답도 듣지 않고 철정은 마차 문을 열며 사라졌다.

탁 하고 닫히는 문소리에 막수옥은 고개를 떨구었다.

"미친년!"

차가운 음성이 울렸다.

막수옥이 고개를 드니 삼후 나령이 그녀를 바라보며 호랑이 눈을 뜨고 있었다. 까무잡잡한 피부의 나령이 눈을 치켜뜨자 하얀 눈매가 더욱 매섭게 번뜩였다.

"언니……."

막수옥은 뜻밖의 말에 나령에게 무언가 말을 하려 했으나 천둥이 치는 듯 쏟아지는 나령의 꾸짖음을 들어야 했다.

"네가 제 정신이냐! 우린 추 언니와 현정이를 잃었다. 그런데 사후라는 년이 연애놀음이야!"

"목소리를 낮춰요!"

벽화가 말리자 나령은 조용한 음성으로 벽화에게 말했다. 그러나 그녀의 어조는 너무도 단호했다.

"음파를 차단해 놨어. 괜찮아, 일후."

말리는 벽화의 손을 뿌리치고 나령은 불길이라도 쏟아낼 것처럼 막수옥을 노려보았다.

"대답 좀 듣자! 넌 언니 동생이 죽은 게 아무렇지도 않은 것이냐! 그렇게 네년 감정에만 급급해? 나이도 처먹을 대로 처먹은 게 어찌 그렇게 천지 분간을 못해!"

나령의 굵은 눈썹이 꿈틀거렸다. 평소 호탕한 성격으로 동생들을 챙겨주던 나령이 화를 내자 다른 소수마후들은 조용히 입을 다물고 벽화와 나령의 눈치만 볼 뿐이었다.

막수옥은 갑자기 당한 공격에 얼굴이 붉어졌지만, 차츰 특유의 성질이 나오는지 눈매가 매섭게 째지기 시작하였다.

흥분이 지나쳤던지 잔뜩 떨리는 목소리가, 흘러나왔다.

"난 남자 좋아하면 안 돼? 언니도 진파 자식한테 목매고 있잖아!"

막수옥의 반격에 이번엔 나령의 얼굴이 붉어졌다. 까만 얼굴이 도화 빛으로 물든 것으로 보아 어지간히 당황한 모양이었다. 힐끗 벽화의 눈치를 본 나령은 막수옥을 향해 도끼눈을 부릅떴다.

"뭐야!"

소수가 난무할 것만 같은 흉흉한 분위기가 마차 안에 피어올랐다.

그때 손일연이 천천히 손을 들었다.

"그만들 하거라."

무공이라면 이들 중 막내인 십이후 정가영도 감당하기 힘들었지만 손일연에겐 연륜이라는 무기가 있었다. 그녀가 손을 들어 말리자 막수 옥과 나령은 씩씩대며 서로를 노려보기만 할 뿐 잠잠해졌다.

"이 할미가 한마디 하마. 벽화야, 괜찮겠지?"

마차를 타고 가는 동안 소수마후들 모두 손일연을 할머니라 부르기 로 했던 것이다. 손일연은 처음엔 손녀 열 명이 뭐냐고 손사래를 쳤지 만, 가엾은 그녀들의 처지를 생각하고는 결국 고개를 끄덕이고 말았던 터였다.

벽화는 다행이라는 듯 미소를 띤 채 손일연에게 고개를 숙였다.

"당연하지요. 말씀하세요."

"그래. 령이와 수옥이, 그리고 너희도 잘 듣거라."

"예."

손일연은 한꺼번에 터지는 대답을 들으며 빙긋 웃음을 지었다. 정말 열 명의 손녀가 한꺼번에 생긴 것 같은 기분이 들었다.

꽃같이 아름다운 열 명의 손녀.

처음엔 벽화가 소수마후임을 알고 죽이려 했던 손일연이었지만, 이제 벽화들은 그녀에게 어린 손녀딸들이 되었던 것이다.

"확실히 너흰 두 명의 자매를 잃었다. 나도 수많은 동료들을 잃었지. 그리고 이제까지 살면서 많은 사람들을 먼저 떠나보냈단다. 하지만 얘들아."

손일연은 자애로운 눈빛으로 벽화들을 둘러보았다.

자신을 바라보는 열 쌍의 아름다운 봉목들을 바라보며 손일연은 흐뭇한 미소를 지었다.

"앞서 간 사람을 기억한다는 건 아름다운 일이다. 하지만 그들 때문에 너희의 삶을 주저한다는 건 바보 같은 짓이란다. 앞서 간 사람들은 우리에게 이걸 가르쳐 주는 것이야. 삶은 언제 끝날지 알 수 없다는 걸 말이다. 그렇기 때문에 망설임없이, 후회없이 살아야 하는 것이야. 마음껏 사랑하고 열심히 살아야 한다. 언제 우리도 그들 곁으로 갈지 알 수 없기 때문에 그러한 것이란다."

손일연은 잔잔하게 웃으며 나령의 어깨를 두드렸다.

"이제 네가 가장 언니란다. 네 마음은 알겠지만 일의 선후를 너무 따지지는 말거라. 그런 걸 따지는 남자들만으로도 세상은 충분히 어지럽다. 동생의 삶을 아껴주어라. 그게 언니 된 도리가 아니겠니? 이후와 십후도 그걸 바랄 게야."

고개를 숙이는 나령과 막수옥, 그리고 꽃 같은 소수마후들을 바라보며 손일연은 주름살 가득한 멋진 미소를 보여주었다.

"복수는 복수고, 사랑은 사랑이다. 그걸 잊지들 말기 바란다."

진파는 고개를 돌려 마차 지붕에 올라가 앉은 철정에게 불쑥 말을 건넸다.

“더 쉬지, 왜 나왔어?”

철정은 진파의 얼굴도 보지 않고 하늘만 바라보았다. 앉은 채 하늘만 바라보는 철정의 얼굴이 헛헛해 보였다.

“답답해서. 몸은 다 나았어.”

“그러냐?”

“그래.”

짧은 대화를 주고받은 진파와 철정은 잠시 말이 없었다. 진파는 마부석에서 몸을 일으켜 철정의 곁으로 유려하게 몸을 옮겼다. 무적심공이 절정에 이른 후라서인지 진파의 몸놀림은 가벼운 가운데 완숙한 태가 역력했다.

철정의 옆에 앉은 진파가 철정의 어깨를 감싸안았다.

“야.”

다정하게 말을 건네는 진파에게 철정은 인상을 찌푸렸다.

“왜 그래? 징그럽게.”

“수옥 누나가 너 좋아하는 게 부담스럽냐?”

진파의 말에 철정의 얼굴은 딱딱하게 굳어버렸다.

“그만 해라.”

“정아.”

“그만!”

철정이 버럭 소리를 질렀다.

철정은 진파를 보지 않았다. 딱딱하게 굳어 있는 철정의 얼굴에는 표정 하나 없어 오히려 고통스럽게 보였다.

“지애 죽은 지 얼마 되지도 않았다. 복수도 못했어. 그런 감정이 내게 가당키나 한 거냐!”

"그건 그렇지. 하지만……."

"그럼 다신 그런 말 하지 마!"

"사람이 사람을 좋아하는 건 죄가 아니라잖냐. 넌 그렇다고 쳐도 수옥 누나는 또 무슨 죄가 있냐? 요즘 수옥 누나 보면 내 마음까지 무겁다."

"이 문제만큼은 아무리 너라도 간섭 마라. 지애 복수 말고는 지금 내 눈에 보이는 건 없어."

"선 소저를 죽인 놈들은 이미 죽었어."

"그걸론 모자라. 현성교 놈들을 모두 쳐 죽여 버릴 거다. 그때까지 내 칼은 멈추지 않는다."

진파는 무섭게 일그러진 철정의 옆얼굴을 바라보다 포옥 한숨을 내쉬었다.

"아씨……. 우울해서 분위기 좀 바꿔보려고 했더니 친구라는 놈이 전혀 안 도와주네……."

진파의 말에 침묵을 지키던 철정이 마차 곁을 스치는 나뭇가지를 툭 건드리며 퉁명스럽게 물었다.

"너야말로 요새 왜 그래?"

"내가 뭘?"

"실없는 놈처럼 왜 헤헤거리고 다니냐? 네가 지금 웃을 때냐?"

"그럼? 울기라도 하리?"

"누가 울랬냐? 일부러 명랑한 척하잖아. 그게 더 신경 쓰이는 거 몰라?"

"그러냐?"

"그래."

갑자기 진파가 마차 지붕 위에 벌렁 드러누웠다.

"젠장!"

"그 욕은 아주 입에 달고 사는구나."

"너도 누워, 임마."

"자식이 형이라 불러도 모자랄 판에 임마는."

투덜거리면서도 철정은 진파의 곁에 몸을 눕혔다.

푸른 하늘에 떠 있는 하얀 구름들이 달리는 마차를 비웃기라도 하듯 유연하게 움직이고 있었다.

눈이 부신 듯 손으로 눈을 가리며 진파가 조용히 말했다.

"네 말이 맞아. 나 일부러 그러는 거야."

"알아. 부자연스럽게 왜 그래?"

"그래도 이게 나아. 이렇게라도 안 하면 미쳐 버릴 것 같다. 아버지는 사경에 빠져 혼자 싸우고 있고, 겨우 구한 두 누이는 죽고 말았어. 날 따뜻하게 봐주던 가신들도 내 실수로 죽어버렸어. 이런 상황에서도 난 가주가 되려고 시험을 치러 가."

"임마, 그건……."

"내 탓이 아니라 그거냐?"

"그게 사실이잖아. 넌 최선을 다했어. 너 아니었으면 그때 다 죽었을지도 몰라."

"그렇지 않아. 나만 잘했으면 지금보다 훨씬 나았을 거야."

진파는 하늘을 바라보며 눈을 찡그렸다.

"아버지가 혼자 나서실 때 나도 따라 나서야 했어. 아버지와 같이 싸웠어야 했어. 근데 그렇게 안 했다. 왠지 아냐?"

"풍협께서 너한테 모두 피신시키라고 하셨잖아."

“내가 아버지 말 고분고분 따를 놈이냐?”

“그건…… 아니지.”

철정은 묵묵히 하늘을 바라보다 진파에게 다시 되물었다.

“그럼?”

“아버지가 미웠다. 그때도 원망이 더 컸어. 혼자 나서기에 ‘그래, 잘난 분이시니 잘나게 처리하겠지’ 그런 맘이 아주 없지는 않았을 거야.”

“야, 그건 너무 비약한 거잖아?”

“그럴 수도…….”

진파는 질겅질겅 씹고 있던 풀잎을 퉤하고 뱉어냈다. 하늘로 떠오른 풀잎은 달리는 마차 뒤로 빠르게 사라져 갔다.

진파도 알 수 없었다.

그때 왜 아버지를 강력하게 말리지 않았는지. 아니, 현성교주와 현성교도들을 혼자서 막으려는 아버지를 왜 지켜보기만 했는지.

혹시나 마음속에 아버지에 대한 미움이 남아 있었던 걸까. 벽화가 친남매일지도 모른다는 말이 그렇게도 원망이 되었던 걸까. 아니면 정말 아버지가 시키는 대로 따르고 싶은 착한 아들이 되고 싶었던 걸까.

처음부터 아버지와 함께 현성교주와 싸웠더라면 아버지가 그런 상처를 입지 않았을지도 모른다는 생각은 진파의 마음을 끊임없이 괴롭혔다. 그렇게 했더라면 추소예와 현정을 잃지 않았을지도 모른다는 생각이 끝끝내 머리 속에서 떠나지 않았다.

‘왜 난 그때 아버지의 말을 들었던 걸까……? 왜 내 판단대로 하지 않았을까……? 제기랄……!’

막바지 상황에 몰려서야 자신의 판단에 따라 행동에 옮겼던 것이 너무도 후회스러웠다. 눈앞이 뿌옇게 흐려져 왔다.

진파는 으드득 어금니를 갈았다.

"자식, 추하다. 그만 해라."

어느새 축축하게 젖어드는 진파의 볼을 외면하며 철정은 나직하게 말을 걸었다.

주먹을 들어 눈가를 훔치는 진파에게 철정은 더 이상 아무 말도 할 수 없었다.

진파는 코를 훌쩍 들이키더니 퉤하고 시원스레 가래침을 뱉어냈다. 철정은 그 모습을 보고 빙긋 미소 지었다. 진파의 마음을 이해할 수 있었다. 일부러라도 명랑한 척하겠다는 진파의 의지가 가슴에 와 닿았다. 철정도 진파의 뜻을 존중해 주기로 마음먹었다. 철정의 방법으로 말이다.

철정은 잔뜩 인상을 찌푸렸다.

"드런 자식!"

"미안하다, 드러워서."

"잘한다. 이 소저가 너 코 마시는 놈인 줄 알면 퍽이나 좋아하겠구나."

"너만 조용히 하면 돼. 이놈! 비밀을 사수할 거냐?"

진파가 손가락으로 철정의 목을 쿡하고 찌르자 철정이 눈썹을 모았다.

"사, 사, 사수하마."

"크큭."

"흐흐."

진파와 철정은 마차 지붕 위에 누워 애들처럼 낄낄거리며 웃어 젖했다.

한참을 웃고 난 후 진파가 몸을 일으켰다.

여전히 누워 있는 철정을 향해 진파는 짧게 말을 던졌다.

"고맙다."

"뭐가?"

"네가 친구라서 고맙단 말이야."

"녀석, 새삼스럽게 낯간지러운 말은."

"아니. 등 뒤를 맡길 수 있는 친구가 있다는 게 얼마나 행복한 일인지 이번에 뼈저리게 깨달았다. 너라면 어떤 상황에서도 안심하고 등을 보일 수 있을 거야."

철정도 몸을 일으켜 진파의 얼굴을 마주 보았다.

"나도 마찬가지야."

두 손을 단단히 맞잡는 철정과 진파를 힐끗 보며 공철은 기분 좋은 웃음을 흘렸다.

태산(泰山).

산동(山東)에 자리잡은 오악 중 가장 동쪽에 위치한 태산은 예로부터 오악의 수장으로 떠받들어진 천하 명산이다.

태산의 연봉을 바라보며 마차를 몰던 공철에게 진파는 불쑥 말을 건넸다. 지붕에 배를 깔고 철정과 함께 태산을 보다가 진파는 혀를 차고 있던 참이다.

"아니, 저게 천하 명산이라는 태산이야? 별거 아니잖아?"

"왜, 보기에 초라하오?"

"저 정도 산은 산서에 가면 수두룩하잖아. 뭐가 천하 명산이라는 거야? 그리 높지도 않고, 그렇다고 산수가 화려하지도 않구만!"

"클클. 짧은 안목으로 어찌 천하의 뜻을 알 수 있겠소?"

"큉! 산은 나도 알 만큼 알아. 뭐가 천하의 뜻이야?"

공철은 한심하다는 듯 머리를 흔들었다.

"태산이 오악의 첫머리에 거론되는 건 산수가 수려하다거나, 높이가 높다거나 하는 이유가 아니외다."

"그럼?"

공철은 수염을 쓰다듬으며 목소리를 가다듬었다. 진파가 보기엔 가증 그 자체였지만, 공철의 유유한 목소리는 그야말로 신선의 설법처럼 들렸다.

"오악 중 태양이 뜨는 곳에 가장 가까운 산이 태산 아니오. 예부터 천하를 얻은 자는 태산에 올라 봉선(封禪) 의식을 치렀소. 태평성대를 기원하며 하늘에 제사를 지낸 거라오. 태산이 오악의 태두가 된 것은 타고난 자태 때문이 아니라 그곳에 깃든 선인들의 정신 때문이외다. 이제 아시겠소?"

혀를 차는 공철에게 진파는 큉하고 콧김을 불었다.

"그래도 별 볼일 없이 생긴 건 사실이잖아!"

"쯧쯧. 공자께서도 태산에 올라 천하가 좁다는 것을 아셨다 했소이다. 어찌 그리 짧게만 보시는 게요."

"할배, 어울리지 않게 멋진 말만 하지 말고, 할배도 솔직히 말해 봐. 사실 별거 없어 뵈는 산 맞잖아?"

"노부에겐 어느 산보다 의미있어 보이는 산이오."

"왜?"

"저곳에 바로 무적다가의 성지가 있지 않소이까? 우리에겐 어느 산보다 의미있는 산이지 않소?"

"젠장."

갑자기 진파가 재미없다는 듯 팔베개를 하며 태산을 바라보았다.

그랬다.

진파가 무적심공을 일으켜 무적검보에 조심스럽게 주입하자 유려한 산수화 한 폭이 떠올랐던 터였다.

세세하게 그려진 한 폭의 산수화는 한 봉우리를 자세히 묘사한 것이었다. 상단에 새로 나타난 글귀는 그곳이 태산의 일관봉(日觀峰)임을 증명해 주었다.

태산일관 일관무적(泰山日觀 日觀無敵).

무적검보에 떠오른 그림을 보여주었더니 공철이 대뜸 태산의 일관봉을 댔던 것이다.

진파는 공철을 보지도 않고 투덜거렸다.

"할배, 찜찜하지 않아?"

"뭐가 말이오?"

"가문의 성지라면서? 그런데 너무 쉽게 가르쳐 줬잖아. 이상해. 더구나 봉우리 정상에 뭐가 있다는 거야?"

"그거야 난들 알겠소. 어쨌든 그곳은 분명히 태산의 일관봉이오. 내 확실히 말할 수 있소이다."

공철과 진파의 대화를 듣던 철정이 끼어들었다.

"너, 시험 보기 귀찮아서 피하려고 그러는 거지?"

"임마, 내가 아무리 시험 보는 거 싫어한다고 해도, 똥오줌도 못 가리는 그런 놈은 아니야! 내 성격 몰라서 그러냐?"

"아니까 하는 말이지."

철정이 피식 웃으며 진파의 말을 받았으나 그는 더 이상 철정과 지분거리지 않았다.

덜컹대는 마차의 흔들림에도 그림처럼 누워 있는 진파의 눈은 태산의 연봉을 주시하고 있었다.

"일관봉이라……. 너무 쉬워. 너무 쉽게 가르쳐 줬어. 그래서 찜찜해. 젠장……. 이런 나쁜 예감은 대부분 정확히 들어맞는데 말야……."

말과는 달리 진파의 눈은 기대감과 장난기가 뒤섞여 빛나고 있었다.

"저기 할아버지가 계신다 이거지? 광협(光俠)이라……. 어떤 분이실까?"

태산 정상으로 오르는 끝이 없을 듯한 돌계단을 올라가며 진파는 잔뜩 인상을 찌푸리고 있었다.

무인인 진파가 그깟 계단 때문에 힘이 들겠냐만은, 가도 가도 끝이 나지 않는 계단에 그만 질려 버렸던 것이다. 가끔씩 오가는 시인 묵객들을 놀라게 하지 말자고 공철이 경공을 펼치지 못하게 말렸던 터라 걸어 올라갈 수밖에 없었다.

계단 양편에 늘어서 있는 비석을 흥미롭게 바라보던 것도 잠시, 진파는 울화가 끓어오르는지 계속 투덜거렸다.

"아니, 무슨 놈의 계단을 이렇게 많이 만들었어? 산 탈 때 계단 있으면 더 짜증나는 거 모르나?"

"조금만 더 가면 되오. 사내가 그 정도도 못 참소? 역사의 향기를 느껴보라고 이 길로 왔더니만. 좌우에 늘어선 전시대의 비문들을 좀 보란 말이오! 에잉~"

"개뿔, 역사의 향기는! 할배, 이 계단 혹시 정상까지 이어지는 거야?"

"맞소. 모두 합해서 아마 칠천 개가 좀 넘을 게요."

"젠장!"

공철과 나란히 걷던 진파는 어지간히 짜증스러웠던지 갑자기 계단을 뛰어올라 가기 시작했다.

"할배! 나 먼저 가 있을 테니 역사의 향기 실컷 느끼면서 천천히 오라구!"

"이런, 소주! 가주가 되려면 체통을 지키란 말요!"

"나 아직 가주 아냐!"

진파의 장난스러운 대답에 공철은 고개를 흔들다 벌써 저만큼 멀어져 가는 진파를 향해 고함을 질렀다.

"계단 끝에 벽하사(碧霞祠)가 있으니 그 앞에서 기다리쇼!"

"알았어!"

손일연과 함께 걷고 있던 벽화가 진파가 앞서 달리는 것을 보고는 손일연에게 고개를 돌렸다.

"할머니, 저 오빠랑 할 말이 좀 있어서 먼저 갈게요."

"그러렴."

"아니, 대장!"

오후 양우가 벽화의 옷깃을 잡으려는데 손일연이 조용히 양우의 손을 붙잡았다. 그 틈에 벽화는 날씬한 교구를 날리며 진파의 뒤를 따라 계단을 뛰어오르기 시작했다.

“할머니!”

양우가 손일연을 억울한 듯 바라보았지만, 주름진 눈을 오므려 그윽한 미소를 지은 손일연은 고개만 저을 뿐이었다.

“할미가 어제 말하지 않았니? 마음껏 사랑하게 내버려 두어라.”

“하지만 대장은!”

“벽화에겐 벽화의 삶이 있는 것이고, 너에겐 너의 삶이 있는 것이다. 대장이라고 해서 벽화가 네 삶까지 대신 살아주는 건 아니지 않니?”

“……..”

손일연은 다정스럽게 양우의 머리를 쓰다듬고는 양우의 귓가로 고개를 기울였다. 손일연의 낮은 귓속말이 이어졌다.

“양우야, 넌 벽화의 친구이기도 하잖니. 친구가 연애하는 걸 방해하는 건 오해받기 딱 좋은 거란다. 여자들끼리? 으흥?”

“할머니!”

“호호호. 우리는 진짜 역사의 향기를 느끼면서 천천히 오르자꾸나.”

손일연은 아홉 명의 꽃 같은 소녀들에게 둘러싸인 채 천천히 태산을 오르기 시작했다. 공철과 철정의 얼굴에도 빙긋 웃음이 떠올라 있었다.

“오빠!”

진파는 계단을 뛰어오르다 멈칫 신형을 멈추었다.

‘아차!’

이제껏 둘만 있는 시간을 피해가며 요리조리 시간을 끌어왔던 것인데, 벽화가 따라올 줄은 미처 생각지 못했던 진파는 미간을 살짝 찌푸렸다.

분명히 약속하지 않았던가.

밖으로 나가면 모든 걸 다 말해 주겠다고.

'이 얘길 어떻게 말하나…….'

진파가 서 있는 바로 밑의 계단에 멈춘 벽화는 진파의 얼굴을 빤히 올려다보기만 했다. 고개를 살짝 기울이고 무언가 강렬한 호소를 담은 벽화의 눈빛에 진파는 난감한 마음뿐이었다.

아무 말도 하지 않았지만 벽화가 무엇을 묻고 있는지 너무도 잘 알고 있었다. 하지만 쉽사리 입이 떨어지지 않았다.

그때 벽화가 진파의 곁으로 한 계단 올라섰다.

"같이 걸어 올라가, 오빠."

진파는 벽화가 내미는 손을 물끄러미 바라보다 곧 그녀의 손을 잡았다.

따뜻했다.

부드러우면서도 탄력이 느껴지는 그 손이 천하의 소수(素手)란 것은 누구도 모를 터였다.

진파가 태어나서 처음으로 연심(戀心)을 품은 사람의 손.

그러나 친누이동생일지도 모르는 손.

진파는 그 손을 잡고 벽화와 함께 계단을 오르기 시작했다.

진파도 벽화도 아무 말이 없었다.

문득 진파의 머리 속에 유현이 떠나기 전에 했던 말이 떠올랐다.

개왕과 접촉해 정세를 파악해 놓겠다는 것이 유현이 떠난 이유였지만, 그 속에는 벽화의 출생에 대해 알아보겠다는 다른 이유도 있음을 진파만은 알고 있었다.

"벽화에게 사실을 말해야 할까요? 약속은 했지만 과연 그래야 할 것인지 모르겠습니다."

"왜?"

"누이동생이 아닐 수도 있지 않습니까? 저보다 나이가 많을지도 모른다고 말한 분은 유 숙이셨습니다."

"누이동생일 수도 있다. 그 애들이 몇 년 동안 현성교에 잡혀 있었는지는 아무도 모른다. 그 애들 기억도 그 부분은 불완전하고 말이다. 네 아비가 운 중곡에 갇혀 있었던 시간은 구 년이야. 만약 네 아비가 벽화를 만났을 때가 벽화가 현성교에 잡혀온 지 일 년이 넘었을 때라면 누이동생이 아닐지도 모른다. 그때가 일 년을 넘긴 후였다면 벽화는 그때 여덟 살 이상이었을 테고, 지금 나이는 최하 너랑 동갑이거나 그 이상일 테니까. 하지만 일 년이 되지 않았을 때라면 너희가 친남매일 가능성도 있어. 그 말은 벽화 나이가 너보다 한 살 어린 열여섯이라는 말이니까. 결국 모든 상황을 고려해 자세히 조사하는 수밖에 방법이 없다."

"후……."

"나도 너희가 친남매가 아니길 바라고 있다. 네 아비도 그걸 원했고. 벽화에겐 되도록 친남매일지도 모른다는 말은 하지 말거라."

"하지만 약속했습니다."

"너만 괴로운 것도 모자라 벽화까지 괴롭게 할 참이더냐? 사내의 어깨가 넓은 건 더 많은 짐을 감당하라는 뜻이다. 잘 생각해라."

유현과의 대화를 떠올리느라 생각에 잠겨 있던 진파는 벽화가 하는 말을 놓치고 말았다. 정신을 차렸을 때는 벽화의 말이 거의 끝나가고 있었다.

"……그렇지?"

호수 같은 두 눈이 진파의 얼굴을 바라본다.

처음 만났을 때는 아무 감정도 담겨 있지 않았던 눈이지만 이제 벽화는 눈으로도 여러 가지 말을 하고는 했다. 그러나 벽화가 한 말을 놓친 진파는 더욱 어색할 수밖에 없었다.

'이런!'

"맞지?"

'뭐라고 한지 못 들었단 말야! 아아아아아악!'

진파는 순간이 얼마나 길 수 있는지 다시금 실감할 수 있었다. 어느새 벽화의 손을 맞잡은 손에 땀까지 배어 나왔다.

벽화는 그런 진파의 얼굴을 보며 잔잔한 미소를 지었다.

벽화가 고개를 끄덕였다.

"당황하는 것을 보니까 역시 그렇구나. 내 생각이 맞았어."

'뭐가! 뭐가 맞다는 거야! 미치겠네, 정말!'

"오빠 보기보다 정말 생각이 깊다니까."

벽화가 감탄한 듯한 얼굴로 진파를 바라보았으나 진파의 마음은 천 길 벼랑에 걸쳐진 연혼사 한 가닥을 타는 기분이었다.

'얘가 혹시 뭔가 안 게 아닐까?'

갑자기 불안해진 진파는 조심스럽게 벽화에게 물었다. 고르고 골라 벽화가 무슨 뜻으로 이야기한 건지 최대한 알아낼 수 있는 말을 골랐다.

"벽화야, 뭐 때문에 그렇게 생각한 거니?"

벽화는 계단을 성큼성큼 오르며 진파의 손을 앞에서 끌었다. 벽화의 목소리가 진파의 귓전에 울렸다.

"오빠가 철 소협을 어떤 친구로 생각하는지 모를 내가 아니잖아. 둘

사이가 얼마나 끈끈한지는 나도 잘 알아. 선 언니가 그렇게 죽고 난 후 나도 사실 맘이 편치 않았어."

'오잉! 이게 뭔 말이야?

진파는 벽화의 등을 보며 휘둥그렇게 눈을 떴다. 벽화의 목소리가 계속 들렸다.

"그래도 그렇지. 그런 이유라면 내게 귀띔 정도는 해줄 수 있잖아. 나도 철 소협 앞에서 오빠랑 너무 친하게 지내는 모습을 보여줄 마음은 없었어. 철 소협 마음은 우리 때문에 더 아플 테니까. 그래도 섭섭하다. 나한테 말해 줘도 되었잖아. 오빠가 자꾸 날 피해서 난 또 얼마나 걱정했다구."

"벽화야, 그, 그건……."

"이제 오빠 마음 알았으니까 안심이야."

뒤를 돌아보며 정말 안심한 듯한 얼굴로 방긋 웃음을 짓는 벽화에게 진파는 아무 말도 못했다.

'벽화야, 그건 오해야…….'

생각은 했지만 말로 나오지는 않았다.

진파가 망설이는 사이에 벽화는 다시 고개를 돌려 계단을 오르기 시작했다.

"그렇게 곤란한 표정 짓지 마. 이번만이야. 이번만 이렇게 공공연하게 오빠 손을 잡을게. 철 소협도 이 정도는 이해할 거야. 그리고 지금 우리가 걷는 곳은 뒤에서 안 보여. 철 소협은 못 볼 거야."

"벽화야……."

"하지만 오빠. 친구 신경 써주는 것도 좋지만 가끔은 나한테도 신경 써줘. 응?"

“어······.”

진파는 저도 모르게 대답하고 말았다. 그 대답으로 인해 모든 상황이 벽화가 말한 이유가 참인 것처럼 되고 말았지만, 그게 아니라고 말할 자신은 진파에게 없었다.

이제 가주가 되기 위한 시험을 쳐야 하고 그러자면 벽화와 떨어져 있어야 할 텐데, 사실을 밝혀 벽화를 혼란에 빠지게 하고 싶지는 않았다. 그리고 난감하기도 했다. 도대체 뭐라고 말한단 말인가? 우리 친남매일지도 몰라. 아버지가 네 엄마랑 같이 잤을지도 모른댄다. 네가 친아빠라고 아는 분은 양아버지일지도 몰라. 이렇게?

‘에잇! 모르겠다! 일단 입 다물자!’

진파는 세차게 고개를 흔들었다.

복잡한 생각을 하다 보니 어느새 정상인 벽화사가 보이는 곳까지 올라와 있었다.

바람에 휘청거리는 무성한 나무둥치 사이로 벽화가 갑자기 뛰어들었다. 진파의 손을 잡고서.

“어!”

진파를 나무둥치에 기대게 한 벽화는 사르르 볼을 붉혔다.

“왜?”

진파가 어리둥절한 표정으로 물었으나 벽화는 대답을 하지 않았다.

대신 눈을 감은 벽화의 얼굴이 천천히 다가왔다.

“오빠 이제 시험 본다고 나랑 떨어져야 하잖아. 한 번만. 응?”

‘컥!’

천천히 다가오는 벽화의 입술은 현성교주의 북명벽강보다 더 난감한 공격이었다.

이미 수차례 입맞춤을 한 터였지만, 이제 친남매일지도 모르는 상황이 아닌가! 친남매끼리 어찌……! 하지만 친남매가 아닐지도 모르는데…….

망설이는 사이 이미 진파는 입술을 점령당하고 말았다.

"……!"

진파는 동그랗게 눈을 떴다.

바로 눈앞에 사르르 내려 감은 벽화의 눈이 보였다.

'아, 아니…… 이, 이렇게 되면…….'

머리가 텅 비는 것만 같은 충격파가 진파의 몸을 흔들었다.

생각이 정리되지도 않았건만 일은 벌써 벌어졌고…….

멍하게 얼어 있는 진파를 끌고 벽화는 다시 후다닥 계단을 오르기 시작했다.

인기척이 들려왔던 것이다.

태산의 주능선을 어떻게 걸어왔는지 진파는 하나도 기억나지 않았다. 벽하사 앞에서 멍하게 서 있는데 공철들이 곧 따라왔고, 공철의 뒤를 따라 걷다 보니 어느새 일관봉에 도착했던 것이다.

공철이 진파의 어깨를 툭 쳤을 때야 진파는 여러 복잡한 상념에서 깨어날 수 있었다.

"소주! 저거 보시오!"

공철의 손가락을 따라 고개를 돌리니 일관봉 정상에 서 있는 긴 석탑이 보였다.

비바람에 닳고 깎여 사람이 세운 것처럼 보이지 않을 만큼 주변 풍광과 완벽한 조화를 이루고 있는 석비.

그 석비엔 무적검보에 적혀 있던 것과 비슷한 여덟 자가 쓰어 있었다.

일조무적 관광무적(日照無敵 觀光無敵).

진파는 눈을 깜박였다.

"해가 비추니 무적이다? 빛을 보니 무적이다? 뭔 말이야?"

공철이 심각한 표정으로 수염을 쓸어 내렸다.

"이 비문에 대해 여러 문사들이 다양한 해석을 했었소. 이 비문의 글귀를 둘러싸고 산동의 문인들 간에는 아주 대단한 논쟁이 오고 갔다 하더이다."

"정말? 할배가 그런 걸 어떻게 알아?"

"험. 이래 뵈도 세상을 향해 귀를 활짝 열고 살아온 한평생이었소. 소주와는 수준이 다르다는 걸 알아주시구려."

"큥."

진파는 공철의 자랑에 관심없다는 듯 고개를 저었다.

"그딴 건 난 모르겠고, 그래서 저 글귀에 대한 가장 유력한 해석이 뭐야?"

"그들은 이곳이 무적다가와 관련이 있다는 생각을 못했기에 무적이 두 번 쓰인 것을 갖고 갖은 논쟁을 벌였다 들었소. 그건……."

"아! 됐다니까! 할배! 나 숨넘어가는 거 보려고 그러는 거야? 누가 어떤 논쟁이 있었다는 걸 듣고 싶대? 여기 할배 말고는 그거 알고 싶어 하는 사람 하나도 없어! 보면 몰라!"

오랜만에 세상 경험의 성과물을 자랑하며 노인다운 품격을 유지하려 했던 공철은 진파의 말에 주위를 둘러보았다. 과연 진파의 말대로 손일연이 홱 고개를 돌려 외면했다. 철정과 벽화들도 슬며시 공철의 눈길을 피했다.

'하……. 노인을 공경할 줄 모르는 것들과 함께 다니는 내가 바보지…….'

공철은 분노를 잠재우듯 지그시 눈을 감고 퉁명스럽게 이야기를 꺼내기 시작했다.

공철의 불편한 심기가 섞여 이번 설명은 짧았다. 많이, 아주 많이.

"해 뜨는 광경이 견줄 바 없도다. 여명을 보니 세상에 적이 없도다."

알쏭달쏭 야릇한 선기를 품은 듯한 해석을 마치고 공철은 홱 몸을 돌렸다.

"아니, 할아범. 뭔가……."

"스스로 알아내시구려. 이것도 가주가 되기 위한 시험이외다!"

진파는 삐친 것이 분명한 공철의 뒤통수를 바라보며 뒤늦은 후회의 한숨을 내쉬었다. 진파는 오랜 경험으로 알고 있었다. 공철이 삐치면 진짜 오래 간다는 것을.

손일연에게 고개를 돌리자 손일연도 못마땅한 표정으로 어깨를 으쓱 치켜 올렸다.

공철이 삐치면 손일연도 말리지 못한다는 사실을 잘 아는 진파는 하늘을 바라보며 답답한 한숨을 토해냈다.

"후……."

그때였다.

십일후 설화가 한참 동안 비문을 뚫어지게 바라보다 진파에게 고개를 돌렸다. 언제나 진파를 바라보기만 할 뿐 제대로 말도 못 붙이던 부끄럼쟁이 설화가 진파를 향해 쪼르르 달려왔다.

"저…… 진파 오빠……."

이마를 문지르며 한숨을 토하던 진파는 설화에게 고개를 돌렸다.

언제나와 마찬가지로 양 볼을 복숭아처럼 발갛게 물들인 설화는 진파와 눈이 마주치자마자 화들짝 놀라 고개를 숙였다.

진파의 얼굴에 슬쩍 웃음이 떠올랐다.

"왜 그러니?"

다정한 진파의 말에 용기를 얻은 듯 설화는 살며시 고개를 들었다. 점점 기어들어 가는 목소리로 차마 하기 힘든 말을 하는 듯 설화는 조심스럽게 말을 하기 시작했다.

"저 비석 말이죠……."

"응."

그때 벽화들과 한데 모여 있던 십이후 정가영이 큰 소리로 빈정거렸다.

"야야! 너 글도 모르잖아! 아무것도 모르는 게 괜히 아는 척하긴! 그렇게 잘 보이고 싶어! 에라~"

정가영의 말에 설화는 더 말을 잇지 못하고 푸욱 고개를 숙였다.

돌아서 뛰어가려는 설화의 어깨를 진파가 붙잡았다.

"괜찮아. 뭐든지 말해 봐. 도움이 될 거야."

"그, 그럴까요……?"

뒤돌아선 채 더듬거리며 말하는 설화의 어깨는 파르르 떨리고 있었다.

진파는 속으로 혀를 찼다.

'얘가 이렇게 심약해서야……. 용기를 더 줘야지.'

"그럼! 저 삐침쟁이 할배보단 백 배 천 배 도움이 될 거야! 걱정 말고 네 생각을 얘기해 봐. 다른 사람들이 생각 못하는 걸 발견했을 수도 있어!"

"그, 그럼……."

설화는 부끄러운 듯 천천히 돌아섰다.

두 주먹을 꼭 쥐고 얘기하는 것으로 보아 대단한 용기를 냈음이 틀림없었다.

엄청난 창피함을 참고 말하는 것이리라.

자신을 생각해 주는 설화의 마음이 고마워 진파는 따뜻한 웃음을 보내주었다.

"전…… 글은 모르는데요……. 공 할아버지가 해석해 준 걸 보고 생각난 게…… 있어요."

"그래, 뭐니?"

설화는 움찔움찔 주저하면서 비문의 상단을 가리켰다.

"저 돌기둥에 쓰인 게 '해가 뜨면 무적이 보이고, 빛을 따라가면 무적을 볼 수 있다' 는 거 아닐까요?"

"우우~ 설화! 말도 안 되는 얘기 하니까 즐겁냐?"

뒤에서 들리는 정가영의 야유에 마침내 설화는 참지 못했다.

주먹을 불끈 쥔 설화가 뒤돌아서서 정가영에게 고함을 질렀다. 진파에게는 꼼짝도 못하는 설화였지만 정가영에겐 결코 지지 않았던 것이다.

"뭐가 말도 안 돼! 말 된단 말야! 저 돌기둥 밑엔 구멍이 있단 말야! 동쪽으로 나 있어!"

"뭐?"

진파가 서둘러 신형을 날렸다.

모두가 비문으로 모여들었다.

"과연!"

진파의 탄성이 터졌다.

설화의 말대로였다.

비스듬히 뚫린 구멍은 비문의 아래쪽에 나 있었다. 일관봉 정상에 우뚝 솟아 있는 바위에 세워진 비문은 태산의 능선을 내려다보고 있었다.

진파의 얼굴에 활짝 웃음이 피어올랐다.

제38장 무적관문(無敵關門)

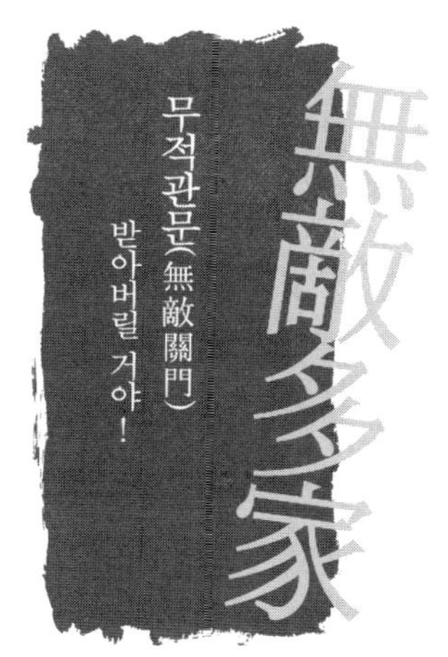

"좋네.

내 최선을 다해 알아보지."

"부탁드립니다. 무적다가에서도 알아본다고 했으나 개방의 도움 또한 절실합니다."

"다 강호의 안녕을 위한 일인데 도움이라고 할 것이 있겠는가. 우리도 나름대로 그들의 본거지를 찾는 중이었네. 지금까지 워낙 흔적을 남기지 않아 현성교를 찾는 것이 어렵기만 했는데, 잘되었네. 황산을 중심으로 부상자를 이송한 세력이 있나 샅샅이 탐문하겠네."

개왕은 코를 후비면서도 너무나 진지한 표정으로 엄숙하게 말을 늘어놓았다.

"한시름 놓았군요."

유현은 개왕의 냄새가 역겹지도 않은지 빙긋 미소를 짓고 있었다.

그도 마정에 십여 년이나 갇혀 있었던 터라 씻지 않아 나는 냄새엔 무감각한 편이라 할 수 있었다. 적어도 외모만으로 사람을 판단할 정도로 어리석은 이는 아니었던 것이다.

"그나저나 풍협은 괜찮겠는가?"

"워낙 강골인 친구니 다시 건강한 모습을 보여줄 겁니다."

유현의 부드러운 눈이 강한 빛을 발했다.

"아직 승부를 포기하지 않았나 보이."

개왕이 유현의 얼굴을 바라보다 너털웃음을 터뜨렸다.

"그와 제가 사귄 이유는 그것 때문이었으니까요."

"좋군, 좋아. 부럽네. 그런 친구가 있다는 것이."

개왕은 진심으로 감탄한다는 듯 요란스럽게 허벅지를 쳤다. 먼지가 풀풀 나고 강력한 냄새 폭풍이 일어났지만, 유현은 빙긋 웃으며 고개만 끄덕일 뿐이었다.

개왕의 얼굴에 은근한 감탄이 피어올랐다. 자신의 냄새로 사람의 됨됨이를 시험하는 개왕은 오랜만에 진정 마음에 드는 사내를 만났다는 듯 얼굴 가득 미소를 드리웠다.

"어르신도 광협 어르신과 좋은 교분을 맺고 계시지 않습니까?"

"헐헐. 하지만 난 그 친구와의 승부는 예전에 포기해 버렸네. 그런 괴물하고 뭘 겨룬다는 게 여간 귀찮아야지."

"하하. 전 아직 포기하지 않았습니다."

"그래야지. 자넨 아직도 총각 아닌가? 피가 뜨거워야 정상이지. 허허."

"그럼 이만 일어나겠습니다."

호탕한 웃음을 나누던 두 사람은 자리에서 일어섰다.

"참, 자네 제자들 이번에 데려갈 건가?"

"정식으로 제자로 삼은 이들은 아닙니다. 아직 제자를 받을 만큼 제 자신도 정립을 못한 처지에 가당키나 하겠습니까. 하지만 일단 가르치기로 했으니 이번 길에 동행할 예정입니다."

"나름대로 기특한 아이들이더군. 방주가 그 아이들 중 하나를 탐냈지만 미동도 안 했다네. 잘 키워보시게. 가르치다 보면 얻는 것도 있는 법이야. 일대종사가 따로 있는가? 자네라면 이미 일문을 세우고도 남아."

"과찬에 낯이 뜨겁군요."

"멀쩡한걸?"

개왕과 검치 유현은 큰 소리로 웃음을 나누고 움막을 나섰다.

검치를 기다리고 있던 전륜파 네 명이 허리를 굽히며 유현을 맞았다. 유현의 얼굴에 흐뭇한 미소가 떠올라 있었다.

*　　　*　　　*

"뭐야, 이건?"

불빛에 비친 진파의 얼굴은 어이없다는 듯 잔뜩 찌푸려 있었다.

화섭자를 든 진파의 시선은 전면을 막아선 커다란 석비에 고정되어 조금도 움직이지 않았다.

바위에 쓰인 글이라고는 믿을 수 없을 정도로 매끄럽고 깊게 파인 글귀는 간단하지만 광오하기만 했다.

걸어와라. 무적을 볼 것이다[步步而見無敵].

진파는 이해가 안 간다는 듯 고개를 갸웃거렸다.
"여길 걸어만 가면 된다는 거야?"
뻥 뚫린 동혈을 힐끗 보며 진파는 인상을 찌푸렸다.
때마침 한줄기 으스스한 바람마저 불었다.
설화가 발견한 비문의 구멍은 일출이 떠오르자 그 비밀을 드러냈다. 운해 속에서 홀연히 떠오른 붉은 태양이 황금빛으로 물들어가자 찬란한 한줄기 빛이 일직선으로 비문을 통해 뻗어 나왔던 것이다.
빛의 끝이 가리키는 곳은 맞은편의 한 절벽이었다.
공철들은 태산 밑에서 진파를 기다리기로 하고, 홀로 절벽으로 접근한 진파는 사람 하나가 겨우 통과할 만한 동혈(洞穴)을 발견하고는 몸을 들이밀었던 것이다.
꼬불꼬불 이어지는 좁은 통로를 지나자 넓은 동굴이 나타났고, 그곳에는 지금 진파가 읽고 있는 석비가 세워져 있었다.
한 점 빛도 들어오지 않는 그곳엔 짧은 글귀가 새겨진 석비 말고는 아무것도 보이지 않았다.
"수상해. 이렇게 쉬울 리가 없는데. 진짜 수상해……."
진파는 자꾸 나쁜 예감이 들기만 했다.
너무 쉬웠다.
무적검보에 무적심공을 주입한 순간 곧바로 태산의 일관봉을 가리켜 준 것도 쉬웠고, 비록 설화의 재치로 금방 알아내긴 했지만 일관봉의 석비를 통해 이 동굴을 발견한 것도 너무 쉬웠다.
"냄새가 나……. 뭔가 있는 게 분명한데……."

아버지나 공철의 말에 따르면 이곳은 무적다가의 전대 가주들이 대대로 머무는 신성한 곳이며, 무적다가의 당대 가주로 인정받게 되는 시험의 장소이기도 했다.

비록 일반인들은 접근할 수 없는 천길 벼랑에 뚫린 작은 동혈이라지만 사람들이 발견 못할 그런 장소도 아니었다.

"게다가 걸어오기만 하면 된다고? 이렇게 쉬워?"

진파는 킁하고 콧바람을 내뿜었다.

대대로 자손의 이름을 이상하게 짓고, 대대로 장난기가 심했다는 집안치고는 너무 쉬운 관문 아닌가.

그러나 어차피 가야 할 길이었다.

할아버지를 만나 할 말은 따로 있었지만, 어쨌든 만나야 그 말도 할 것 아니겠는가.

진파는 가슴을 부풀려 크게 심호흡을 하고는 석비를 돌아 작은 통로로 들어섰다.

"걷기만 하면 무적을 볼 수 있다 하셨으니 걸어가 보면 알겠지. 설마 손자를 죽이기야 하겠어?"

진파의 중얼거림이 멀어지며 점점 어둠 속으로 그의 몸이 잠겨갔다. 파지직 하며 꺼지는 화섭자를 버린 진파는 천천히 걷기 시작했다.

*　　　　*　　　　*

손일연이 들어서자 열 명의 소녀는 일제히 몸을 일으켰다.

"괜찮아, 괜찮아. 앉으렴."

"예～"

벽화들은 여기저기 편하게 앉아 있던 그 자리에 모두 격의없이 자리를 잡고 앉았다.

"그래, 불편한 건 없니?"

손일연이 다정하게 묻자 벽화가 고개를 저었다.

"너무 잘해주셔서 감사할 뿐이에요."

"당연히 잘해줘야지. 호호."

"근데 여긴 어디죠?"

삼후 나령이 손일연에게 조심스럽게 묻자 손일연은 흐뭇한 표정으로 고개를 끄덕였다.

추소예가 죽고 난 후 나령은 확실히 변했다. 전엔 호탕하기만 했던 성격이 조금씩 치밀해지고 있었다. 일후인 벽화가 있긴 했지만 나이는 제일 언니인 자신의 위치를 조금씩 자각해 가고 있었던 것이다.

"여긴 산동의 무적다가 안가란다."

"아~"

나령은 납득이 간다는 듯 낮게 탄성을 발했다.

태산의 바로 지척인 태안(泰安)으로 마차를 몬 공철은 무슨 비밀스러운 밀회 장소라도 찾아가듯 일행을 복잡하게 이끌고 온 터였다.

마차에서 내려 후미진 골목을 꺾어들기를 수차례, 두터운 담장에 둘러싸인 사합원 안으로 일행을 데려온 공철은 손일연에게 벽화들을 맡기고는 곧 사라졌던 것이다.

손일연이 부드러운 미소를 지었다. 참으로 사람을 편안하게 만드는 그런 미소였다. 과거에 그녀가 음괴라는 섬뜩한 별호를 지녔던 사람이라고는 도저히 믿기지 않는 미소였다.

"소주가 특별히 부탁한 것도 있고, 너희의 안전 문제도 있고 해서 이곳으로 데려온 거란다. 여기서 심신을 다스리도록 해라."

"예~"

합창이라도 하듯 대답하는 열 명의 소녀를 보며 손일연은 계속 웃음을 짓고 있었다.

"이곳은 후원과 연결된 별채니까 조용할 게야. 지하엔 연공실이 따로 있으니 그곳을 이용하고."

"저…… 할머니."

사후 막수옥이 나령의 눈치를 보며 조심스럽게 손일연을 불렀다.

막수옥의 마음을 다 안다는 듯 손일연은 고개를 끄덕였다.

"철 소협은 제일 끝 방에 있다. 소주가 돌아올 때까지 폐관을 할 거라더라. 당분간 만날 수 없을 게야."

"예……."

막수옥이 그녀답지 않게 고개를 떨구자 손일연은 끌끌 혀를 찼다.

"그래 갖고 어디 사람 마음을 얻을 수 있겠느냐? 쯧쯧. 힘을 내지 않으면 안 돼."

"예, 할머니."

여전히 힘없이 대답하는 막수옥이 안쓰럽다는 듯 고개를 저은 손일연은 천천히 몸을 일으켰다. 벽화들이 따라 일어서려는 걸 손으로 만류하며 손일연은 몸을 돌렸다.

"저녁때 다시 오마. 더 궁금한 건 그때 얘기하도록 하자."

손일연이 방을 나서고 난 후, 나령은 벽화에게 고개를 돌렸다.

"일후, 묻고 싶은 게 있어."

"뭐든지 물어봐요, 언니."

"우리 금제는 아직 안 풀린 거지?"

벽화는 어두운 눈빛으로 고개를 끄덕였다.

현성교주의 단 한 마디 일갈에 그녀들 모두가 이지를 잃고 무릎을 꿇었던 것이 악몽처럼 떠올랐다.

"그럼 제령술인가 뭔가를 아는 놈이 또 있다면 그때처럼 당한다는 말이야?"

"현성교주만큼 강한 자라면요."

"후……."

나령이 답답한 듯 한숨을 토해냈다.

모두의 얼굴이 심각하게 굳었다.

그러나 벽화는 침착하기만 했다. 모두를 둘러보는 그녀의 얼굴에는 오랜만에 일후다운 위엄이 떠올라 있었다. 그녀는 나령의 손을 잡았다.

"너무 걱정 말아요. 오빠가 마차 안에서도 계속 우리를 치료했어요. 이제 거의 뿌리를 뽑았다고 했으니 일단은 안심해도 좋아요. 오빠가 우릴 먼저 치료해 준 후에 관문에 들겠다고 했지만, 제가 반대했어요. 안전한 곳에 있으면 현성교에서 우릴 찾지 못할 테니까요."

"그럴까?"

"그럼요. 혈뇌고라는 벌레를 죽인 후에는 그들도 우릴 찾지 못했잖아요."

"그래도 계곡까지는 찾아왔잖아."

"그건 풍협 아저씨를 찾아온 거지 우릴 찾아온 게 아니었어요. 우리 흔적을 따라왔던 거라면 몇 달간의 시간이 걸렸을 리가 없잖아요."

"음……."

　나령이 고개를 끄덕이자 벽화는 고개를 들어 주위를 둘러보았다. 막수옥을 빼고는 모두가 친구요, 동생뻘이었던지라 벽화는 편하게 말을 이었다.

　"오빠가 돌아올 때까지 우리도 수련을 하자. 잊지 마. 그놈들이 우리한테 어떤 짓을 했는지. 부모의 원수이고, 친구들의 원수이고, 이후 언니와 십후의 원수야. 우리가 모두 죽더라도 그놈들을 용서할 수는 없어."

　모두의 얼굴에 결연한 표정이 떠올랐다.

　깍깍거리던 소녀들에서 삽시간에 전사의 모습으로 돌아온 열 명의 소녀는 벽화가 내민 손에 자신들의 손을 포갰다.

　열 개의 새하얀 손이 뭉쳐진 곳을 바라보며 벽화는 눈을 빛냈다.

　"오빠에게 모든 걸 맡길 순 없어. 오빠도 고생하고 있을 거야. 우리도 힘을 내자. 우리 원수를 갚는 일이야. 명심들해."

　열 개의 소수가 뭉쳐 거대한 주먹을 이루었다.

　열 명의 눈빛이 타오르기 시작했다.

＊　　　＊　　　＊

　"컥!"

　진파는 모퉁이를 돌아서서 마침내 분통을 터뜨렸다.

　"이럴 줄 알았어!"

　화섭자도 꺼뜨린 채 어두운 통로를 걸은 지 이각쯤 지나자 서서히 통로가 더워지기 시작함을 느끼던 터였다.

　그냥 더운 게 아니었다.

사막에서도 수련해 보았던 진파는 얼굴을 스치는 더운 바람에 흠칫 몸을 떨 수밖에 없었다.

습기가 하나도 없는 뜨거운 열풍은 삽시간에 진파의 몸에서 수분을 빼앗아가기 시작했다.

웬만한 한서(寒暑)의 침입에는 이미 요동조차 안 할 몸이었지만, 등줄기가 축축해질 정도로 땀이 돋아나왔다.

그래도 견딜 만하다고 자위하며 천천히 걸은 것이 또 이각여.

점점 뜨거워지는 열기에 신음 소리를 내던 진파는 모퉁이를 돌며 본 광경에 앓는 소리를 내고야 말았던 것이다.

화맥(火脈)이었다.

눈을 압박하는 엄청난 열기가 휘몰아치며 생전 처음 보는 뜨거운 물결이 일렁였다.

시뻘겋게 일렁이는 그것은 분명히 말로만 듣던 용암(鎔巖)이었다.

"뭐? 걷기만 하면 된다고? 어디로? 어디로 걸어가란 말이야—!"

진파는 악을 썼다.

웅웅 하는 메아리만 들려올 뿐 답은 없었다.

모퉁이의 끝은 절벽이었고, 절벽 밑에 넘실대는 용암의 바다에는 아무런 통로도 없었던 것이다.

분통을 터뜨리려는데 뜨거운 용암 빛에 반사되어 희미한 글귀가 보였다.

바로 옆의 통로 벽에 새겨진 글귀.

걸어! [步步]

진파는 어처구니가 없어 입만 떡 벌리고 말았다.

"여길 걸으라구요? 여길? 이봐요, 할아버지이—!"

그러나 여전히 아무 대답이 없었다.

씩씩거리며 제자리를 오가던 진파는 털썩 자리에 주저앉았다.

"젠장!"

머리를 감싸 쥐었던 진파가 손가락을 딱 하고 튕겼다.

"그렇지!"

진파는 용암이 끓고 있는 동굴 안의 천장을 응시했다.

그러나 진파의 얼굴은 곧 일그러졌다.

십여 장 높이의 천장에는 반질반질한 윤기가 흘러 손으로 잡을 곳은 보이지 않았다.

"가능할까?"

고개를 갸웃거리던 진파는 조심스럽게 한 걸음 내디뎌 용암 바다를 내려다보았다.

살짝 내려다보는 것만으로도 아찔한 열기가 머리카락을 바사삭 오그라뜨렸다.

"후읍."

호흡을 가다듬은 진파는 제자리에서 훌쩍 뛰어올랐다.

파라락 옷깃 스치는 소리가 날리며 진파의 신형이 단숨에 천장까지 치솟았다.

"이런!"

그러나 진파는 곧 제자리로 내려와 빠르게 몸을 뒤로 날릴 수밖에 없었다. 진파가 손으로 짚은 천장이 우르르 무너져 버렸던 것이다.

"아니! 뭘 어쩌란 거야!"

　어처구니없는 표정으로 천장을 바라보던 진파는 이마에 흐르는 땀을 닦아냈다.

　축축하게 흐르는 땀은 마치 처음 무공을 배울 때처럼 거침없이 온몸을 적시고 있었다.

　"아, 젠장. 여길 다 걸어서 건너갔다는 거야? 아버지도? 할아버지도? 도대체 어떻게? 어떻게!"

　풍협에게 생각이 미치자 그때까지 신경질을 팍팍 내던 진파의 얼굴이 갑자기 진지해졌다.

　후우, 한숨을 토해낸 진파의 얼굴이 서서히 평정을 되찾아갔다.

　"그래, 아버지도 건넌 길이야. 나도 할 수 있어. 생각을 하자, 진파."

　진파는 그 자리에 우뚝 선 채 곰곰이 자신이 배운 무적심공을 되짚기 시작했다.

　무적다가의 가주가 되기 위해서는 무적심공을 완성해야 한다고 했으니, 이 관문들은 무적심공을 완성했는지 그 여부를 시험하는 것이라 판단했다.

　처음 생각대로 안일하게 걸어가 할아버지를 만나는 것이 아니었던 것이다.

　"흐음……."

　고개를 갸웃거리고, 때로는 끄덕이기도 하던 진파는 천천히 고개를 들었다.

　"여길 진짜로 걸어서 통과하라는 말이었군. 진짜 대단한 시험이네. 걷기만 하면 돼?"

　진파의 입에 갑자기 미소가 떠올랐다.

　"뭐, 좀 뛰어도 뭐라고 하진 않겠지? 어쨌든 지나가기만 하면 되는 거 아냐."

물 위를 건너는 등평도수(登萍渡水)의 경공은 진파에게 그리 어려운 일이 아니었다.

예전엔 물속에 정강이까지 빠지면서 건넜지만, 지금이라면 수면을 유유히 뛰어서 건널 수 있을 터였다.

문제는 이곳이 물이 아니라 용암으로 가득 찬 바다라는 것이었지만, 무적심공은 음양의 조화를 기본으로 하여 허한 가운데 실을 내뿜는 심공이었다.

용암의 열기를 이길 수 있을지는 진파도 자신이 없었다.

그러나 풍협도 건넌 길이었다. 풍협뿐 아니라 광협도, 그 선조들도 이 용암의 바다를 두 다리로 건넜을 것이다.

"나도 무적심공을 대성했어. 할 수 있어!"

진파는 이를 악물고 결연히 외쳤다.

뒤로 신형을 돌린 진파는 통로 끝까지 간 다음 다시 몸을 돌렸다.

"할 수 있어!"

진파가 뛰기 시작했다.

번개같이 신형을 날린 진파의 몸이 용암의 바다로 뛰어들었다.

"하아아아아아—!"

결연한 기합성이 터져 나왔다.

용암의 바다 건너 뻥 뚫어진 동혈까지는 대략 이백여 장. 그러나 대차게 고함을 질렀던 진파는 채 삼 장도 건너지 못하고 비명 소리를 내고야 말았다.

"컥!"

진파의 몸은 앞으로 날아가는 게 아니라 밑으로 떨어지고 있었다.

그것도 거의 수직에 가까운 각도로.

엄청난 흡인력이 진파의 몸을 무지막지한 기세로 끌어당겼던 것이다. 무적심공을 대성한 진파도 감히 대항조차 못할 만큼 억세고 단단한 대자연의 힘이.

당황한 진파는 마구 팔다리를 휘저었으나 아무 소용이 없었다.

속절없이 용암 속으로 추락하기 시작했다.

최대한 몸을 가볍게 하고 두 다리에 온 내공을 모아 보호했으나 참을 수 없게 뜨거운 열기가 온몸을 태웠다. 진파의 얼굴에 공포가 실렸다. 이백 장이니까 네 번 정도만 도약하면 건널 수 있을 것이라 믿었건만……. 그 정도라면 무적심공으로 어떻게 용암의 열기를 이겨낼 수 있을 것이라 믿었건만…….

"끄악─! 제엔장─!"

돼지 멱따는 듯한 요란한 비명이 터져 나왔다.

"쯧쯧쯧……."

혀를 차는 소리가 작은 석실을 울렸다.

판판하게 깎인 돌들이 장방형의 방을 이루고 있는 석실 한 켠에는 노인 한 명이 죽장을 짚고 등을 보인 채 서 있었다.

커다란 동경(銅鏡)을 들여다보는 노인은 죽립을 단단히 눌러쓰고 있어 하얀 수염이 넘실거리는 턱밖에 보이지 않았다. 손에 들고 있는 죽장으로 죽립을 툭툭 치며 노인은 동경 앞의 돌로 만든 의자에 털썩 자리를 잡고 앉았다.

"가문의 망신이로다. 허어……."

동경 속에는 진파가 팔다리를 휘저으며 어쩔 줄 몰라 하는 모습이 그대로 보이고 있었다.

노인이 한심한 듯 고개를 저었다.

"저게 무슨 꼴인고……? 아무리 놀랐다고 해도 저런 추한 모습을……."

그런데 갑자기 노인이 풋 하며 웃음을 터뜨렸다.

"하긴……. 나도 저런 모습이었겠군. 나도 그때는 어지간히 놀랐지. 이 방의 용도를 드디어 알겠군 그래. 허허. 날 보시던 조부님도 이런 심정이셨을까? 이거 정말 즐거운걸?"

노인은 진파가 듣기라도 하듯 동경을 향해 다정스럽기 말을 걸었다. 목소리에는 장난기가 듬뿍 실려 있었다.

"이 관문…… 내가 만든 거 아니란다. 너무 원망하지 말거라. 흘흘. 너도 언젠간 여기서 즐기게 될 게야."

틱—

진파는 예상치 못한 감촉에 동그랗게 눈을 떴다.

"어?"

비명을 지르며 떨어지다 간신히 정신을 추스른 진파는 용암의 표면을 딛자마자 탄력을 이용해 몸을 날리려 했던 터였다. 무적심공의 공능을 믿고 필사의 한 수로 생각했던 만큼 사뭇 비장하기만 했던 조금 전이었다. 그런데 감촉이 달랐다.

"이거 뭐야?"

진파는 쿵쿵 발을 굴렀다.

딱딱했다. 용암이 아니었던 것이다.

정신을 가다듬고 둘러보니 용암의 바다 한가운데어는 일직선으로

양팔을 벌린 넓이만한 길이 나 있었다. 무엇으로 만들어졌는지 용암에
도 녹지 않는 길은 검붉은 광택을 내뿜고 있어 가까이에서 보지 않는
이상 용암과 거의 구별이 되지 않았다.

진파는 갑자기 모든 긴장이 풀리는 것을 느끼고 휴우 한숨을 토해냈
다.

"죽는지 알았네……."

가슴을 쓸어 내리고 있자니 갑자기 분통이 터졌다.

진파는 번쩍 고개를 치켜들고 허공을 향해 마구 주먹질을 했다. 대
상은 없었지만 그렇게라도 안 하면 도저히 참을 수가 없었다.

"지금 누구 놀리는 겁니까? 여기로 걸어오면 된다고 왜 안 써놓은
겁니까? 예—?"

"잉? 성질 꽤나 있는 녀석이네?"

동경을 바라보던 노인은 재미가 있는지 손뼉까지 쳤다.

그러고 난 후 노인은 호호 하며 웃음을 터뜨렸다.

"얘야~ 이제 곧 조상의 노여움을 실감할 거란다. 조상님 욕을 하면
벌을 받는다는 걸 금방 알게 될걸?"

어깨까지 들썩이며 쿡쿡 웃음을 터뜨리던 노인이 다정한 손길로 동
경을 쓰다듬었다.

"어쩌면 이렇게 노부 어릴 때를 쏙 빼닮았누? 허허. 역시 피는 못 속이
는 건가?"

자신의 모습을 할아버지인 광협이 보고 있는 줄도 모르고 진파는 목
청을 돋우어 투덜대다가 흠칫 입을 다물었다.

요상한 냄새가 났던 것이다.

“뭐, 뭐야?”

타고 있었다. 산 타는 걸 좋아해 어지간한 신발보다 훨씬 튼튼한 진파의 신발에 불이 붙어 타오르고 있었다.

“억!”

진파는 당황한 나머지 급하게 발을 구르며 소맷자락을 휘날려 불을 끄다 문득 생각보다 훨씬 많은 힘이 드는 것을 깨달았다.

‘어?’

내공이 있는 무인이, 더구나 진파처럼 최고의 심공을 익히고 영약까지 복용한 초절정의 무인이 몸을 움직이는 것이 힘들다는 것은 있을 수 없는 일이었다. 그런데 힘들었다. 마치 천근만근의 쇳덩이를 온몸에 매달고 움직이는 것처럼 힘들기 그지없었다.

불은 껐지만 진파는 새로운 긴장감이 온몸을 엄습하는 것을 느낄 수 있었다. 저도 모르게 쩍 하고 입을 벌렸다.

‘내공을 끌어올릴 수가 없다!’

“어, 어떻게 된 거야!”

무적심공을 일으켰지만 단전에 뭉쳐진 그의 내공은 움직이지 않았다. 사지백해(四肢百骸)에 담겨진 그의 힘이 전혀 미동도 하지 않는다. 그뿐 아니라 평상시보다 훨씬 더 몸이 무거웠다. 늪 속에 잠겨 있는 것만 같았다.

진파의 이마로 또르륵 땀방울이 흘러내렸다.

‘이, 이게 걸어오라고 한 진실이란 말야?’

생각을 할 틈도 없었다.

치이익 하는 소리와 함께 다시 신발에 불이 붙으려 하고 있었다.

　용암의 바다를 가로지른 길은 진파의 몸이 용암 속으로 빠지는 것은 막아주었지만, 진파의 몸에서 내공을 빼앗는 기이한 힘을 발휘했던 것이다. 거기다 용암으로 뜨겁게 달구어져 열기만큼은 인간이 감당할 수 있는 한계치를 예전에 넘어서고 있었다.

　‘거, 걸어가야 한단 말야? 여, 여길?

　진파는 아찔해지는 것을 느끼며 이백여 장 거리로 뻗어 있는 일직선의 길을 바라보았다. 좌우로 부글부글 요동을 치는 용암이 흐르고 있어 보기만 해도 섬뜩했다.

　“제, 제길! 걸으면 될 거 아냐―!”

　진파는 외마디 소리를 지르며 한 걸음씩 떼기 시작했다. 오른발을 떼어 앞에다 놓고 발부리에 힘을 주며 다시 왼발을 앞에다 놓으면서.

　진파는 걷고 있었다. 걷는 것밖에는 방법이 없었다.

　치이익 하는 소리가 낮게 울렸다.

　“흘흘. 그래, 그렇게 걸어야 하느니. 조금 있으면 신도 다 녹아버리고 맨발이 되겠지만, 끊임없이 무적심공을 일으켜야 한단다. 고생은 되겠지만 폭렬관(爆裂關)을 넘어서면 너의 몸에는 누구도 범접할 수 없는 무적의 양기가 실릴 것이란다.”

　광협은 죽장으로 툭툭 자신의 손을 두드렸다. 평온한 말투와는 달리 조금쯤 긴장한 듯 죽장을 쥔 손에 힘이 들어가 있는 것이 분명하게 보였다.

　“안 된다고 포기 말고 계속 운기를 해야 하느니. 그렇지 않으면 너도 녹아버리고 만다. 운기를 하거라, 운기를!”

“끄으으.”

　진파는 저도 모르게 신음 소리를 내고 말았다. 웬만한 고통쯤이야 웃음으로 넘길 수 있다고 자부하며 살았건만 웬만한 고통이 아니었다.

　이미 밑창이 녹아버린 신발은 더 이상 발을 보호한다는 본연의 기능을 못하고 있었다.

　진파의 맨발은 뜨거운 용암의 길을 걷고 있었다. 하얀 연기가 피어오르며 살 타는 냄새가 진하게 떠올랐다.

　아직 반도 걷지 못했건만 진파는 벌써부터 숨이 막힐 것만 같았다.

　사방을 감싸고 있는 뜨거운 열기는 머리카락을 오그타뜨릴 정도로 강렬하기 짝이 없었다. 아직도 몸에서 땀이 나오는 것이 신기할 정도로 진파는 끊임없이 땀을 흘렸다.

　한 걸음씩 내디딜 때마다 진파의 몸에서 떨어진 땀방울들이 용암의 길 위에 떨어져 내렸다. 땀방울들은 바닥에 닿자마자 수증기로 변해 피시식 하며 연기로 피어올랐다.

　“으으……”

　진파는 고통을 참기 위해 어금니를 빠드득 다시 물었다.

　이 길을 아버지도 걸었을 것이다. 할아버지도 걸었을 것이다. 조상들은 이 길을 다 걸었을 것이다.

　진파는 혼몽한 의식 속에서도 아버지를 떠올렸다. 벽화를 떠올렸다. 그를 기다리고 있을 여러 그리운 얼굴들이 떠올랐다 사라졌다.

　“제…… 엔…… 장.”

　고통스러웠다.

　발바닥을 타고 전해져 오는 열기는 심맥을 태워 버릴 정도로 뜨겁기 짝이 없었다. 저도 모르게 계속 무적심공을 운기하고 있었지만 단전에 뭉친 그의 내공은 풀릴 줄 모르고 점점 뜨겁게 소용돌이치기만 했다.

일그러질 대로 일그러진 진파의 얼굴은 점점 희미해지는 시야를 놓치지 않기 위해 한껏 힘을 주고 있었다.

'난 할 수 있…… 어!'

진파는 걷고 또 걸었다.

걷기만 하면 무적을 볼 수 있다고 했던가?

걷는다는 것이 얼마나 극한의 용기와 체력을 필요로 하는지 진파는 난생 처음으로 처절하게 깨닫고 있었다.

"그렇지! 잘한다!"

동경을 보던 광협은 어느새 돌 의자에서 벌떡 일어서 있었다.

진파가 한 걸음씩 뗄 때마다 광협은 죽장을 쿵쿵 바닥에 내려 찍고 있었다. 그 때문에 석실이 은은히 흔들렸지만 광협은 그것도 느끼지 못하는지 주먹을 꽉 쥐고 진파를 응원하고 있었다.

"한 걸음 더! 그래!"

더 이상 진파의 모습이 동경에 보이지 않고 일직선의 길만 보이자 광협은 털썩 돌 의자에 주저앉았다.

"허……. 이제 폭렬관은 통과한 것인가?"

훌쩍 죽립을 벗자 반질반질 눈이 부실 정도로 반짝이는 대머리가 모습을 드러냈다. 어지간히 더웠던지 소매를 들어 정수리를 쭈욱 훑은 광협은 소맷자락에 묻은 자신의 땀을 보며 너털웃음을 터뜨렸다.

"허허! 이렇게 긴장되는 구경거리가 있다니! 허허! 과연 조상님들은 훌륭하셨어. 허허허허!"

용암의 바다가 훤히 내려다보이는 절벽의 난간에 손 하나가 툭 걸려 올라왔다.

"우욱!"

머리가 오그라들어 형편없는 몰골로 변한 진파의 얼굴이 천천히 모습을 드러냈다. 끄응 하며 몸을 끌어올린 진파는 다 올라오자마자 사지를 활짝 펴고 바닥에 누워버렸다.

어떻게 그 길을 통과했는지 알 수 없었다.

"후우!"

짧게 한숨을 토해낸 진파는 빠져나온 지옥의 열기가 서삼스럽게 떠올라 눈을 감아버렸다.

"결국…… 걸었…… 군."

온몸이 용암 그 자체가 되어버린 듯 너무도 뜨거웠다.

진파는 거친 호흡을 내뱉다 누운 채로 천천히 운공을 시도했다.

처음 운기법을 배울 때나 해보았던 와선. 자세를 잡고 앉기엔 몸이 너무도 무거웠다.

진파는 단전의 내공을 움직였다. 그제야 움직였다. 이제까지 꽉 잠겨 있던 진파의 내력이 무적심공의 경로를 따라 스르르 움직이기 시작했다.

용천혈을 따라 침투한 뜨겁디뜨거운 열기가 무적심공에 섞여 진파의 몸을 돌기 시작했다. 차츰 몸이 편안해지는 것을 느끼며 진파는 몰아지경(沒我之境)에 빠져들기 시작했다.

＊　　　　＊　　　　＊

“오, 오빠 지금 뭘 하고 있을까요……?”

벽화의 옆에 앉아 있던 설화가 주저주저하며 벽화에게 물었다.

벽화는 싱긋 웃으며 귓가에 드리워진 설화의 머리카락을 쓸어 넘겼다.

캄캄한 밤하늘에 뜬 달빛이 찬란하게 방으로 쏟아져 들어오고 있었다. 달빛에 취한 듯 모두가 침상에 앉은 채 멍하니 달빛만을 바라보고 있었다.

“지금쯤 용감하게 관문을 통과하고 있을 거야.”

“괜찮겠죠?”

“걱정돼?”

“……예.”

“걱정하지 않아도 돼. 오빠 용감하니까. 하기 싫은 건 안 하지만 해야 된다고 생각하면 꼭 해내고야 말아. 나도 그렇게 지켜줬고, 우리 모두를 그렇게 지켜줬어.”

“그…… 얘기 자세하게 해주면 안 돼요……?”

“듣고 싶니?”

“예. 우린 기억을 못하잖아요.”

설화만 듣고 싶었던 것이 아니었는지 홀린 듯 달빛을 바라보던 여덟 명의 소수마후도 모두 벽화를 바라보고 있었다.

벽화는 설화의 머리를 쓰다듬으며 방긋 미소를 지었다.

진파와 처음 만나던 때부터 지금까지 겪었던 모든 일들이 그녀의 마음을 아릿하게 만들었다. 벽화의 입이 천천히 열렸다.

“오빠와 처음 만났을 때는 말이지…….”

자근자근 들리는 벽화의 음성이 달빛과 어우러져 소수마후들의 머리를 비추고 있었다.

*　　　　*　　　　*

진파는 번쩍 눈을 떴다.

동굴 천장이 눈에 보였다.

운기를 시작하기 전에는 이곳도 뜨겁기 짝이 없었는데, 지금은 하나도 열기가 느껴지지 않았다.

'이게 걸어오라는…… 뜻이었나?'

몸속의 꿈틀대는 뜨거운 양기를 느끼며 진파는 고개를 끄덕였다.

천천히 몸을 일으킨 진파는 발등에 매달려 있다시피한 신발을 벗어 던졌다.

거의 뼈가 드러날 정도로 화상을 입었던 발바닥은 언제 상처를 입었었느냐는 듯 멀쩡하기만 했다.

온몸을 휘도는 뜨거운 열기는 새로운 활력을 불어넣어 주고 있었다.

군데군데 타버려 구멍이 숭숭 뚫린 옷자락을 떨치며 진파는 벌떡 몸을 일으켰다.

우두둑 소리를 내며 목을 꺾은 진파는 아직도 쾅하게 뚫려 있는 통로를 바라보다 피식 미소를 지었다.

그는 통과한 것이다.

이제 할아버지를 만날 것이다.

뭔지 모를 성취감과 뿌듯함에 진파는 호탕한 대소를 터뜨렸다.

"해냈어! 아하하하하!"

고개를 옆으로 돌리자 이제는 익숙한 글귀가 눈에 들어왔다.

걸어! [步步]

이제 진파는 발작하지 않았다. 씨익 정감 어린 미소를 지으며 동굴 통로에 새겨진 글귀를 쓰다듬었다.

"알았어요, 알았어. 좀만 걸으면 할아버지를 만난다 이거죠? 이따위 무식하기만 한 시험을 치르게 하다니. 할아버지 뵙고 따질 게 한두 가지가 아니네요. 흐~"

으드득 이를 간 진파는 천천히 걸음을 옮기기 시작했다.

눈썹이 역팔 자로 꺾인 진파는 보무도 당당하게 통로를 걸어갔다.

'이따위 전통. 다 없애 버리고 말.겠.다─!'

길게 이어지던 통로는 몇 번의 굽이를 지나자 점점 높아지기 시작했다.

간신히 한 사람이 통과할 만큼 좁아지고, 위로 올라갈수록 점점 뾰족하게 좁아지는 길을 걸으며 진파는 고개를 갸웃거렸다.

"이제 만날 때가 되지 않았나? 응?"

다시 한 번 모퉁이를 돌려는데 갑자기 공기가 차가워진 것이 느껴졌다.

벽을 짚으니 벽마저 싸늘하게 식어 있었다.

"이거 혹시……?"

불길한 예감은 언제나 적중하는 법.

이각쯤 걸음을 옮기던 진파는 온 얼굴을 일그러뜨리고 말았다.

시험은 끝난 것이 아니었다.

진파는 온몸을 후려치는 찬바람을 맞으며 으드득 이를 갈았다.

고함 소리가 터져 나왔다.

"이거 너무하는 거 아니에요—?"

"쯧쯧. 누가 관문이 하나라고 했더냐? 불쌍한 놈……. 흘흘. 하긴 나도 그랬지."

광협은 다시 죽립을 눌러쓰고 동경을 바라보고 있었다.

처음 보던 동경과는 달리 장방형으로 생긴 동경이었다.

두 팔을 내뻗어 팔뚝으로 얼굴을 가린 진파가 필사적으로 앞으로 걸어가려는 것이 보였다.

"폭렬관의 열기를 몸에 담았으니 음양의 조화를 근본으로 하는 무적심공에 음기가 필요한 게 당연지사 아니겠느냐? 흘흘. 하긴, 나도 그때는 생각하지 못했느니."

광협은 수염을 쓸어 내리며 장난스럽게 죽장으로 동경을 톡톡 두드렸다.

"뜨거운 맛을 보았으니 시원한 맛도 봐야지. 광한풍(廣寒風)은 네 몸에 다시 조화를 가져다줄 게야. 헐헐."

"우우……."

추웠다. 미치도록 추웠다.

홍관백린사의 껍질로 만든 보호대도, 가슴을 감싸고 있는 무적검보도 그 추위를 막지는 못했다.

진파의 머리카락에는 하얗게 서리가 내려앉아 있었다.

숨을 쉴 때마다 나오는 하얀 콧김이 진파의 인중을 온통 얼음덩어리로 만들어 버렸다.

속눈썹에도 내려앉은 서리로 인해 진파는 마치 설인(雪人)처럼 보였다.

'제에…… 길!'

역시나 무적심공은 발휘되지 않는다.

동굴 벽이 무엇으로 이루어졌는지, 무슨 특이한 장치나 진법이라도 펼쳐져 있는지 진파는 또다시 단전에서만 소용돌이치는 내공을 느끼고 있었다.

이번엔 점점 차가워져 갔다. 뼛속까지 얼려 버릴 듯한 극한의 찬바람을 맞으며 진파는 걷고 또 걸었다.

걷고 또 걸어야 무적을 볼 수 있다는 말이 사무치게 가슴을 쳤다.

'이따위 관문……. 내 대에서 끝낸다!'

진파는 이를 갈고 또 갈았다.

눈조차 뜨기 힘든 길을 손으로 더듬고 더듬어 겨우 겨우 한 걸음씩 앞으로 떼놓고 있었다.

한 걸음 움직일 때마다 반 걸음 뒤로 미끄러져 전진은 아까보다 더욱 힘들기만 했다.

'마, 만나면…… 할아버지라도…… 받아버린다!'

으드득, 으드득 쉼없이 이를 갈며 진파는 천천히 걷고 있었다.

"호~ 거의 다 왔구나. 이제 손자 상봉의 준비를 해야겠군 그래."

돌 의자에서 일어난 광협은 소맷자락을 들어 정성스럽게 두 개의 동경을 닦기 시작했다. 입김까지 호호 불며 동경을 닦은 광협은 자신의 얼굴을 비쳐 보며 만족스러운 미소를 지었다.

그리고 난 뒤 광협은 바삐 신형을 움직였다.

휙휙 움직이는 흰 선만 보일 지경으로 광협의 준비는 열과 성을 다한 것이었다.

"흘흘. 아주 기쁠 것이로다. 당년의 노부도, 네 아비도 그러했단다. 아~ 위대한 가문의 전통이여~"

진파는 거대한 돌문 앞에 서 있었다.

지옥 같은 얼음 강풍을 겨우 겨우 통과한 진파의 몰골은 용암의 바다를 건넜을 때보다 더 형편없었다.

몸에 남아 있던 구멍 숭숭 뚫린 옷 조각들은 이미 부스러져 흔적도 남아 있지 않았다. 가슴에 동여맨 무적검보와 사타구니를 가린 홍관백린사의 보호대가 아니었다면 진파의 꼴은 완전한 나신일 터였다.

온몸의 관절이란 관절이 모두 다 얼어붙은 것만 같았다. 움직일 때마다 삐걱대는 소리가 터져 나올 듯했다.

그러나 진파는 운공도 하지 않고 여기까지 부득부득 이를 갈며 걸어온 터였다.

보고 싶었다, 할아버지란 사람의 얼굴을.

도대체 무슨 놈의 시험이 이따위로 무식하기 짝이 없는 것이냐!

녹이고 얼려 무적의 자손을 만드는 건가!

'내 이따위 관문을 남겨두면 사람이 아니다! 뭐야! 이게 손자 사랑이야? 결단코 받아버린다!'

돌문에는 여태까지 쓰여 있던 '걸어!' 따위의 글귀는 보이지 않았다.

용사비등한 서체로 딱 두 글자만 쓰여 있었다.

무적(無敵).

"과연, 과연. 걸어만 오니 무적이란 두 글자를 보게 되는군요. 으드득!"

진파는 이를 갈며 돌문을 밀어젖혔다.

'진짜! 진짜 받아버린다!'

소리도 나지 않고 스르르 돌문이 열려졌다.

어둠에 적응된 진파의 눈에 희미한 불빛이 감지되었다. 문밖에 서서 안을 들여다보며 씩씩거리던 진파의 눈이 갑자기 동그랗게 커졌다.

"어?"

장방형의 석실엔 아무도 없었다. 아무것도 없었다.

할아버지 광협이 있을 것이라 믿고, 피곤한 몸도 추스르지 않고 부득부득 이곳까지 온 진파는 어처구니가 없어 입만 벌리고 있었다. 할아버지라도 받아버리고야 말겠다던 불같던 결의가 허무하게도 대상을 잃고 말았던 것이다.

"뭐, 뭐야! 여기 오면 할아버지 있다고 했잖아! 이게 뭐야! 뭐냐구우—!"

석실에 들어서서 와락 고함을 질렀으나 그런다고 없는 할아버지가 나타날까.

덜컹하며 문만 닫혔다.

진파는 얼어서 뻣뻣한 머리카락을 움켜잡으며 처절하게 울부짖었다.

"걸어만 오면 무적을 본다구? 문짝에 쓰인 글자 보는 게 다란 말이야? 보긴 뭘 봐? 이 텅 빈 데가 뭐가 무적이야—! 아아아아악—!”

그때였다.

달각하는 작은 소리와 함께 석실 바닥의 석판 하나가 꺼지며 빈 공간에서 무언가 솟아오르기 시작했다.

우우웅 하는 작은 소음과 함께 솟아오른 돌기둥에는 검은 상자가 하나 놓여 있었다. 은은한 광택이 도는 상자에는 세월의 무게가 얹혀 고풍스러운 멋스러움이 감돌았다.

‘이게 뭐야?’

머리카락을 움켜쥔 채 눈을 깜박이던 진파는 우두둑거리는 몸을 움직여 상자의 뚜껑을 열려 했다.

그와 동시에 갑자기 펑 소리가 울리며 천장에서 오색 꽃송이들이 떨어져 내렸다.

“어?”

진파는 깜짝 놀라 천장을 보고는 떨어지는 오색찬란한 꽃송이들을 향해 손을 뻗었다. 생화(生花)였다. 싸늘한 석실 안이 때 아닌 꽃향기로 가득 찼다.

계속해서 떨어지는 꽃송이들을 멍하니 바라보다가 진파는 피식피식 미소를 짓기 시작했다.

“통과했으니 환영한다, 이건가?”

기분이 나쁘지 않았다. 아니, 솔직히 말하면 점점 좋아지려 하고 있었다.

야광석이 밝혀진 은은한 조명 아래 하늘하늘 떨어지는 꽃송이들은 얼어붙은 피곤한 심신을 상쾌하게 해주었고, 그윽한 꽃향기는 짜증과 분노가 들끓던 마음을 차분하게 가라앉혔다.

진파는 눈을 감고 두 팔을 활짝 뻗었다.

관문 통과를 축하하는 듯한 꽃들의 향연은 한참 동안 계속되었다.

"이 정도로 맘이 풀리지는 않을 겁니다. 킁!"

하지만 진파의 입가엔 어느새 작은 웃음이 걸려 있었다.

"흠. 역시 날 닮아서 엉뚱한 곳에서 단순하군. 쯧쯧."

밀폐된 공간에는 은은한 불빛이 희미하게 비치고 있고, 광협은 이번에도 동경을 통해 진파를 바라보며 웃음을 머금고 있었다.

진파가 있는 석실의 바로 밑에 있는 밀실이었지만, 진파는 그것을 알지 못한 채 정강이까지 쌓인 꽃송이들을 하늘에 뿌리며 낄낄대고 있었다. 빙글빙글 돌기도 했다.

동경을 통해 진파가 하는 짓을 보던 광협은 흐뭇한 표정으로 장난스럽게 수염을 꼬아 내렸다.

"끌끌. 그래도 노부는 저 정도는 아니었거늘. 조변석개(朝變夕改), 조삼모사(朝三暮四)라지만 저리도 쉽게 넘어가다니……."

광협은 동경을 향해 허리를 굽히더니 진파를 놀리듯 싱글싱글 웃기 시작했다.

"벌써 저 정도면 내가 올라갈 때쯤엔 입이 귀까지 찢어져 있겠는걸? 헐~ 역시 수많은 시행착오를 거치며 쌓인 가문의 비결이란 건……."

진파가 꽃송이들을 치우며 상자의 뚜껑을 열려 하는 것을 보며 광협은 흥미진진한 표정으로 말을 맺었다.

"뿔난 애 하나 다루는 것쯤이야 여반장이지……. 흘흘."

딸깍.

오래된 상자답지 않게 윤기가 자르르 흐르는 뚜껑이 부드러운 소리
와 함께 열렸다.

맨 위에는 양피지로 만들어져 군데군데 얼룩이 진 서찰이 하나 놓여
있고, 그 밑에는 잘 개인 장삼 한 벌과 신발, 조그만 나무 상자가 하나
들어 있었다.

진파는 우선 장삼부터 꺼내 들었다.

검은 윤기가 자르르 흐르는 장삼은 한눈에 보아도 보통 옷감으로 만
든 게 아니었다. 정갈하면서도 꼼꼼히 바느질 된 장삼에는 날아갈 듯
한 묵룡(墨龍)이 은은히 수놓아져 있어 보기만 해도 고상한 품격이 전
해져 왔다.

“와~”

원래 검은색을 좋아하던 진파는 부드러운 장삼의 감촉을 느끼면서
싱글싱글 웃기 시작했다. 그러나 입에서 나오는 말은 아직은 거만했
다.

“여기까지 오면 남아나는 옷이 없다는 것쯤은 아시나 보군. 킁.”

진파는 휘릭 옷깃을 펼쳐 어깨에 걸치고 신발을 바닥에 내려놓았다.
마치 치수를 알기라도 했듯 그의 발에 꼭 맞았다. 그것이 진파의 마음
을 흡족하게 했다.

“꽤 신경을 쓰셨군요. 흠흠.”

대충 옷깃을 여민 진파는 양피지 서찰을 들었다.

엄정한 기상이 느껴지는 정갈한 서체가 글쓴이의 성품을 느끼게 했
다.

축하하노라.

무적다가의 새로운 가주가 된 후손이여.

폭렬판의 열기를 뚫고 광한풍의 저지를 헤쳐 나온 그대는 무적심공을 대성하였음이 분명하노라. 무적심공을 대성한 자가 아니면 폭렬판의 용암을 이길 수 없고, 광한풍의 삭풍을 당할 수 없었을 것이다.

본가의 후손이 아니라면 견디지 못했을 관문이었다.

여기까지 오느라 정말 고생이 심하였도다.

"알긴 아시는군요. 쿵!"

진파는 콧김을 내뿜으며 다시 서찰을 읽어갔다.

이제 후손의 무적심공엔 대지의 양기와 바람의 음기가 섞여들었도다. 그로 인해 무적심공은 진정한 조화의 뜻을 품게 되었고, 후손의 사지백해는 가장 완벽한 신체로 탈바꿈할 준비를 마치었도다.

"호~ 환골탈태라도 한다는 겁니까?"

그대의 백해는 이미 음양의 조화가 깃들어 환골(換骨)이 완료된 상태이리라. 적공(積功)이 쌓여 육탈(肉脫)을 하게 될 그날이 오면 그대는 우화등선(羽化登仙)의 즐거움을 알게 될지니, 이제 그대는 무적의 후손, 선곡(仙谷)의 지킴이, 무적다가의 가주가 되었도다.

축하하노라. 무적신단(無敵神丹)을 복용하고, 무적심공을 운기토록 하여라. 그대 몸의 변화를 직접 느껴보도록 하여라.

이제 그대가 무적(無敵)이다.

진파는 서신을 다 읽고 고개를 끄덕였다. 그가 생각했던 환골탈태는 아니었지만, 그 설명에 오히려 수긍이 갔다.

"역시 그렇군. 하긴…… 사람이 무슨 뱀이나 메뚜기도 아니고 껍데기가 벗겨진다고 하는 건 어쩐지 이상했어. 그래도 뻥이 심하긴 하다. 우화등선에 육탈이라. 훗!"

서신을 상자에 내려놓고 작은 나무 상자를 들어 열어본 진파는 동그란 환약 하나를 발견할 수 있었다.

"이게 무적신단이라는 건가 보네? 하긴 운공을 하긴 해야지. 몸에 힘이 하나도 없네……."

진파는 꽃송이가 흐드러지게 쌓여 있는 바닥에 똑바로 정좌를 하고 앉아 무적신단을 입에 털어 넣었다.

쓰지도, 그렇다고 달지도 않은 미끈거리는 묘한 맛과 함께 한줄기 액체로 녹아 사라지는 무적신단을 느끼며 진파는 눈을 감았다.

그렇게 한참의 시간이 흘렀다.

광협은 진파의 바로 앞에 솟아난 돌기둥 위에 걸터앉은 채 흥미진진한 얼굴로 진파의 운기조식을 지켜보고 있었다.

꽃방석 위에서 세 자쯤 위로 떠올라 운기를 하고 있는 진파의 주위에는 오색 영롱한 금빛 서기가 꿈틀거리는 중이었다.

'녀석, 과연 내 새끼로다. 장하다, 훌륭해.'

세 개의 꽃송이처럼 머리 위에 떠 있던 상서로운 서기가 진파의 콧속으로 빨려들어 가고, 진파의 몸이 점점 바닥으로 가라앉기 시작하자 광협은 구부정하게 앞으로 숙인 자세를 바로잡으며 얼른 꼿꼿한 정좌를 했다. 슬쩍 옷매무새를 가다듬었다.

죽장을 바닥에 짚고 자세를 잡은 광협의 온몸에서 강렬하면서도 온유한 기세가 흘러나오기 시작했다.

드디어 진파가 눈을 떴다.

눈앞에 갑자기 나타난 광협을 보고 휘둥그렇게 눈을 뜬 진파의 얼굴을 죽립 사이로 보면서도 광협은 결코 웃음을 보여주지 않았다.

죽립을 쓴 채 엄숙한 표정을 한 광협이 장중한 목소리로 입을 열었다.

"환영하노라. 그대가 이제 무적다가의 새로운 가주! 선곡의 지킴이노라!"

쿵!

광협의 목소리가 석실을 가득 채우며 죽장을 짚는 굉량한 소리가 울렸다.

어리벙벙한 진파의 얼굴을 보며 광협은 속으로만 흘흘 웃음을 머금었다.

'그래, 나도 그렇게 속았느니. 정말 그 당시 나타나신 조부님의 엄숙한 대사와 표정은 감동 그 자체였지. 헐헐.'

제39장 가주취임(家主就任)

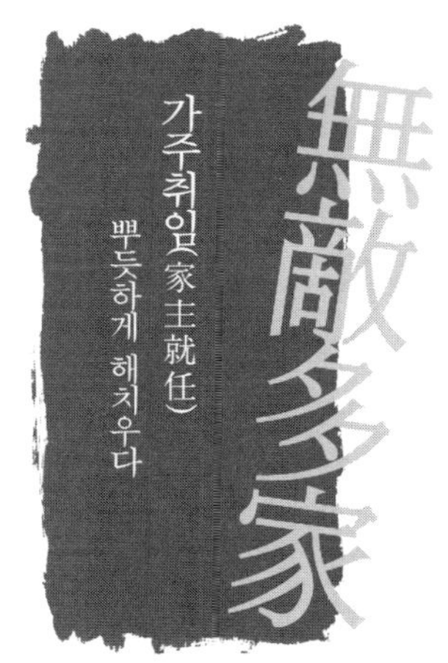

오후

수련을 마친 열 명의 소녀는 지하 연무장에 둘러앉아 각자 모자란 점을 토론하고 있었다.

벽화를 가운데에 두고 오후 양우와 육후 옥지, 칠후 경원이 친위대처럼 좌우로 앉아 발을 뻗었고, 맞은편에는 삼후 ㄴ령과 팔후 화윤, 구후 우옥령과 십일후 설화가 앉아 있었다.

그들과 약간 떨어져 사후 막수옥과 십이후 정가영이 나란히 붙어 앉아 눈을 빛냈다.

벽화의 친위대와 진파 추종대, 진파 반대파 이렇게 서 세력으로 나뉜 이상한 대형이었다.

소수마공의 한계와 운용에 대해 의견을 나눈 후, 삼후 나령이 다리를 쭈욱 뻗었다.

"지금쯤 진파 오빠 뭘 하고 있을까?"

막수옥이 즉각 미간을 찌푸렸다.

얼마 전 강력한 응징을 당했던 터라 대놓고 말은 못하지만 못마땅한 빛이 역력했다.

그때 십이후 정가영이 나섰다. 세상에 무서운 것이 없는 정가영, 할 말 못하고 살 그녀가 아니었다. 정가영의 고양이 눈이 반짝하고 빛났다.

"나령 언니."

"왜?"

"궁금한 거 있어요."

"물어봐."

"왜 진파 보고 오빠라고 하는 거죠? 언니 나이가 더 많잖아요."

나령은 정가영을 무서운 눈으로 노려보았으나 겁없는 정가영은 똑바로 나령의 얼굴을 바라보고 있었다. 나령에게 이 문제를 걸고 넘어가 봤자 크게 혼나지 않는다는 걸 정가영은 잘 알고 있었다. 가뜩이나 자기가 연상이라고 은근히 신경 쓰고 있다는 걸 정가영은 너무나 잘 알고 있었던 것이다. 아니나 다를까, 나령의 까만 얼굴이 붉게 달아올라 있었다.

"그러는 넌 왜 오빠 이름 함부로 불러? 오빠가 너보다 나이가 더 많아!"

나령의 바로 옆에 앉아 있던 설화가 주먹을 불끈 쥐었다.

"흥! 내 맘이다!"

"뭐야? 그럼 나령 언니가 오빠라고 부르는 것도 언니 맘이야! 니가 뭔데 따져?"

"어쭈구리? 진파 앞에서는 꼼짝도 못하고 몸이나 배배 꼬는 게 개

기냐?”

“해볼래?”

정가영과 설화가 벌떡 일어나 서로를 노려보았다. 사사건건 맞붙는 둘은 동갑내기답게 치열한 눈빛을 주고받으며 한 치의 양보도 하지 않았다.

싸늘한 음성이 들리기 전까진 말이다.

“앉아.”

오후 양우였다.

무공으로 보아도, 나이로 보아도 양우에게 뭐라고 할 수 있는 소수마후는 별로 없었다. 더구나 양우는 일후인 벽화를 잘 브필해야 한다는 주의이고 진파에 대해서는 방관적 입장이었기에, 정가영과 설화는 동시에 찔끔했다.

“앉으란 말 안 들리니?”

나지막한 음성이 한 번 더 울리자 정가영과 설화가 동시에 주저앉았다.

양우는 못마땅한 표정으로 둘을 바라보다가 팔짱을 끼고 정좌했다. 그녀의 뜻에 따른다는 듯 육후 옥지와 칠후 경원도 똑같은 자세로 고쳐 앉고 둘을 노려보았다.

양우가 옆에 앉아 있는 벽화를 바라보았다.

“대장, 내가 한마디 해도 될까?”

“그래…….”

심상치 않은 양우의 기색에 벽화는 슬며시 고개를 돌렸다.

‘얘가 또 왜 이래……? 그동안 조용히 있나 싶더니…….’

양우의 침착한 목소리가 들렸다.

"언니들께 묻고 싶은 게 있었어요. 그리고 너희도 잘 들어. 우리끼리 있으니 오늘 분명히 해둘 말이 있다."

양우는 사방을 바라보며 날카롭게 눈을 빛냈다.

"이제 조금 있으면 우리를 속박하는 심령 제압이라는 금제도 사라질 것이다. 우리 기억은 대장과는 달리 완전하지 않지만 살아가는 데 크게 문제가 되진 않을 거야."

새삼스럽게 다 아는 말을 하는 양우를 보며 모두가 뚱한 표정이었다.

그러나 양우의 이어진 말에 모두의 얼굴은 흠칫 굳을 수밖에 없었다.

"언제까지 이런 웃긴 관계를 유지할 수는 없어. 모두 의사 표명을 확실히 해야 될 필요가 있다고 느낀다. 언니들도 마찬가지예요. 진파는 대장의 남자예요. 설마 대장과 진파를 공유하겠다는 야심을 갖고 있는 건 아니죠?"

"야, 양우야."

벽화가 당황한 나머지 말까지 더듬으며 양우를 말리려 했지만 한번 말을 꺼내면 끝까지 가야 하는 양우기에 오히려 벽화를 보며 단호하게 고개를 흔들었다.

"대장도 입장을 분명히 해. 대장이 그런 애매한 태도를 취하니까 일이 여기까지 온 거야. 진파는 대장 남자야. 혼자 가질 거야? 아니면 우리랑 같이 가질 거야?"

"양우야……."

벽화가 어쩔 줄을 몰라 하고 있는데, 갑자기 막수옥이 툭 끼어들었다.

“이봐, 양우.”

“예, 언니.”

“니 말 참 이상하게 들린다.”

“뭐가요?”

“우리랑 같이 가져? 그 우리 속에 너희 친위대도 포함되어 있는 것 같은데, 내 생각이 틀린 거냐?”

양우는 묵묵히 막수옥을 바라보았다.

옆에 앉은 옥지와 경원을 잠시 바라본 양우는 막수옥을 향해 또박또박 말했다.

“우리는 언니가 말씀하신 대로 대장을 잘 보필하기 위해 존재해요. 비록 나이는 우리랑 동갑이지만 대장은 우리 생명의 은인이기도 하고, 현성교에서 우릴 구해낸 장본인이기도 해요.”

“그런데?”

“그런 대장이 섬기는 남자라면 우리도 함께 섬겨야지요.”

“뭐?”

“대장이 허락한다면 말이에요. 우린 진파를 싫어하지 않아요. 단지 그가 오빠라는 걸 인정할 수 없다는 것뿐이죠.”

벽화가 손으로 이마를 짚었다.

옥지와 경원이 양우의 말이 끝남과 동시에 크게 고개를 끄덕이는 것을 보고서.

*　　　*　　　*

진파는 단정하게 무릎을 꿇고서 조부인 광협을 올려다보고 있었다.

"여쭙고 싶은 것이 있습니다, 할아버지."

"말하거라."

장중한 음성이 들려왔다.

혼잣말을 하며 흘흘대던 광협의 음성이라고는 전혀 믿을 수 없었다. 일대종사의 기풍이 완연한, 품격 넘치는 저음의 울림은 진파에게 깊은 인상을 남겨주었다.

'이것이 무적다가의 기백인가.'

한마디 한마디에 사람의 심금을 울리는 호소력이 있었고, 절제된 어투는 강렬함을 내포한 가운데 유유로웠다.

더구나 광협에게 그가 강호행을 하며 보고 느낀 것, 겪은 일들을 모두 말한 진파는 고비마다 답을 주는 듯한 지혜로운 눈빛으로 조용히 대답해 주는 광협에게 진심으로 감탄을 하고 말았다.

남의 말을 듣는 것은 쉬우나 진정 남의 말을 잘 들어주기는 무척 어려운 노릇이다.

간단한 고갯짓이나 의미있는 눈빛만으로도 그의 뜻에 동감을 표할 뿐 아니라, 같이 화내주고 같이 분노하는 것이 역력한 광협의 태도는 아버지와의 만남과는 색다른 감동을 주었다.

진파는 천천히 말을 꺼냈다.

"우리 가문은 왜 자식 이름을 이따위로 짓는 것입니까?"

"허……. 말을 곱게 쓰도록 하여라."

"아! 죄송합니다. 소손이 워낙 자유롭게 큰지라."

"할아비랑 함께 있을 때는 그래도 괜찮겠지만, 강호의 일을 처리할 때는 그런 말투를 쓰면 절대 아니 되느니. 가문에 누가 되는 행동이다."

진파는 엄숙한 광협의 말을 들으며 깊이 고개를 조아렸다.

"명심하겠습니다, 할아버지."

"네 아비에게 따로 들은 말은 없느냐?"

"아버지는 자식들의 무병장수를 위한 전통이라고만 하셨습니다."

"그런 의미만은 아니다."

"역시…… 장난인가요?"

"장난이라니!"

진파는 죽장을 땅에 박으며 큰 소리로 외치는 광협의 일갈에 움찔 몸을 떨었다. 진정으로 분노한 듯 광협의 주위 공기가 광풍이라도 불 듯 회오리쳤던 것이다.

"가문의 전통을 어찌 보고 그런 망발을 한단 말이냐!"

"죄, 죄송합니다, 할아버지."

"허어……. 조상님들 죄송합니다. 손주 녀석이 혼자서 크고 만지라 이런 망발을……. 쯧쯧쯧."

고개를 설레설레 흔든 광협은 엄숙한 목소리로 진파를 꾸짖었다.

"다가의 성은 오직 가주가 된 자만이 사용할 수 있는 법이다. 그전 까진 그 성을 공공연하게 사용해서는 절대 안 되는 법! 무적의 가문을 계속 잇기 위한 선조들의 고심참담을 어찌 그런 망발로 오해한단 말이 더냐!"

"그, 그럼…… 무슨 이유인지 알려주실 수 있겠습니까? 소손, 그것 만 생각하면 열불이…… 아니, 억울하기 짝이 없습니다."

광협은 겨우 눈매만 보이는 죽립을 고쳐 쓰며 참으로 자애로운 눈빛 으로 진파를 바라보았다.

"미안하지만…… 아직 너에겐 그것을 알 자격이 없다."

"예? 가주라면서요?"

"가주가 된다고 다겠느냐? 무적다가의 가주란 가장 위험한 일을 가장 최선두에서 수행한다는 의미밖에는 없느니라. 지금 너만 해도 전대 가주인 네 아비가 있고, 그 위엔 전전대 가주인 나도 있지 않느냐? 너는 먼저 아들을 낳아 대를 이어야 하느니. 네 아비가 후사가 늦어 우화등선하신 네 증조부께서 얼마나 고생을 하셨는지 아느냐? 우선 아들부터 낳도록 하여라. 네가 아들을 낳게 되면 그때 네 아비가 그 이유를 가르쳐 줄 것이다."

"아버지는……."

진파가 말을 잇지 못하자 광협은 쯧쯧 혀를 찼다.

"너는 우리 가문을 어찌 보고 그런 걱정을 하는 게냐?"

무슨 말을 하느냐는 듯 진파가 물끄러미 광협을 바라보자 광협은 안쓰럽다는 표정으로 고개를 저었다.

"저런 나약한 마음으로 가주가 되었으니……. 참으로 걱정스럽구나."

"할아버지……."

광협은 그야말로 점잖은 눈빛으로 진파의 얼굴을 바라보았다.

"네 아비는 걱정할 것 없다. 아직 네 아비의 수(壽)는 몇십 년은 족히 남았느니."

"예? 그 말씀이 사실이옵니까?"

"물론이다. 이제부터 네가 배워야 할 신산지술과 기관지학을 다 배우면 너도 저절로 알게 될 것이니라."

풍협의 명이 몇십 년은 남아 있다는 단정적인 선언에 반가웠던 진파는 또 배울 게 있다는 말에 저도 모르게 눈살을 찌푸렸다.

"뭘…… 또 배워야 하는 건가요?"

"당연하지! 무적다가의 가주가 그리 쉽게 되는 것인 줄 알았더냐! 앞으로 배울 게 첩첩산중이니라."

"하, 하지만…… 현성교 문제가 심각하다고 말씀드렸잖아요. 게다가 다른 삼천교에 대한 대비도 해야 하고……."

"호……. 참으로 가주다운 말이로다. 강호의 안녕을 걱정하는 것이야말로 진정한 무적다가의 가주가 지녀야 할 자세! 훌륭하구나!"

'컥!'

진파는 갑자기 컥 하고 숨이 막히는 것을 느껴야 했다.

자신도 모르게 고개가 숙여졌다.

자신의 얼굴이 창백하게 질려 있음을 진파는 미처 깨닫지 못하고 있었다.

할아버지를 만나면 가문의 전통 따위는 다 갈아치우겠다고 바락바락 대들려 했건만. 할아버지만 만나면 강호 평화 같은 건 무지무지 센 할아버지가 책임지라고 선언하려 했건만. 손자를 사랑한다면 강호 평화는 직접 지키시라고 당당히 고함을 지르려 했건만. 두적다가 따윈 난 모른다고 악을 바락바락 쓰려 했건만.

진파는 고개를 숙이고 있느라 자신을 바라보는 광협의 얼굴에 하얀 선이 그어진 것을 결코 볼 수 없었다.

광협의 어깨가 미세하게 흔들리는 것도 물론 볼 수 없었다.

진파가 고개를 들 때쯤에는 이미 광협의 얼굴에선 깨끗하게 웃음이 사라진 후였다. 어깨의 움직임도 멈추었음은 물론이다. 여전히 장중한 표정을 하고서 진파를 바라보는 광협의 얼굴은 태산준령을 옮겨놓은 것처럼 엄숙하기 짝이 없었다.

“저……..”

진파가 무슨 말인가를 꺼내려 했으나 광협이 한발 더 빨랐다.

감탄을 금치 못한다는 듯 장중한 목소리의 칭찬이 이어졌다.

“장하도다. 강호의 겁난을 해소하는 것이야말로 가주의 임무지. 벌써부터 그것을 자각하고 있다니 가문의 홍복이로다. 네 책임이 참으로 크구나.”

“할아버지.”

진파는 다급히 말을 이으려 했으나 광협은 정말 교묘한 시기에 진파의 말을 끊었다. 광협이 탁 소리를 내며 죽장을 짚고서 몸을 일으키자, 진파는 그만 광협의 움직임에 기세를 빼앗겨 말을 멈추고 말았던 것이다.

몸을 일으킨 광협이 진파를 내려다보며 말했다.

“이제 그만 여길 나가자.”

광협이 그 말을 끝으로 휙 몸을 돌리자 진파는 엉거주춤 광협을 따라 몸을 일으켰다.

‘마, 말을 해야 하는데…….’

광협이 죽장으로 바닥을 땅 하고 내려치자 광협의 뒤편에 있던 석실에 스르르 통로가 생겨났다.

몸을 돌려 밖으로 나서는 광협을 바삐 따라가며 진파가 물었다.

“여기 계속 계시는 것 아니었습니까?”

“그럴 리가 있느냐? 이 위로 가면 암자가 나온단다. 할아비가 머무는 곳은 그곳이다. 남은 얘기는 거기서 마저 하도록 하자꾸나.”

“근데요, 할아버지…….”

“일단 나가자.”

진파는 휑하니 사라지는 광협을 따라가며 어떻게 말을 할까 요리조리 궁리를 거듭했다.

'어떻게 하지? 할아버지가 나서시도록 하려면 어떻게 해야 하지?'

열심히 그것만 생각하느라 앞서 가는 광협의 얼굴에 장난스러운 웃음이 떠올라 있는 것은 진파로서는 알 수 없었다.

＊　　　　＊　　　　＊

벽화는 후원의 정원을 바라보며 우두커니 혼자 서 있었다.

한 가닥 미풍이 불어 벽화의 앞머리를 간질였으나, 벽화는 그것조차 느끼지 못하는 것처럼 눈앞에 흔들리는 머리카락을 그대로 놔둔 채 서 있었다.

며칠 전 나눈 대화 때문에 벽화의 마음은 뒤숭숭했다.

다른 여자도 아니고 친자매나 다름없는 소수마후들이 진파를 좋아한다는 사실에 벽화는 난감하기만 했다. 그녀들이 진파를 좋아하게 된 동기를 마련해 준 건 다름 아닌 벽화였다. 아직 정신이 온전하지 못한 소수마후들이 진파를 공격하지 못하게 하려고 주입했던 명령 때문인지, 정신이 든 지금까지도 그녀들은 진파를 좋아하고 있었다.

어정쩡한 이 상태를 벗어나 모든 걸 확실하게 하자는 양우의 제안에 벽화는 긍정도 부정도 하지 못했다.

그동안 진파에게 별다른 감정이 없어 보였던 양우들마저 진파를 좋아한다고 나서자 난감하기만 한 벽화였다.

이리저리 생각에 빠져 있는데 조용한 목소리가 벽화를 불렀다.

"혼자서 뭐 하는 게냐?"

다정한 목소리에 벽화는 몸을 돌렸다.

음괴 손일연이었다.

"생각할 게 좀 있어서요."

벽화는 손일연을 향해 고개를 숙이며 그녀를 맞았다. 벽화의 옆으로 다가온 손일연이 걱정스럽게 벽화의 얼굴을 바라보았다.

"어째 네 얼굴에 수심이 가득하구나. 무슨 일이라도 있는 게냐? 소주 걱정이라면 그만 해도 좋을 것이다. 곧 건강히 돌아올 게야."

"오빠 걱정이긴 한데…… 좀 다른 문제예요."

"그래? 무슨 일인데 그러니?"

벽화는 자신을 걱정하는 듯한 손일연의 얼굴을 보며 나직하게 한숨을 쉬었다.

"그게요…….."

한동안 벽화의 고민을 들은 손일연은 손으로 입을 가리고 웃음을 터뜨렸다.

"호호호. 우리 소주가 그렇게 인기가 좋다는 말이냐? 정말 해가 서쪽에서 뜰 일이로군 그래."

"아무래도…… 처음 오빠가 치료를 할 때 제가 암시를 주었던 게 너무 강했나 봐요. 막 언니와 가영이 둘 빼고는 모두 오빠를 좋아한다니……."

"그래서 넌 어쩔 셈이니?"

손일연이 웃음을 띤 채 묻자 벽화는 난감한 표정으로 미간을 찌푸렸다.

"그것 때문에 걱정이에요."

"걱정? 뭘 걱정하는 게냐?"

손일연은 얼굴에서 웃음을 지우고 진지한 표정으로 벽화를 바라보았다.

"네가 고민하는 게 뭔지는 잘 알겠다. 다른 아이들이 스주를 좋아한다고 하는데, 그 아이들은 네게 친혈육만큼 소중한 사람들이다 이거지?"

"……예."

"솔직히 말해 보렴. 소주를 다른 여자들과 공유하는 게 좋으니?"

"……아니오."

"그럼 네 친구들과 공유하는 건 괜찮은 거니?"

"……."

"아니겠지?"

벽화는 고개를 떨군 채 말이 없었다.

손일연이 벽화에게서 시선을 떼고 하늘을 바라보았다. 푸른 하늘을 바라보는 손일연의 얼굴에 과거를 떠올리는 것처럼 뭔가 아련한 표정이 떠올랐다.

잠시 후 손일연의 조용한 음성이 흘러나왔다.

"소주 어머니…… 나에겐 주모가 되시지. 그분은 참 다정하고 따뜻한 사람이었다. 같은 여자인 내가 봐도 참으로 현숙하고 다감한 분이었지."

갑자기 진파 어머니의 이야기를 듣게 된 벽화는 조용히 손일연의 말에 귀를 기울였다.

"그분도 원래는 절정의 무인이었단다. 하지만 소화산어 있을 당시에 주모는 아주 병약한 여인에 불과했지."

"무공을 잃으셨던 건가요?"

“음.”

손일연의 얼굴에 여러 가지 감정이 스쳐 지나갔다. 회한과 분노, 허탈함이 뒤섞인 그 얼굴에는 세월의 무게가 고스란히 느껴졌다.

“현성교가 침공했을 때 주인과 주모는 정혼을 한 사이였지. 주인은 그때 막 가주가 되었던 때였단다. 지금의 소주처럼 관문을 통과하던 중이었지. 한중에 도착해서 당시 현성교주를 꺾어버렸지만 그땐 너무 늦었어. 그 싸움에 참가했던 주모는 그때 이미 치명적인 부상을 입은 상태였지.”

“아, 그래서…….”

손일연은 고개를 끄덕였다.

“그래. 그때 무공을 잃으셨단다. 백방의 노력을 기울였지만 생명을 건지는데 그치고 말았지. 너무 몸이 약해지셨던 터라 십 년이 넘게 수태를 못하셨어. 가까스로 소주를 낳으셨지만 그만 돌아가시고 말았지.”

“그랬군요.”

“하지만 주인은 주모만 바라보았지.”

“풍협께서 일편단심이셨나 보네요.”

손일연의 얼굴에 다시 웃음이 피어올랐다. 숙연한 이야기를 하던 사람이라고 보기엔 너무 짓궂은 웃음이었다.

“그건 아니야.”

“예?”

갑자기 변한 손일연의 표정에 벽화는 당황했다. 무슨 커다란 비밀을 이야기해 주는 것처럼 손일연의 목소리는 낮아졌다.

“잘 알아두거라. 주모 대신 네게 전해준다 생각하마. 무적다가의 남정네들은 타고난 천성이 자유분방하단다. 소주를 봐서도 알 거야. 주인은 그나마 엄정한 교육을 받아서 덜하지만 주인도 사실은 아주 방탕한 기질이 있지."

"그래요?"

벽화가 눈을 동그랗게 떴다. 협객 중의 협객이라는 풍협에게 방탕한 기질이 있다니 좀체 믿기지 않았던 것이다. 그녀가 본 풍협은 그야말로 정통의 협객 그 자체였기에.

손일연의 웃음이 짙어졌다.

"소주도 마찬가지야. 이 집안 사내치고 여자 안 좋아하고, 장난 안 좋아하는 사람이 없다. 타고난 천성들이지. 하지만 말이다……."

손일연은 벽화의 어깨를 감싸 쥐더니 한층 더 목소리를 낮추어 말을 이었다.

"남자는 여자 하기 나름인 게야. 주인은 주모가 돌아가실 때까지 절대 한눈을 팔지 않았지. 아니, 팔 사이가 없었다고 할까? 주인은 주모한테 꽉 잡혀 살았거든."

손일연의 눈이 반짝였다. 할머니답지 않게 반짝이는 드 눈이 벽화의 시선을 사로잡았다.

"너도 잘 알아두어라. 남잔 말이야. 틈을 주면 반드시 빠져나가려고 하거든? 소주 같은 남자는 더해. 그저 꽉 잡고 틈을 주지 말아야 해. 물론 가끔씩 당근은 던져 줘야지. 그래야 더 감동해서 충성하거든."

벽화는 눈만 동그랗게 뜬 채 손일연의 갑작스러운 말을 듣고만 있었다.

"친구 간이니 곤란하다 난감하다 하면서 틈을 보여주면 다른 아이들이 소주를 끊임없이 노릴 거다. 소주를 사랑한다고 소주 마음대로 하라고 맡겨두었다간 그 인간이 지 좋은 대로 해버릴 게 뻔해. 처첩이 열 명이 된다는 게 말이 되느냐? 영웅은 호색? 그거 다 헛소리야. 그저 남자는 꽉 잡고 살아야 한다."

"할머니……?"

너무 뜻밖의 말에 벽화가 말을 잇지 못하자 손일연은 툭툭 벽화의 어깨를 두드려 주었다.

"그러니까 그런 쓸데없는 고민 하지 말거라. 하다 하다 안 되어서 다른 여인을 인정하게 될지라도, 그전까진 절대 틈을 보여주면 안 된단다. 왜 네 걸 다른 아이랑 같이 써?"

손일연은 만면에 가득 웃음을 띠었다. 하지만 손일연의 눈은 진지하기만 했다.

"이제 소주도 가주가 되었으니 정혼을 하고 후손을 남겨야 한다. 난 너 말고 열 명이 넘는 가모를 모실 생각이 전혀 없으니까 힘을 내거라. 네 건 네 것인 거야. 아무리 친자매 같은 사이라도 그건 같이 쓰는 게 아니란다. 명심하렴."

"하지만……."

아직도 난감한 표정을 짓고 있는 벽화를 바라보다 손일연은 한숨을 쉬었다.

"넌 아무래도 많은 교육을 받아야겠구나. 에효……."

손일연의 잔소리가 계속 이어졌다.

"자고로 남녀 사이란 말이다……."

터덜터덜 들어와 털썩 침상에 엉덩이를 던지는 막수옥을 바라보며 정가영이 물었다.

"언니, 왜?"

열 명 중 유일하게 진파에게 적대적인 정가영과 막수옥은 나이 차에
도 불구하고 가장 친한 사이였다. 막수옥은 정가영의 물음에 포옥 한
숨을 내쉬었다.

"철 소협이 혼자서 수련한대."

"아무래도 언닐 피하나 본대?"

"그런 것 같아."

막수옥이 땅이 꺼지도록 한숨을 쉬자 건너편 침상에 가부좌를 틀고
앉아 있던 나령이 눈살을 찌푸렸다. 비록 막수옥을 꾸짖기는 했지만
이렇게 힘이 빠진 막수옥을 보는 것은 더 화가 났다. 뭐가 어찌 되었든
막수옥은 그녀의 사랑스러운 동생인 것이다.

나령이 퉁명스럽게 핀잔을 주었다.

"바보 같은 것. 그렇다고 다시 돌아와?"

"그럼 어떻게 해?"

평소 같으면 나령의 핀잔에 화라도 낼 터인데, 막수옥의 반응은 병
든 병아리처럼 하나도 힘이 없었다.

"그래도 계속 옆에 있었어야지!"

"어떻게? 혼자 수련하겠다고 눈 감아 버리는데 거기서 뭘 해? 나가
달라고 말하는 건데 거기 계속 있어?"

"그런 건……."

"관둬! 언니도 연애 못해 본 건 마찬가지잖아."

"뭐야!"

나령과 막수옥의 목소리가 높아지려 하자 오후 양우가 설레설레 고
개를 흔들었다.

"다 똑같은 신세인데 뭘 또 싸워요?"

"우리가 왜 똑같아!"

나령과 막수옥이 동시에 양우를 돌아보며 소리를 치자 양우는 침상에서 내려와 톡톡 발끝을 두드렸다. 오밀조밀 예쁘기만 한 얼굴이었으나 소수마후들 중 제일 키가 작은 양우가 침상에서 내려서자 다른 소수마후들과 눈높이가 거의 같았다. 그러나 양우의 자신감 넘치는 태도는 그런 단점을 상쇄하고도 남았다. 양우는 자신에게 집중된 시선들을 쭈욱 훑어보았다. 양우의 시선이 멈춘 곳에는 삼후 나령이 있었다.

"떡 줄 놈은 생각도 없는데 침만 흘리는 건 우리 모두 똑같죠. 안 그래요?"

잠시 침묵이 흘렀다.

나령도 막수옥도 그 말을 부정할 수는 없었던지 끄응 소리를 내며 침상에 몸을 던져 버렸다. 소수마후들 중 제일 성격이 비슷하다고 할 수 있는 둘이었지만, 막수옥의 반응이 조금 더 거칠었다.

막수옥은 짜증이 났던지 자신의 머리카락을 마구 헤쳐 버렸다.

"에잉!"

양우가 자신을 바라보고 있는 나령에게 말을 걸었다.

"언니, 우리 문제가 뭔지 알아요?"

"뭐긴. 수옥인 철 소협을 좋아하고, 가영일 제외한 우리 모두는 진파 오빠를 좋아한다는 거지."

"그놈의 오빠 소리는……."

"내 맘이야!"

"알았어요, 알았어. 그건 그렇다 치고요. 하지만 언니 말은 틀렸어요. 우리 문제는 그게 아니에요."

나령은 양우의 말에 갸우뚱 고개를 기울이더니 나름대로 생각한 답을 꺼냈다.

"현성교에 원수를 갚아야 한다는 거? 그건 너무 당연한 거잖아."

"그건 언니 말대로 당연한 거구요. 제가 생각하는 문제는 그것이 아니에요."

"그럼 뭔데?"

"우리는……."

양우는 주위를 바라보며 눈을 빛냈다.

모두의 눈에 어떤 기대감이 넘쳐흘렀다. 문제점을 알고 있다면 해결책도 알고 있을 터. 더구나 양우의 태도엔 여전히 자신감이 넘쳐흘렀으니. 양우가 말을 이었다.

"경험이 부족해요."

"경험?"

"그래요. 보통 여자들이 거쳐야 할 가장 중요한 성장기 동안 우리는 현성교의 인형이었어요. 그러니 남자를 어떻게 꼬셔야 하는지, 남자의 마음을 어떻게 다루어야 하는지 습득할 시간이 아예 없었죠. 우리 중 제일 나이가 많은 건 나령 언니지만 언니도 남자를 사귀어본 적은 없잖아요."

"그, 그렇지."

"소예 언니가 있었다면 우리가 모자란 점을 가르쳐 줄 수 있었겠지만, 언니는 우리 곁을 떠났어요. 우리에겐 지금 경험자의 노련한 가르침이 절실해요. 더구나 벽화는 그쪽으로는 타고난 애인지 진파를 벌써부터 꽉 잡고 있잖아요. 진파가 우릴 돌아보아야 하는데 벽화의 벽은 너무 두터워요."

“우리가 그런 사람을 어디서 만나니? 아는 사람도 손에 꼽을 정도인데.”

양우는 한숨을 쉬는 나령을 보며 자신감 넘치는 그녀 특유의 미소를 떠올렸다. 샛별처럼 빛나는 양우의 눈이 지혜롭게 반짝였다.

“언닌 손 할머니를 잊었군요. 손 할머니도 한때는 절정의 미모를 자랑하던 분이라는 걸 잊었어요? 더구나 손 할머니는 진파를 키운 장본인이세요. 진파에 대해서는 모르는 게 없으실 거라구요.”

“아!”

나령이 벌떡 몸을 일으켰다. 막수옥도 거의 동시에 튕기듯 몸을 일으켰다.

소수마후들의 옷자락이 부풀어 오르기 시작했다.

새로운 돌파구를 찾은 것처럼 모두의 얼굴에 희망의 빛이 떠올라 있었다.

*   *   *

향내가 은은한 방 안에 광협과 진파가 마주 앉아 이야기를 나누고 있었다.

손으로 머리를 짚고 미간을 찌푸린 진파의 앞에는 여전히 죽립을 쓴 광협이 꼿꼿이 허리를 펴고 앉은 채였다.

“그래, 어떠냐?”

“머리가 어질어질합니다.”

“처음엔 다 그러느니라. 선곡의 지식을 갑자기 주입받았으니 혼란스럽기도 할 게야.”

“이런 게 가능한 겁니까……?”

“달리 신선이겠느냐?”

뜻밖의 대답에 진파는 눈을 동그랗게 떴다.

“할아버지, 신선이셨습니까?”

“나는 반선(半仙)쯤 되겠지. 탈각을 마치고 선곡에 들어야 진정한 신선이라 할 수 있으니까 말이다.”

진파는 믿을 수 없다는 표정으로 멍하니 광협을 바라보고 있었다. 겉으로는 진지 무쌍해 보이기만 하는 광협의 속마음은 하나도 모르고서 말이다.

“이제 가보거라. 잠룡단주들의 거처는 밑에서도 알고 있으니 그들에게 물어보도록 하고. 사천교의 발호는 반드시 잠재워야 한다는 걸 명심하고.”

광협이 몸을 일으키려 하자 진파는 어지럽던 마음이 다급해졌다. 진파는 광협의 옷자락을 잡고 늘어졌다.

“할아버지!”

암자에 도착해서도 정작 하고 싶었던 말은 이때까지 하나도 못한 진파였다.

광협이 도대체 그럴 틈을 주지 않았다.

신산지학과 기문진법, 기타 잡다한 세상 지식을 한 방에 전해주겠다는 믿지 못할 말에 몸을 맡기고 깨어났더니 벌써 사흘이 지났단다.

머리는 복잡한데 뭐가 뭔지 하나도 모르겠는 진파였다. 광협을 만나고서는 처음부터 지금까지 계속 그래 왔다.

광협은 아직도 죽립을 머리에 쓴 채로 엄숙하게 되물었다.

“왜 그러느냐?”

“드릴 말씀이 있습니다.”

“아! 나도 너에게 깜박하고 하지 못한 말이 있구나.”

“제가 먼저…….”

“아니다. 할아비 말을 먼저 듣거라. 이제 너도 가주가 되었으니 성혼을 치러야 한다. 아직 네 아비가 회복이 되지 않았으니 정식 혼사는 뒤로 미루더라도 후사만은 꼭 남기어야 한단다. 우리 가문은 손이 귀하기 때문에 반드시 후사를 남겨야지. 내려가면 그 벽화라는 아이하고 정혼식을 치루고 좋은 밤을 보내도록 하여라. 한 방에 후손이 생기는 건 우리 가문의 전통이니 곧 아들이 생길 것이다. 딸이 생긴 적은 한 번도 없으니 걱정하지 말고. 알겠느냐?”

“예? 할아버지? 그게 무, 무슨 소리십니까?”

너무도 갑작스러운 광협의 말에 진파는 말을 더듬었다. 난데없이 후손을 만들라니! 아니? 누이동생일지도 모르는데 정혼이라니! 진파는 풍협의 치부를 숨겨주려고 덮어놓았던 벽화의 신세 내력에 대한 보고를 하려 했으나 광협은 슬며시 고개를 돌렸다. 창밖을 바라보는 광협의 눈가에는 진실로 볼 수밖에 없는 너무도 절절한 안타까움이 묻어났다.

“허……. 할아비가 선곡에 보고하러 가야 할 시간이다. 안타깝구나. 이제 너는 내려가야 한다.”

진파의 어깨를 잡는 광협의 손은 뜨거운 정이 흐르기라도 하듯 다정하기 짝이 없었다.

진파는 똥줄이 탔다.

“할아버지! 꼭 들으셔야 할 말이 있습니다!”

“허락된 시간은 이제 끝이 났다. 성혼을 치를 때는 꼭 태산에 분향을 올려 알리도록 해라. 내 시간을 내보마."

"할아버지! 잠시만요!"

"이제 너는 무적다가의 당대 가주다. 매사 당당하게 행동하고, 모든 것을 혼자 힘으로 해나가도록 하거라. 내 임무는 이제 끝이 났다. 네가 후사를 얻어 네 아비가 이곳으로 오면 난 선곡으로 떠나야 한단다. 잘 가거라."

누가 열지도 않았는데 갑자기 방문이 덜컥 열렸다. 아직도 구구절절 너무나 할 말이 많은 진파의 몸은 일진광풍에 휘말려 암자 밖으로 휘익 날려갔다.

진파의 안타까운 음성이 터져 나왔다.

"할.아.버.지—!"

진파의 눈에 보이던 암자가 갑자기 뿌옇게 흐려지기 시작했다.

갑자기 안개가 피어나는 것이, 무슨 진법이라도 발동한 것처럼 보였다. 엄숙하고도 장중한 광협의 전음이 마지막으로 진파의 귀를 때렸다.

"이제 이곳은 다시 폐쇄될 것이다. 세속에 얽매이는 것은 선가의 길을 걷는 자로서 할 도리가 아니니, 조손의 정을 나누지 못하는 것이 안타깝기만 하구나. 모쪼록 강호의 평화를 자알~ 지키도록 하여라."

"할아버지이—!"

진파의 목소리만이 애달프게 울렸지만 안개에 휩싸인 산봉우리 정상은 말이 없었다.

터덜터덜 발길을 돌리는 진파를 바라보며 광협은 흘흘 웃음을 짓고 있었다. 광협은 암자 밖에 나와 있었다. 진파가 보기엔 안개로 가득 덮인 암자 주변이건만, 광협의 눈엔 진파의 얼굴 표정까지도 세세하게 보이고 있었다.

"아~ 정말 뿌듯하게 해치웠도다."

광협이 진파의 앞에서는 끝끝내 벗지 않았던 죽립을 벗어 젖혔다. 참으로 반짝반짝 빛나는 머리가 햇빛 앞에 수줍게 전모를 드러냈다. 소맷자락으로 스윽 머리를 닦은 광협은 아이처럼 싱그러운 웃음을 짓고는 멀어져 가는 진파의 뒷모습을 바라보았다.

"너도 언젠가는 이 재미를 알게 될 게야. 그럼 이제 아들이나 보러 갈까? 뒤치다꺼리는 그놈 몫이니 알아서 잘하겠지."

선곡과의 교통이 중요하다고 진파를 강제로 떠나보냈던 광협은 진파와 반대쪽으로 몸을 날려 순식간에 멀어지기 시작했다.

태산은 여전히 아무 말이 없었다.

*　　　　*　　　　*

똑똑.

천장에서 떨어지는 물방울 소리가 울리는 가운데 거친 숨소리가 씩씩 동굴을 메웠다.

바닥에 부복한 채 앉아 있는 사람은 현성교주의 유언을 들었던 탐랑이었다. 이제 칠성의 수장이 되어 위엄이 가득 찬 기도를 보이는 탐랑이었지만, 지금의 모습은 안타까움과 원망이 뒤섞인 참으로 약한 모습이었다.

"소교주님!"

"이제 교주요."

"아직 취임을 하지 않으셨습니다."

"그래서 나를 교주라 부르지 않을 셈이오? 위계가 중요하다고 날 가르친 분은 탐랑 그대였소."

"교주라고 불러 드리길 원하십니까? 그렇다면 교주다운 선택을 해 주십시오!"

"무슨 소리요?"

"어째서 소수마후들의 소수마공을 단숨에 취하시지 않는 것입니까! 교주님의 원한을 풀지 않으실 셈이십니까!"

북명소에 몸을 담그고 있던 임수가 몸을 일으켰다.

오른팔과 왼 다리에 번들번들 빛나는 의수와 의족을 달고 있는 임수는 아무것도 걸치지 않은 나신이었다. 희미한 불빛에 흔들려 검게 빛나는 임수의 나신은 불구의 몸이라고는 믿을 수 없을 정도로 완벽한 조화를 뽐내고 있었다. 의수와 의족이 하나의 장신구처럼 보일 정도로 임수의 태도는 자신감에 넘쳤고, 기태 또한 헌앙하기 짝이 없었다.

"다 생각이 있어서 그런 것이오."

"칠성의 수장으로서 여쭙겠습니다. 소수마후들을 죽이지 않으실 생각이십니까?"

"그렇소."

탐랑이 이글이글 불타는 시선으로 임수를 바라보았다.

"철회해 주십시오. 소수마후들은 교의 영광을 위해 흐생에 예비한 도구들입니다. 조속히 힘을 얻으셔야 할 이때에 어찌 그런 여유를 부리신단……."

탐랑의 말은 이어지지 못했다.

너무도 거센 기운이 탐랑의 부복한 몸을 송두리째 후려쳤던 것이다.

거대한 벽이 한꺼번에 철벽처럼 온몸을 후려치는 듯한 공세. 북명벽강이었다.

"컥!"

부복한 채 몸을 웅크리고 있던 탐랑은 북명벽강의 공세를 그대로 맞고는 피를 토하며 뒤로 밀려났다. 그러나 그의 눈빛은 아직도 수그러들지 않고 있었다. 있을 수 없는 대우였다. 전대 교주인 임후생조차 칠성인 그를 이렇게 다룬 적은 없었다. 자발적인 헌신으로 대했던 임후생의 권위와 찍어 누르듯 사람을 억누르는 임수의 폭압은 전혀 다른 것이었다.

검은 빛이 여전히 남아 있어 번들거리기까지 하는 임수의 눈이 탐랑을 노려보았다. 나직하게 내뱉는 어투는 싸늘하기조차 했다.

"다 이유가 있소. 다시는 그 문제에 대해 토 달지 마시오."

"흐으……."

탐랑은 턱밑으로 흘러내리는 피를 닦으며 임수를 바라보았다. 원망과 분노가 복잡하게 섞여 있는 눈은 임수의 뜻에 불복하는 기색이 역력했지만, 그의 말투는 아직도 순종적이었다.

"그렇다면…… 하나만 알려주십시오."

"무엇이오?"

"언제쯤 폐관을 마칠 수 있으십니까?"

"확언할 수는 없소."

"저도 밖에서 준비할 게 있습니다."

"무엇을 준비한다는 것이오?"

"교주님이 출관하시면 새롭게 교를 재정비해야 합니다. 성군(星軍)들을 다스릴 칠성도 새로 뽑아야 하고, 중원 공략에 대한 새로운 전술도……."

"그만!"

임수가 갑자기 고함을 질렀다.

탐랑은 다시 울컥 피를 토했다. 임후생의 마성(魔聲)처럼 임수의 음성에도 마기가 섞여 있어 칠성 중 한 명인 탐랑조차 감당하기 힘들었던 것이다.

임수의 음성은 싸늘하기만 했다. 탐랑을 바라보는 시선에도 냉정한 권위만 실려 있을 뿐 탐랑을 배려하는 마음은 조금도 담겨 있지 않았다.

"중원 공략의 전술은 내가 나간 후에 짜도록 하시오. 탐랑은 그동안 죽은 칠성 중 셋의 자리만 채우도록 하시오."

탐랑은 한동안 물끄러미 임수를 바라보기만 했다. 그러다 그의 강렬했던 눈빛이 차츰차츰 수그러들었다. 체념일까, 복종일까. 탐랑의 말투에서는 그것을 엿볼 수 없었다. 탐랑은 짧게 대답하고는 몸을 일으켰다.

"알겠습니다."

"철저히 강한 자만 엄선해서 뽑도록 하시오. 최강자가 칠성의 자리에 앉도록."

무언가 말을 하려던 탐랑은 고개를 떨구며 그저 고개만 끄덕였다. 미약한 음성만이 울렸다.

"존명."

탐랑이 힘없는 걸음으로 수정타를 나가자 임수는 나직하게 혼잣말을 되뇌었다.

"머리는 하나로 족하지. 그대들은 손발이 되어주면 그만이야."

임수는 몸을 돌려 북명소의 끝으로 천천히 걸어갔다.

철벅이는 소리와 함께 임수가 다다른 북명소의 끝에는 두 여인이 어깨만 보이는 채 잠겨 있었다. 맨어깨가 그대로 드러난 두 여인은 추소예와 현정이었다.

북명소에 잠긴다고 모두 다 까맣게 몸 색깔이 변하는 것은 아닌 듯, 아직도 추소예와 현정의 얼굴과 몸은 뽀얀 우윳빛 살결을 그대로 간직하고 있었다.

둘을 내려다보는 임수의 얼굴에 웃음이 떠올랐다. 사람의 웃음에는 감정이라는 것이 매달려 있어야 마땅하건만 임수의 웃음에서는 그것이 보이지 않았다. 그저 입을 벌리고 하얀 이가 드러나는 것을 어찌 웃음이라고 하겠는가.

"너희는 참 운도 좋지."

의식이 없는 듯 눈을 감은 채 서로 어깨를 기대고 있는 추소예와 현정은 임수의 목소리가 들리지 않는지 미동도 하지 않았다. 임수의 목소리를 듣는다면 저절로 몸서리가 처질 만큼 으스스하고 음울한 목소리였건만.

임수의 몸이 북명소 속으로 잠겨들었다. 목까지 북명소에 가라앉은 임수의 얼굴은 추소예와 현정의 얼굴에 바싹 다가서 있었다.

"너희가 예뻐서 이런 방법을 쓰는 게 아니야. 그저 몸을 취하기만 하면 너희의 소수마공은 내 것이 되겠지. 너희는 가루가 되어 부서질 것이고. 하지만 그건 내가 원하는 게 아냐. 너희는 좀 더 값지게 쓰여야지."

북명소에 담긴 액체가 찰랑였다.

임수의 어깨가 언뜻 북명소 밖으로 드러났다 사라졌다.

임수는 검은 눈을 추소예와 현정의 얼굴에 박고는 씨익 미소를 지었

다. 입 꼬리만 위로 말려가는 그 웃음은 섬뜩함과 함께 기이함을 주었
다.

"이제 얼마 안 남았군. 곧 북명소 밖으로 나갈 수 있겠어. 너희도 곧
함께 나가게 되겠지. 내 충실한 노예로서 말이야."

임수의 검은 눈에서 이상한 광채가 번뜩이기 시작했다. 눈에서 뻗는
안광이 외부로 표출된다면 그것도 이상할 노릇이겠지만, 실제 임수의
눈에선 검은 빛이 뿜어져 나오고 있었다.

그와 함께 으스스한 목소리가 울려 퍼졌다.

"자…… 이제 눈을 떠라. 주인을 맞을 시간이야."

그 목소리를 듣자 추소예와 현정이 갑자기 몸을 떨었다. 급살을 맞
은 사람처럼 부르르 몸을 떨던 추소예와 현정은 천천히 눈을 떴다.

그녀들의 눈은 임수처럼 흰자위까지 모두 검게 변해 있었다.

임수의 괴소가 울려 퍼졌다.

찰박이는 소리와 함께 추소예와 현정의 고개가 점점 뒤로 꺾이기 시
작했다. 목에는 파란 핏줄이 돋아 오르기 시작했다. 임수의 괴소가 계
속해서 울리고 있었다.

*   *   *

하얀 탁자를 사이에 두고 공철과 손일연, 철정이 보였다. 벽화 등 열
명의 소수마후도 함께 앉아 있었다. 그들의 눈은 모두 탁자의 정중앙
을 향해 있었다.

그곳엔 진파가 앉아 있었다.

태산을 내려와 공철이 가르쳐 준 대로 무적다가의 표지를 쫓아 산동

의 안가까지 들어선 진파였다. 그러나 진파의 표정은 멍했다. 오랜만에 공철 등을 만났다는 반가움보다는 왠지 어디엔가 정신을 빼앗긴 듯보였다.

손일연이 진파의 얼굴을 보다 공철에게 전음을 보냈다.

"당신, 소주에게 무슨 말 들은 거 없어요?"

"무슨 말?"

"얼굴 표정이 왜 저래요? 말을 걸기도 무안하네요. 혹시 관문을 통과 못한 거 아닐까요?"

"설마……."

"그렇지 않다면 표정이 왜 저렇게 구겨져 있어요? 꼭 어디에 혼을 빼두고 온 사람 같아요."

공철은 손일연의 말을 들으며 내심 아니다 부정만 하지는 못했다. 나름대로 풍파를 겪으며 많이 컸다는 생각을 하긴 했지만, 진파가 누구인가? 똥 기저귀 갈아주며 직접 키운 만큼 공철 부부보다 진파를 더 잘 아는 사람은 이 세상에 없다. 부모보다 진파의 모든 것을 더 잘 아는 공철 부부 아니던가. 바로 그 잘 안다는 점 때문에 공철은 손일연의 말을 매몰차게 부정하지 못했다.

'충분히 그럴 수 있어……. 소주라면 가능하지. 맘에 안 들면 할아버지 앞이라도 침 뱉고 돌아왔을 인간이야.'

하지만 차마 물어볼 수 없었다. 진짜 통과를 못했다면 무슨 개망신이라는 말인가? 진파를 키운 음양쌍괴의 명성에도 먹칠을 하는 결과일게다. 풍협을 무슨 낯으로 대하고, 가신들을 어떤 얼굴로 대해야 할지 공철은 갑자기 막막해졌다.

'아니겠지? 아닐 거야, 아니야!'

공철이 마음을 단단히 먹고 진파에게 말을 걸려는데, 진파가 갑자기 멍한 눈길을 돌려 공철 부부를 바라보았다.

"할배."

"마, 말하시오, 소주!"

"할배는 아버지가 관문 통과할 때도 아버지를 주인으로 섬겼어?"

공철은 무슨 말이 나올지 몰라 불안하기 짝이 없었지만 일단 고개를 끄덕였다. 진파 말대로 풍협이 관문을 통과하고 나올 때도 음양쌍괴는 풍협의 종복이었던 것이다.

"맞소. 한데 왜……?"

진파는 간절한 눈빛으로 공철을 바라보았다. 무언가 확인을 받고 싶어하는 아주 간절한 눈빛으로.

"그럼 할배랑 할멈은 기억하겠구나. 관문 통과하고 나서 아버지 어땠어?"

"어떻다니? 뭐가 말이오?"

"아버지 상태가 어땠냐구."

"어떻긴……."

어떻긴 뭐가 어떠냐고 핀잔을 주려던 공철은 갑자기 떠오르는 옛 생각에 허벅지를 쳤다.

"그래! 맞소이다! 주인도 관문을 통과하고 나와서 꼭 지금 소주처럼 비 맞은 강아지 꼴이었소! 맞다, 맞아! 내 왜 그 생각을 못했던고! 소주도 그럼 관문을 통과한 것이오?"

"아버지도 나 같았다고?"

"그렇소이다! 관문은 통과한 거요?"

진파는 갑자기 안도라도 한 듯 휴우 하고 한숨을 토해냈다.

공철은 막상 중요한 것은 대답해 주지 않는 진파가 답답했던지 고함까지 내질렀다.

"대답 좀 하고 한숨 쉬쇼! 늙은이 안달나 죽는 꼴 보고 싶소이까!"

진파는 탁자에 팔을 괴고 천천히 머리를 감싸 안았다. 탁자를 내려다보며 진파는 성의없는 말투로 공철의 간절한 의문에 답을 주었다.

"응."

"응은 무슨 말라비틀어진 응가할 때 응이오? 제발 화끈하게 대답 좀 하쇼! 통과했소, 못했소?"

"여보!"

손일연이 또 흥분하려는 공철의 옷깃을 잡아갔으나 공철은 막무가내로 진파의 옆얼굴에 대고 침을 튀겼다.

진파는 탁자를 바라보는 그 자세 그대로 아무렇지도 않다는 듯 얼굴에 튄 공철의 침을 닦아냈다. 세상 그 무엇도 자신에게 충격을 줄 수 없다는 것처럼 너무도 진파답지 않은 태연자약한 대응이었다.

진파의 조용한 음성이 들렸다. 공철에게 고개도 돌리지 않은 채였다.

"흥분하지 마, 할배. 나 통과했어. 할아버지가 그러시는데 나 이제부터 가주래."

"가주? 그럼 통과한 거구려! 허허. 허허. 우허허허허허!"

공철은 갑자기 탁자에서 벌떡 몸을 일으키더니 마구 웃음을 터뜨렸다. 너무도 기뻤던 것이다. 진파를 키우며 속 쓰리고 화나고 지랄맞았던 온갖 과거들이 한꺼번에 공철의 머리를 스쳐 지나갔다.

손일연도 공철의 기쁨에 동감하는지 공철을 따라 일어서 손을 맞잡았다.

"여보! 고생하셨소!"

"당신도요!"

감격에 겨운 두 노인은 어리둥절한 표정으로 앉아 있는 철정과 벽화들을 바라보며 웃음을 터뜨렸다.

철정은 너무 도가 지나치게 흥분하는 음양쌍괴를 이상한 듯 바라보다 곧 만면에 웃음을 띠었다. 음양쌍괴의 호들갑스러운 탄응은 이상했지만, 친구가 가문의 어려운 관문을 통과해 가문의 대표자가 되었는데 어찌 축하할 마음이 들지 않겠는가. 철정의 마음도 곧 기쁨으로 넘쳐흘렀다.

"진파야, 축하한다."

"축하해요, 오빠."

"축하해요."

"축하해."

철정뿐 아니라 벽화들의 축하가 이어졌으나 진파는 여전히 멍한 표정으로 탁자만 내려다보고 있었다.

꼭 여우에 홀린 것만 같았다.

칠 일 동안 관문 안에 들어가 있었으나 진파는 꼭 꿈을 꾸다 깨어난 것만 같았다.

할아버지 광협을 만났으나 정작 자신이 준비한 이야기는 하나도 못하고 헤어졌다.

그나마 아버지도 자신과 같은 꼴이었다는 게 작은 위안을 주었다.

'아마 아버지도 증조할아버님께 비슷한 꼴을 당했나 보지. 나중에 여쭤봐야겠군.'

광협에게 화가 날 만한 거리는 하나도 없었다.

광협은 정말 따뜻하고 인자하며, 그야말로 무적다가의 전전대 가주다운 멋진 모습만을 진파에게 보여주었다.

그런데 뭔가 걸린다. 뭔가 아니다. 뭔가 찜찜한데 그게 뭔지 진파는 도무지 알 수가 없었다. 정말 무슨 여우한테 홀리고 귀신한테 백(魄)이라도 빨린 그런 기분이었다.

'이런 기분 누구한테 말도 못하겠지? 뭐라고 말해? 할아버지 졸라서 강호 평화 대신 지키세요, 라고 말하려 그랬는데 말할 기회도 잡지 못하고 그냥 가주 되었다고? 전부 다 내가 하게 생겼다고? 에휴……'

진파는 서서히 고개를 들어 자신이 가주가 된 것을 열띠게 축하해 주는 공철과 손일연, 철정과 벽화들을 물끄러미 바라보았다.

꼭 무적심공의 최후 단계를 깨우치던 그때 같았다.

열심히 주위에서 무어라 떠드는데 그 말들이 귓속에 안착하지 못하고 귓불을 타고 내려가 허공에 흩어지는 것만 같았다.

그래도 무어라 할까.

자신을 축하해 주는 사람들한테.

"고마워, 모두."

진파는 담담한 어투로 전혀 진파답지 않은 대답을 하고는 탁자에서 몸을 일으켰다.

옆에 서 있던 공철이 진파에게 물었다.

"가주 취임식을 해야겠소이다! 전 식구들에게 이 기쁜 소식을 알려야겠소! 잔치도 벌입시다!"

"됐어. 현성교랑 싸울 준비해야 하는데 잔치는 무슨 잔치. 오늘은 일단 쉬고 내일 잠룡단주들에 대한 이야기나 들을게. 잔치 같은 거 하지 마. 뭐 대단한 일이라고."

"아니, 소주!"

진파는 귀찮다는 듯 휘휘 손을 내젓고 몸을 일으켰다. 철정에게로 고개를 돌린 진파는 짧게 물었다.

"니 방 어디냐?"

"왜?"

"나 좀 자자."

"피곤하냐?"

"죽고 싶을 만큼."

공철이 또 목소리를 높이며 나섰다.

"아니, 소주! 가주면 이제 따로 독채를 써야지 왜 객방에 든단……."

"됐어, 됐어. 정이가 남이야? 정이 옆에서 좀 쉴 테니까 모두 내일 보자구."

"오빠."

벽화가 앞에 서자 진파는 다시 머리가 아파옴을 느꼈다.

광협은 분명히 말했다.

가주가 되었으니 후사부터 남기라고. 한 방이면 될 터니 빨리 끝내라고 했던가?

친동생일지도 모르는 벽화랑?

진파는 물끄러미 벽화를 바라보다 휘휘 고개를 내저었다.

"어. 내일 다 얘기하자. 오늘은 좀 쉬어야 해."

"으응."

진파가 철정과 어깨를 나란히 한 채 대청을 빠져나가자 그제야 공철과 손일연은 서로의 얼굴을 바라보았다. 벽화들도 손일연의 곁에 모여

들었다.

손일연이 먼저 말을 꺼냈다.

"여보, 저 담담하고 겸손할 정도로 잔치 같은 거 필요없다고 말하는 청년이 우리가 키운 소주가 맞나요?"

"당신이 보기에도 이상하지? 처음엔 멍하게 앉아만 있다가 갑자기 흐르는 강물처럼 담담해지다니. 내가 알기로도 우리가 키운 소주가 아냐."

"관문을 통과하다 머리라도 다친 걸까요?"

"그럴 리가! 그랬다면 난리난리 치면서 빨리 영약하고 치료제 가져오라고 소리부터 지를걸? 그리고 광협께서 그냥 내려 보내셨겠어?"

"그럼 왜 저러지?"

"글쎄요."

"이유가 뭐지?"

공철과 손일연은 머리를 맞대고 수군거렸다.

벽화의 얼굴엔 걱정스러운 빛이 가득했다.

뭔가 변화가 일어난 듯 보이는 진파를 생각하며 나머지 소수마후들은 이리저리 머리를 굴리고 있었다.

오직 막수옥만이 사라져 가는 철정의 뒷모습을 바라보고 있었다.

제40장 창룡비상(蒼龍飛上)

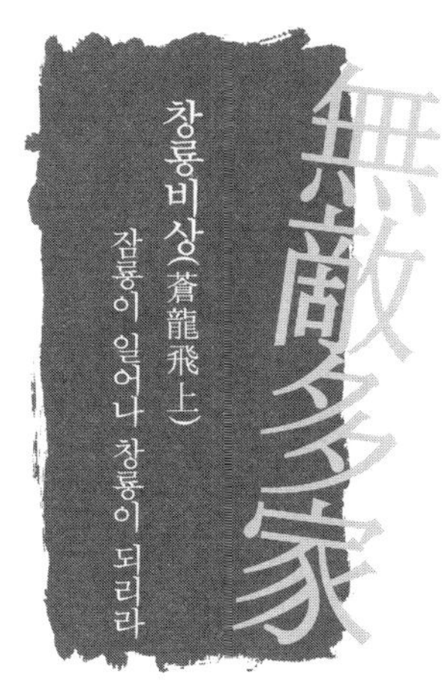

태안에서

제남(濟南)으로 향하는 관도를 유유히 달리는 한 대의 마차가 보였다. 마차의 마부석에는 신선풍의 점잖게 생긴 노인기 앉아 말들을 몰고 있어 이색적이었다.

마차의 지붕 위에 올라앉은 두 청년은 흔들리는 마차의 움직임이 부담스럽지도 않은지 흐르는 구름을 바라보며 너무나 편안하게 앉아 있었다.

바로 태안의 안가를 떠난 진파 일행이었다.

새로운 가주가 탄생했음을 아주 조용히 안가에 알린 공철은 가신들에게 이 사실을 전하기 위해 하루를 소비했다. 부산스럽게 준비를 마친 공철에게 진파는 너무나 담담하게 잠룡단주들의 거처와 그들에 대해 물었다. 참으로 가주다운 차분한 태도로 모든 것을 듣고 아무런 동요도 보이지 않는 진파에게 공철은 또 한 번 놀라야 했다.

벽화들과 함께 길을 떠나기로 하고 태안을 빠져나온 진파는 공철에게 마차를 끌게 하고는 철정과 함께 마차 지붕 위에서 햇볕을 쬐는 중이었다.

철정이 진파에게 말을 던졌다.

"야, 아니, 이제 적협이나 가주라고 불러야 하나?"

"그냥 야라고 해."

하늘을 바라보는 진파는 아무런 표정 변화 없이 철정의 말을 받았다.

공철에게 잠룡단의 네 단주에 대해 들었으나 진파는 하나도 놀라지 않았다. 이제 더 이상 놀랄 거리도 없었다. 어차피 하게 되어 있고, 해야만 하는 일이 되었는데 놀랄 게 뭐가 있겠는가. 광협과의 꿈같은 일주일을 보내고 난 뒤 진파는 마치 부동심(不動心)이라도 얻은 사람처럼 보였다.

"그래도 어떻게 야라고 하냐?"

"그냥 해."

무심한 목소리를 들으며 철정은 고개를 갸웃거렸다.

이건 담담하다거나 침착해졌다거나 하는 차원이 아니었다. 사람은 그대로인데 자신이 아는 그 사람은 아니었다.

"너 도대체 왜 그래?"

"내가 뭘?"

"전에는 실실 웃기 바쁘더니만 이젠 또 세상 다 산 놈 같이 왜 그러냐? 재미없게."

"재미없냐?"

"그래."

"넌 몰라. 진짜 재미없는 게 어떤 건지."

진파가 무감동한 표정으로 하늘을 바라보다 작게 한숨을 쉬었다.

"그러니까 거기서 무슨 일이 있었는지 얘기해 보라니까."

"얘기 다 했잖아. 할아버지를 만났고, 좋은 얘기 들었고, 좋은 가르침 받고 관문 통과를 인정받았다고."

"그게 다냐?"

"응."

"근데 왜 이렇게 변한 거야?"

"몰라. 갑자기 세상사 모든 것이 시시하고 꿈같이 느껴진다. 내가 꿈을 꾸는 건지. 지금도 꿈속에서 노는 건지 알 수 없을 지경이야."

철정은 뚱한 표정으로 진파를 바라보았다.

전혀 진파답지 않은 말이었다.

'지가 무슨 장자(莊子)야?'

딱!

철정이 진파의 머리를 후려갈겼다.

그러나 이미 사지백해가 속속들이 환골의 경험을 한지라 진파는 아프지도 않았다. 내공을 끌어올린 적도 없었건만 철정의 무쇠 같은 주먹으로도 진파의 부동심(?)을 깰 수는 없어 보였다.

"다 오면 깨워라. 나 좀 자야겠다."

아무런 응대도 없이 벌렁 누워버리는 진파를 어이없는 표정으로 바라보다 철정은 고개를 설레설레 흔들었다.

마부석으로 내려가 공철의 옆에 앉자 공철이 철정에게 전음을 보냈다.

“그래, 어떤가?”

“요지부동인데요. 때려도 반응이 없어요.”

“저거 정상 아니지?”

“예. 전혀 진파답지 않은데요.”

“허……. 그렇다고 사리 분별이 이상해진 것도 아니고, 오히려 전보다 더 딱 부러지게 일을 처리하니 이걸 좋아해야 하나 말아야 하나……. 자네 생각은 어때?”

“뭐가 어찌 되었든 간에 저건 진파가 아닙니다. 충격 요법이 필요한 것 같아요. 뭘 생각하는지 말도 안 해주지 않습니까.”

“그렇지? 아무래도 제남에 들어가서 뭔가 수를 강구해야겠네. 머리를 모아보세나.”

“예.”

철정은 전음을 멈추고 소리를 내어 공철에게 물었다. 행선지를 상기시켜 조금이라도 진파를 긴장시키고자 나름대로 머리를 짜낸 질문이었다.

“제남에 계신 잠룡단주님은 강하겠지요?”

철정의 뜻을 알아챈 공철도 목소리를 높여 진파보고 들으라는 듯 진파에게 다 한 얘기를 다시 되풀이했다.

“강하지. 잠룡단은 사천교의 발호 기미가 보이지 않으면 움직이지 않을 뿐 아니라, 아무리 가주라고 해도 힘으로 꺾지 못하면 움직일 수 없네. 무적다가의 일원이긴 하지만 평소엔 거의 가문과는 아무 상관도 없이 지낸다네.”

“강호인은 아니라면서요.”

“그래서 더 무서운 것 아니겠나. 아무도 그 무공의 진수를 모르고,

어떻게 발전되었는지 알 수 없으니 그 실체를 파악조차 할 수 없네. 마지막으로 잠룡단이 소집된 때가 이백 년 전이니 어찌 변했는지 아무도 알 수 없지."

"그 정도 기간이면 맥이 끊길 수도 있지 않겠습니까?"

"그렇지는 않다네. 그들은 가업(家業)을 갖고 있고, 그 가업을 통해 단을 유지하지. 일종의 같은 업종인들끼리 뭉쳐 있는 소부락을 형성한다고 할까?"

"처음 만날 제남의 잠룡단주께서는 도의 달인이시라죠?"

"음. 산동에 있는 두 단주 중 지금 찾아가는 제남의 단주는 유명한 도객들의 대표라 할 수 있지."

"정말 기대되는군요."

"나도 그렇네."

큰 소리로 대화를 마무리한 공철과 철정은 힐끗 진파를 보다 인상을 찌푸리고 말았다. 공철과 철정의 노력에도 불구하고 진파는 정말로 자고 있었던 것이다.

나직하게 코 고는 소리가 들려왔다.

*　　　　　*　　　　　*

"보내."

박달나무를 단단히 박아 사방이 낮은 성채처럼 보이는 울타리 안에서 한 중년 사내가 짧게 명을 내렸다.

"예."

역시 짤막한 대답이 들리며 울타리 안으로 거대한 황소가 모습을 드러냈다.

음머어어어~

구슬프게 울던 황소는 중년 사내를 발견하고 겁을 집어먹었는지 주춤주춤 뒷걸음질을 치고 있었다. 코뚜레가 뚫린 코에서 하얀 콧김이 새어 나왔다. 거품이 물린 입가에는 추욱 내밀어진 혀가 뚝뚝 침을 흘리고 있었다.

"아직도 살기를 발하는 건가."

나직한 음성은 중년 사내의 외모와는 어울리지 않는, 어조가 또렷한 기분 좋은 목소리였다. 들고 있는 짧은 박도와 헝클어진 머릿결, 후줄근한 복장은 숨길 수 없는 백정의 그것이었으나 사내의 눈빛과 목소리는 너무도 담담하고 청수하기까지 해 도저히 백정의 그것이라고는 믿기지 않았다.

중년 사내는 겁을 집어먹은 황소를 향해 뚜벅뚜벅 걸음을 옮기기 시작했다.

음머 하는 구슬픈 소리와 함께 황소는 다시 울타리를 따라 뒷걸음질을 쳤다.

투둑. 투투투투투툭.

황소는 어느새 잔뜩 똥오줌을 내갈기고 있었다.

담담한 목소리로 자신을 향해 다가오는 중년 사내가 실은 백정이라는 것을 본능적으로 알고 있는 것일까. 그도 아니면 박도에 실린 예기와 살기에 절로 몸이 움츠려 든 것일까.

중년 사내는 황소를 바라보면서 안타까운 듯 말을 건넸다. 꼭 사람을 향해 말하는 것처럼 중년 사내의 음성은 차분하기까지 했다.

"너무 슬퍼 말거라. 생명이란 언젠가 가야 할 때가 있는 법. 너는 지금 그때가 다한 것이고 나는 네게 그때를 주러 온 것뿐이란다.”

중년 사내는 황소에게 이리 오라고 말하는 듯 손을 뻗었다.

중년 사내의 눈은 부드럽게 가라앉아 있어 도저히 황소를 해치려는 것처럼 보이지 않았다.

그러나 황소는 여전히 주춤주춤 뒷걸음질을 칠 뿐 중년 사내의 곁으로 다가오려 하지 않았다.

중년 사내는 내뻗은 손이 부끄럽다는 듯 자신의 손을 물끄러미 내려다보다가 손을 거두었다. 하늘을 보며 한탄했다.

“허……. 아직까지도 살기를 지우지 못한 모양이니 언제나 칼에서 살기를 거두어낼 것인가. 멀고도 먼 길이로다.”

쓸쓸한 표정으로 하늘을 바라보는 중년 사내의 눈에 구름이 비치었다.

그때였다.

처음에 중년 사내의 명에 대답을 했던 그 목소리가 울타리 밖에서 다급하게 울렸다.

“용백(龍伯)!”

“무슨 일인가?”

“무적의 표지가 떴습니다!”

평온했던 중년 사내의 목소리는 이어진 울타리 밖의 음성에 급격히 떨려 나왔다.

“지금 무적이라고 했느냐?”

“옙!”

용백이라 불린 중년 사내의 몸에서 갑자기 엄청난 살기가 솟구쳤다.

우어 하며 몸을 돌려 달아나려고 하던 황소의 몸이 갑자기 풀썩 앞으로 쓰러졌다.

피비린내가 확 솟구치며 황소의 몸에서 머리가 분리되어 툭 떨어졌다.

어느새 손을 쓴 것일까.

용백의 몸은 그 짧은 사이에 울타리 안에서 사라지고 없었다.

*   *   *

제남 구성(久城)의 북편에 위치한 대명호(大明湖) 근처에 한 대의 마차가 멈춰 서 있다.

마부석에 앉아 진파를 보고 있던 철정은 고개를 갸웃거렸다.

'녀석, 도대체 어떻게 하려고 그러는 거야?'

제남에 들어와서도 진파는 여전히 멍한 상태였다.

지금도 혼자 호숫가의 바위에 앉아 멍하게 수면만 바라보고 있었다.

벌써 잠룡단의 네 단주 중 제남에 근거를 두고 있다는 창룡단주(蒼龍團主)를 호출했는데도 진파는 여전히 멍한 듯, 담담한 듯, 전혀 진파답지 않은 이상한 모습으로 혼자 앉아 있었다.

'이러다간 정말 사단이라도 나겠다.'

그때 마차 문을 열고 벽화가 모습을 드러냈다.

철정의 눈은 기대감으로 빛났다.

'그래! 이 소저라면 어떻게 할 수 있을지도 몰라!'

철정의 옆에 앉아 있던 공철도 기대감이 드는지 몸을 틀어 벽화의 뒷모습을 바라보고 있었다.

벽화가 바로 옆으로 다가올 때까지도 진파는 멍하게 앉아 수면만 바라보다가 어깨를 짚는 벽화의 손길을 느끼고도 느릿하게 고개만 돌렸다.

벽화는 물끄러미 왜 왔냐는 듯 바라보는 진파에게 물었다.

"뭘 그렇게 정신을 놓고 생각하는 거야?"

"별로……."

"사람들이 걱정하잖아."

"왜?"

"왜 걱정하는지 몰라?"

"하든가 말든가……."

진파는 관심없다는 표정으로 수면을 향해 느릿하게 고개를 돌렸다.

벽화의 눈이 커졌다. 진파가 이런 식으로 무성의한 태도를 자신에게 보인 것은 정말 처음이었기에.

'할머니 말씀대로 내가 너무 풀어준 건가……?'

벽화는 아랫입술을 잘근잘근 깨물었다. 벽화의 목소리가 조금 커졌다.

"오빠! 우리가 왜 오빨 걱정하는지 모르는 거야?"

"알아, 알아. 멍청하게 있다가 잠룡단주인가 뭔가 하는 사람들을 제대로 다루지 못할까 봐 그런 거 아니냐."

대충대충 말하는 것이 분명한데도 진파는 분명히 핵심을 정확히 짚고 있었다. 하지만 벽화는 슬며시 화가 치밀어 오르는 것을 느끼고 있었다.

성의가 없지 않은가!

눈을 바라보고 말하는 것도 아니다. 귀찮은데 억지로 대답해 주는 것처럼 진파의 대답은 솔솔 기분을 나쁘게 하고 있었다.

“지금 귀찮은 거야?”

여전히 성의없는 진파의 대답이 들려왔다.

“귀찮다니. 할 일은 다 하잖아. 니들 금제도 다 풀어줬지, 잠룡단주들 찾으러 이렇게 돌아다니지, 가주직도 인정했지, 할 거 다 하고 있잖아?”

진파는 아직 사태를 파악하지 못하고 있었다.

급기야 벽화가 뾰족하게 목소리를 높여 진파에게 마구 퍼붓기 시작했다.

“하기만 하면 다야? 오빠가 모든 걸 희생하고 열심히 해야 될 일 다 하고 있으니 우리는 오빠한테 감사하고 무릎이라도 꿇고 있으란 말야? 오빨 믿는 사람들한테 최소한의 믿음은 줘야 하는 것 아냐? 지금 그 태도는 도대체 뭐야? 만사가 귀찮다는 그런 얼굴로 무슨 수하를 대하겠다는 거야! 그따위로 하려면 때려치워!”

진파는 갑작스러운 벽화의 잔소리에 눈을 크게 떴다.

“뭐?”

벽화가 빽 하고 소리를 질렀다.

“때려치우라고!”

“이런! 저래선 안 되는데…….”

마차 안에서 벽화와 진파를 보고 있던 손일연이 혀를 찼다.

“왜요?”

오후 양우가 손일연의 옆에 앉아 있다가 조심스럽게 물었다.

막수옥과 정가영을 제외한 모두 다 손일연의 말에 귀를 쫑긋 세우고 있었다. 자신의 말이 어떤 지침이 되고 있는지도 모르는 채 손일연은 안타까운 듯 혀를 찼다.

"쯧쯧. 소주는 누르면 누를수록 튀어나오는 성격이거든. 저래선 안되는데. 살살 달래가며 엉덩이를 두드려 줘야 잘하는 성격인데……. 벽화도 이제 보니 성질깨나 있구나."

"벽화는 아닌 걸 보면 못 참는 성격이거든요."

양우가 슬쩍 양념을 치자 손일연은 진파를 좋아하는 소수마후들에게 금쪽같은 금언들을 줄줄이 늘어놓기 시작했다.

"누가 참으라고 했니? 하지만 모든 일에는 가장 적합한 방법이라는게 있는 것이야. 더구나 남자들을 다룰 때는 그 사람 성격을 어느 정도 파악한 상태에서 적당한 방법을 찾아봐야지. 저렇게 다짜고짜 찍어 누르면 사내란 튕겨 나가기만 하는 법이야."

"그럼 저런 경우엔 어떻게 하는 게 좋은 건가요?"

"칭찬을 해주면서 마지막으로 슬쩍 한마디를 찔러 넣어야지. 저렇게 무기력하게 풀어져 있을 때는 꾸짖기보다는 보듬어주어야 하거늘. 잘할 줄 알았더니……. 쯧쯧."

"그렇군요."

양우가 고개를 끄덕일 때 진파를 마음에 두고 있는 나머지 여섯 명의 소수마후도 크게 고개를 끄덕였지만 창밖을 열심히 보고 있던 손일연은 그만 그 장면을 못 보고 말았다.

"그나저나 소주가 정말 이상하네……. 왜 가만있지?"

진파의 몸은 벽화에게 완전히 돌려진 상태였다. 아직도 바위에 앉아있는 것은 마찬가지였지만 진파의 눈에는 뜻 모를 빛이 반짝이고 있었다. 그러나 진파의 목소리는 아직도 고요, 아니, 멍했다.

“다시…… 말해 볼래?”

“몇 번이고 다시 말하지! 그딴 식으로 성의없게 사람들 대하려면 가주고 뭐고 다 때려치우라고!”

진파는 한참 동안 벽화를 바라보고만 있었다. 복잡한 감정이 스쳐 지나가는 진파의 얼굴을 보다 벽화는 목소리를 더욱 높였다.

벽화로서는 참고 참았던 이야기였다. 그것이 마침내 터져 버렸던 것이다.

“도대체 언제까지 그런 얼굴로 날 볼 거야! 생각을 하고 있는 게 있으면 얘기를 해! 혼자 생각만 하면 내가 어떻게 알아! 화가 나면 화를 내란 말이야! 짜증이 나면 짜증난다고 하면 되잖아! 도대체 왜 그래? 왜! 왜! 할 말이 있으면 해! 답답하게 왜 그래? 왜 나한테만 그렇게 답답하게 구는 거야!”

진파는 벽화에게 무어라 말을 하려고 몇 번씩이나 움찔거렸지만 결국 어깨를 떨구었다.

널 보면 친남매일까 봐 걱정이다라는 따위의 말을 지금 와서 해서 무엇하겠는가. 유현이 확실한 결과를 가져올 때까지는 진파로서는 말하고 싶지 않은 부분이었다. 광협이 후사를 남기라고 했지만 그런 말조차 일절 꺼내지 않았던 진파였다. 모든 것은 유현이 돌아오면 결정날 터였다.

“관두자.”

“관두긴 뭐…….”

또다시 문제를 피하려는 진파에게 한바탕 더 쏟아 부으려고 했던 벽화는 이어진 진파의 말에 입을 다물 수밖에 없었다.

“손님이 오셨다.”

진파의 시선을 따라 고개를 돌리니 한 떼의 사내들이 잔뜩 대명호 주변으로 몰려들고 있었다.

허름한 차림에다 어딘가 살기들을 품고 있는 눈매, 거칠어 보이는 어깻짓, 벽화는 뜻밖의 모습에 할 말을 잃고 말았다.

'무적다가 잠룡단이라면서…… 전혀 안 어울리잖아. 이 사람들 뭐야?'

이십여 명이 넘는 사내들이 진파를 향해 천천히 다가오다 십여 장의 거리를 격하고 걸음을 멈추었다.

진파는 슬그머니 몸을 일으켜 벽화의 앞을 막아섰다.

"마차에 가 있어."

"오빠!"

"내 일이다."

진파의 짧은 말에선 이상한 힘이 느껴졌다.

분명히 맥이 빠진 목소리였건만 좀 전처럼 아무런 활력도 느낄 수 없는 무기력한 음성은 분명 아니었다.

벽화는 진파의 등을 묵묵히 바라보았다.

어떤 모습이 진파의 진짜 모습인지 알 수 없었다. 무엇 때문에 자신을 그런 눈빛으로 보는지 다시 모호해져 버렸다. 분명히 철정을 배려하느라 일부러 멀리한다고 생각했는데, 그것만은 아닐지도 모른다는 생각이 다시 들었다.

하지만 지금은 그런 것을 물을 때가 아니란 걸 벽화도 알고 있었다. 벽화는 몸을 돌렸다.

벽화가 마차로 돌아가는 것을 느끼자 진파는 묵묵히 자신의 앞에 선 이십여 명의 사내를 돌아보았다.

시정잡배도 이런 잡배는 보기 힘들었다.

신도 신지 않은 맨발에, 아무렇게나 걷어 올린 바지 자락 밑으로는 잘 씻지도 않아 덕지덕지 때가 앉은 시꺼먼 다리들이 철각처럼 반짝였다. 검은 털이 숭숭 난 다리엔 불끈대는 근육들이 바짓가랑이를 찢어 버릴 듯 부풀어 올라 있었다.

진파는 고개를 갸웃했다.

'이 사람들이 무적다가의 숨은 힘이라는 잠룡단 사람들일까? 아니면 그저 파락호들일까?'

대명호 호반에 있는 역하정(歷下亭)의 지붕에 무적다가의 표지를 남겼다. 그 표지를 보면 제남에 자리를 잡고 있는 창룡단이 모습을 드러낼 것이라 했기에.

하지만 나타난 사람들은 창룡이라고 부르기엔 심하게 어울리지 않는 사람들이었다. 좋게 말하면 야성이 넘치고 나쁘게 말하면 거지꼴에 가까운 몰골들이었다.

'잠룡을 깨끗이 빨면 창룡으로 변하는 건가?'

진파가 혼자 생각에 피식 웃고 있을 때 이십여 명의 사내들 틈에서 중년 사내 한 명이 천천히 모습을 드러냈다.

용백이라 불렸던 장한이었다.

헝클어진 머리카락과 검붉은 얼굴, 날카로우면서도 둔중한 눈빛을 한 용백은 무리 앞에 서서 진파의 전신을 쓰윽 훑어보았다.

그 단순한 눈빛을 받는 것만으로도 진파는 온몸이 따가워져 오는 것을 느꼈다.

'대단한 살기군. 아무래도 그냥 파락호는 아닌가 보네. 창룡단이 맞나 보다. 그런데 웬 살기?'

용백의 대단한 살기에도 진파의 나른한 권태는 깨지지 않았다.

예전 같으면 지금처럼 위험한 살기를 접하는 것만으로 온몸이 긴장했을 터인데 왠지 아무렇지도 않았다. 그것이 진파는 신기하기만 했다.

'이상하네. 기분만 그런 게 아니고 내게 무슨 변화가 생긴 걸까?'

무적관문을 통과하며 상승한 무공 때문이었는지, 광협한테 홀린 듯 모든 것을 너무 쉽게 수락해 버린 탓이었는지 진파는 알 수 없었다.

어쨌든 이전의 진파와 지금의 진파는 달랐다.

세상 무엇도 진파를 놀라게 할 수는 없을 것처럼만 보였다. 그것이 진파는 너무 이상했다.

'갑자기 나이를 한꺼번에 먹기라도 한 것 같아.'

한참 동안 진파를 노려보던 용백이 그제야 입을 열었다.

"네가 역하정에 표지를 남겼느냐?"

격동을 억누르는 듯 한마디씩 천천히 씹어뱉었지만 용백의 목소리는 조금씩 떨리고 있었다.

진파는 간단히 고개만 끄덕였다.

'창룡단이 맞군.'

용백이 갑자기 고개를 젖히며 앙천광소를 터뜨렸다.

"이백 년 만이군! 푸하하하하—!"

웃음을 그친 용백은 무시무시한 살기를 뿜어내며 진파를 노려보았다.

"좋아. 가주는 어딨나?"

진파는 눈을 껌벅였다.

진파의 반응이 못마땅했는지 용백은 버럭 고함을 질렀다.

"귓구멍이 막혔냐! 가주는 어딨냔 말이다!"

"내가 가주요."

진파의 대답에 이십여 명의 사내가 얼어붙은 듯 아무 말도 하지 못했다. 용백 또한 마찬가지였다.

용백은 파르르 눈꺼풀을 떨었다.

"네가…… 너 어린 놈이…… 나를 굴복시키기 위해 온 가주란 말이냐?"

용백은 모욕이라도 받은 것처럼 온 얼굴이 붉게 달아올라 있었다.

진파는 선선히 고개를 끄덕였다.

"굴복이란 말은 어울리지 않지만 당신의 도움을 받으러 온 당대 가주는 바로 나요."

"호호……. 허허……. 우호호호……."

용백의 입을 비집고 웃음이 배어 나오기 시작했다. 용백을 통해 시작된 웃음은 이십여 명의 사내에게 전염되었는지 모두 어깨를 들썩이며 한바탕 웃기 시작했다.

그것은 명백한 비웃음이었다.

'이상하네……. 왜 화가 안 나지?'

아까부터 진파가 이상하게 생각했던 점이었다. 벽화의 말을 듣고도 진파는 화가 나지 않았다. 철정의 지적을 받고도, 철정이 때릴 때에도 진파는 화가 나지 않았다. 이번에도 화가 나지 않는 것은 물론이었다.

진파는 자신의 변화가 참 이상하기만 했다.

'내게 무슨 일이 일어난 것일까?'

진파는 그의 앞에 서서 어깨를 들먹이며 웃어 젖히고 있는 거친 사내들을 보며 고개를 갸웃거리고 있었다.

$*$ $*$ $*$

“쯧쯧. 아주 누에고치가 따로 없구나.”

혀를 차는 소리가 동굴을 울렸다.

뿌연 먼지가 일렁이는 동굴에는 강렬한 햇빛이 비춰 들고 있었다.

여전히 죽립을 쓴 광협이 끌끌 혀를 차며 동굴을 살펴보고 있는 중이었다.

진파에게 들은 대로 황산을 더듬어 동굴을 찾아온 광협은 유현이 막아놓은 입구를 개방시키고 동굴 안으로 들어섰던 것이다. 풍협이 스스로 자신을 유폐시킨 바로 그 동굴이었다.

동굴의 사방에는 균사 줄기들이 거미줄처럼 뻗어 나와 빽빽하게 사방을 점거한 채였다.

균사의 줄기들을 헤치며 중심부로 접어든 광협은 거대한 누에고치처럼 똘똘 말려 있는 균사덩어리를 바라보며 끌끌 혀를 찬 참이다.

광협은 손에 든 죽장을 장난처럼 스윽 내리그었다.

그 단순한 손길에 검도 아닌 죽장은 마치 마술이라도 브리는 것처럼 균사덩어리를 네 조각으로 쪼개었다.

온몸이 시꺼멓게 변색되어 있는 풍협이 균사 속에서 모습을 드러냈다.

꾹 감고 있는 풍협의 눈을 바라보며 광협은 다시금 혀를 찼다.

“쯧쯧. 심약한 녀석 같으니라구. 나이를 먹어도 철이 들 필요는 없건만 넌 과하게 철이 들어 항상 이 모양이구나. 다 내 잘못이로다. 허어…….”

안타까운 얼굴로 물끄러미 아들의 얼굴을 바라보던 광협은 문득 장난스러운 미소를 머금었다.

"이번 고초는 정말 심했나 보구나. 이젠 좀 여유를 찾았으려나?"

이미 중년을 넘어선 아들을 보며 광협은 옛일을 떠올렸다.

가주의 위에 오른 후 풍협은 여유를 잃었다.

가주가 되자마자 정혼한 여인은 무공을 잃어버렸고, 가문의 후사를 이을 후손은 잉태되지 않았다. 오랜 노력 끝에 가까스로 진파를 낳았지만 아내는 세상을 뜨고 말았다.

결국 풍협은 마음 둘 곳을 못 찾고 가문을 떠나 버렸건만 광협은 아들을 그대로 내버려 두었다.

깎이고 깎여 다시 빛나는 원석으로 돌아올 것이라 믿었기에 아들이 실종되었을 때도 광협은 들썩이는 엉덩이를 지그시 누르며 아들을 기다렸다. 신산지술로 아들의 운을 시험한 결과, 위험은 있어도 꺾이지는 않을 것이란 걸 알고 있었기 때문이다.

그러나 어디 세상을 관조하는 것처럼 아들의 고통도 관조할 수가 있을 것인가. 장난스럽게 웃고 있었지만 광협의 얼굴에는 언뜻언뜻 안쓰러움이 지나가고 있었다.

"바보 같은 녀석. 이번엔 진짜 심하게 망가졌구나. 쯧쯧."

검게 변색된 풍협의 얼굴을 쓸어 내리는 광협의 손이 조금씩 흔들리고 있었다.

고개를 들어 천장을 본 광협은 잠시 동안 그곳에 눈을 박고 있었다. 광협의 입에서 묵직한 한탄이 터져 나왔다.

"허……. 역시 동굴 안이라 먼지가 심하구만."

몇 번이고 눈을 깜박이던 광협은 잠시 후 고개를 내려 풍협의 얼굴

을 바라보았다. 물기가 반짝이는 노안은 웃음을 띠고 있어 눈동자가
보이지 않았다.

"헐, 늙은 아비에게 중노동을 시켜야 할 테니 깨어나면 고생 좀 할
게다. 오랜만에 아비 봉양 좀 하거라."

광협은 죽장을 동굴 바닥에 박았다. 힘을 준 것 같지도 않건만 죽장
은 동굴 바닥에 스르르 소리도 없이 파고들었다.

"네 아들은 다행히 너 같은 아픔을 겪지 않겠구나. 그 아이 몸에 작
은 선연(仙緣)을 베풀어놓았다. 지금쯤 어리둥절할 게야. 세상 모든 게
전 같은 자극을 주지는 않을 테니. 아마 그 녀석이라면 그 속에서도 자
기 본성을 잃지는 않을 게다. 그것을 어찌 이용할지는 녀석에게 달린
것이겠지."

광협은 소맷자락을 걷으며 말을 맺고는 풍협의 앞에 가부좌를 틀고
앉았다.

"며칠 걸리겠군."

중독이 두렵지도 않은지 광협의 손이 춤추듯 풍협의 온몸을 두드리
기 시작했다.

*   *   *

"저것들이!"

진파를 비웃는 사내들의 웃음소리를 듣다 못해 철정의 엉덩이가 들
썩였다. 그러나 공철의 차분한 손길이 철정의 어깨를 붙들었다.

"어르신!"

철정이 공철을 돌아보았으나 공철은 엄숙한 얼굴로 고개를 저었다.

신선다운 외모에 잘 어울리는 그런 표정으로.

"누구도 저 자리를 대신할 수는 없네. 저건 소주, 아니, 가주만이 설 수 있는 자리야."

"하지만 저들은 가주의 권위를 인정하지 않고 있습니다!"

"권위란 찍어 누른다고 생기는 게 아니지. 그런 건 폭압일 뿐이야. 스스로 인정해 선사하는 것이 권위란 것일세. 잠자코 보세나. 가주를 믿어야 하네."

오랜만에 보는 공철의 엄숙한 얼굴에 철정은 하고픈 말들을 꾸욱 눌러 참아야 했다. 친구라지만 엄연한 진파 집안의 문제이지 않은가. 철정은 다시 마부석에 털썩 주저앉고 말았다. 진파를 바라보는 철정의 눈이 빛났다.

"잘해라, 진파야. 지지 마."

철정의 낮은 목소리를 들었는지 진파가 멀리서 철정을 돌아보는 것이 보였다.

씨익 갈라지는 진파의 웃음을 보며 철정은 새삼스레 반가움이 치밀어 올랐다. 철정의 얼굴에도 웃음이 떠올랐다.

그가 아는 진파의 표정이 거기 있었던 것이다, 장난스러우면서도 여유있는 얼굴이.

"어쭈? 용백! 저놈도 웃고 있습니다."

"우릴 보지도 않고 웃는데요?"

"애 녀석이 뭘 알겠습니까?"

다시 우헤헤헤 터지는 경망스러운 웃음소리가 대명호변을 가득 메웠다.

진파는 마차를 향해 여유있게 손까지 흔들어주고는 웃고 있는 창룡
단을 향해 고개를 돌렸다.

진파의 얼굴 가득 웃음이 피어올라 있었다.

그의 앞에서 웃고 떠들고 어깨를 거들먹거리며 살기를 번뜩이는 창
룡단의 거친 모습들은 진파에게 왠지 정겨움을 주었던 것이다.

거기다 정말 이상한 것은 평온하기만 한 진파의 심경이었다.

화도 나지 않고 긴장도 되지 않고 살기에 반응하지도 않는다. 정말
부동심이라도 얻은 듯 외부의 모든 자극은 진파의 내면을 흔들지 않고
물결치듯 흘러가기만 했다.

그러다 보니 자연스럽게 웃음밖에 나지 않는다.

'뭐…… 왜 이러는지는 모르겠지만 그냥 받아들이자구. 몸이 아픈
것도 아닌데. 생각 그만큼 했는데 답 안 나오면 그만 됐어. 귀찮다!'

진파는 마침내 자신의 이상한 상태를 더 고민하지 않기로 결정을 내
렸다. 고민한다고 뭐가 나오는 것도 아니고, 원인을 알 수도 없는데 고
민해서 무엇하겠나. 당면한 문제에나 신경 쓰는 게 낫다고 마음먹어
버렸다.

드디어 진파의 입이 열렸다.

"다 웃었소?"

왁자지껄하게 웃던 사내들이 약속이라도 한 듯 일제히 입을 다물었
다.

용백이 한 걸음 더 앞으로 나섰다.

"정녕 네가 가주냐?"

진파는 빙글거리고 웃으며 물었다.

"당신이 창룡단주?"

"그렇다."

"이름이 용백이오?"

"그렇다."

용백은 고개를 끄덕였다. 원 이름은 백(白)이었으나 나이가 들어 단주가 된 후 그는 백(伯)으로 불렸다. 어느새 이름이 별호처럼 되었던 것이다.

진파의 입에서 장난스러운 웃음이 피어올랐다.

"그런데 말이오. 용 단주, 계속 내게 그런 식으로 말할 거요? 난 그래도 가주인데 말이외다."

"날 이기기 전에는 가주로 인정하지 않는다. 그건 잠룡단의 오랜 전통이다. 그것도 모르나?"

딱딱 끊어지는 용백의 말투에 진파는 재미없다는 듯 어깨를 으쓱했다.

"또 그놈의 전통이오? 아, 그놈의 전통, 전통. 정말 지겹기 짝이 없소이다. 여기도 전통이오?"

진파의 그 말에 갑자기 용백의 두 눈이 번쩍 빛났다.

새파란 살기가 뿜어져 나오는 용백의 두 눈은 참을 수 없는 분노로 일그러져 있었다.

"그놈의 전통? 정말 말을 함부로 하는 애송이군! 그 말이 우리를 모욕하는 말이라는 걸 모르나? 네가 하찮게 생각하는 그 개 같은 전통 때문에 우리는 개, 돼지나 때려잡고 사형수들의 목이나 날리며 비루하게 살고 있다. 네가 비웃은 바로 그 전통 때문에!"

용백의 불을 뿜는 듯한 말이 흘러나오는 동안 진파의 얼굴에 피어 있던 미소가 서서히 지워져 갔다. 용백이 마지막 호통을 끝마쳤을 때 진파의 얼굴은 딱딱하게 굳어 있었다.

"그게 무슨 말씀이시오? 전통 때문에 백정질을 한다니?"

"사과부터 해라!"

챙―!

용백은 허리 뒤에 매달아놓았던 박도를 거칠게 빼 들었다. 그의 심중을 대변하듯 발도 소리는 거칠고 음울하기만 했다.

그러나 진파는 웃음기가 사라진 눈으로 용백을 바라보기만 했다.

진파가 뚜벅뚜벅 용백을 향해 걸음을 옮겼다.

진파가 가까이 다가올수록 용백의 뒤에 버티고 선 이십여 명의 사내들은 독 오른 맹수처럼 살기를 번뜩였으나, 진파는 용백만을 바라보며 한 걸음씩 천천히 내디뎠다.

용백이 수하들을 진정시키라도 하듯 한 팔을 들었다. 그러나 진파를 향해 뽑은 박도는 여전히 그 날카로운 칼끝을 전면으로 향한 채였다.

진파는 칼끝을 보지 않았다. 그의 눈은 분노로 얼룩진 용백의 눈만을 보고 있었다.

용백의 칼끝이 부르르 떨려왔다.

"가주―!"

공철의 날카로운 고함이 들려왔지만 진파는 멈추지 않았다. 오히려 방해하지 말라는 듯 한 팔을 활짝 펴 마차를 향해 쭉 뻗기까지 했다.

진파는 마침내 용백이 겨눈 칼끝이 가슴에 닿는 거리까지 걸어가 걸음을 멈추었다.

진파와 용백의 눈이 마주쳤다.

분노로 얼룩진 용백의 눈과 의혹에 찬 진파의 눈이 허공에서 뒤섞였다.

진파의 입이 먼저 열렸다.

"무적다가가 잠룡단에게 무슨 금제라도 하고 있는 것이오이까? 우리 가문이 당신들의 자유를 강제로 꺾고 구차한 삶을 강요한 것이오이까?"

"진정 모르나?"

"모르오."

용백의 칼이 진파의 가슴을 꾸욱 눌렀다.

"진정?"

"그렇소."

용백은 한 점 두려움도 없다는 듯 당당하게 자신의 칼끝에 가슴을 맡긴 진파의 눈을 한참 동안 노려보았다.

"진짜 모르는군."

용백이 마침내 칼을 거두어 허리춤에 돌려 꽂았다. 그의 눈에 피어올랐던 가공할 살기가 점차 삭아들었다.

"말씀해 주시오. 내가 정말 당신들을 모욕한 거라면 지금이라도 당장 사과하겠소. 잠룡단이 잠자고 있는 것은 가문에서 강제한 일이오이까?"

용백의 눈은 진파를 바라보고 있었다.

자신의 선조들이 강제로 자유를 빼앗았다면 도저히 묵과할 수 없는 일이라는 것처럼, 세차게 불타오르는 진파의 눈을 용백은 한참 동안 바라보았다.

용백의 입가에 피식거리며 미소가 피어올랐다.

그는 고개를 젖히며 큰 소리로 웃음을 터뜨렸다.

"크하하하핫!"

웃음을 그친 용백은 진파의 어깨를 굳게 움켜쥐었다.

"엉뚱한 오해를 했나 보군. 하지만 그 마음은 고맙게 받겠네."

"무슨 소리요?"

"일단 자리를 옮기지. 자네를 가주로 인정한 건 아니지만 일단 손님으로는 인정하지."

용백은 진파의 어깨에서 손을 떼고 고개를 뒤로 돌렸다.

"손님이시다! 정중하게 모셔라!"

"옙!"

진파는 어리둥절한 얼굴로 갑자기 친근감을 표하는 이십여 사내들을 바라보기만 했다. 마차로 뛰어가는 몇 명을 제외하고는 모두 일제히 몸을 돌려 한 방향으로 뛰고 있었다. 불끈 솟아오른 강딴지들이 모래를 튕겨내며 파라락 움직였다.

용백은 진파의 어깨를 툭 치며 씨익 미소를 지었다.

"가지. 얘기는 가서 하세나."

진파는 물끄러미 용백의 얼굴을 바라보다 어깨를 으쓱하며 마주 웃어주었다. 이 비루해 보이는 중년 사내에게는 묘한 매력이 있었다. 거침없으나 소탈한, 그런 가운데에도 날카로운 칼 같은 매력이.

"이걸 다 먹으란 거요?"

"왜? 음식이 맘에 안 드나?"

"아니. 양이 너무 많아서……."

"푸하하하! 이 정도 가지고 뭘 그러나? 무적다가의 가주는 모든 것에 무적이어야지! 자고로 진짜 사내란 많이 먹고 많이 마실 줄 알아야 한다네!"

진파는 난감한 표정으로 엄청난 고기 요리들을 바라보고 있었다.

'이걸 다 먹으면 사내가 아니라 돼지지.'

공철과 손일연, 철정과 벽화들도 마차에서 내려와 자리를 함께하고 있었지만 그들의 표정도 별로 다르지 않았다.

종류도 각양각색인 펄펄 김이 솟아오르는 갓 잡은 육류들은 금방이라도 퍼덕거릴 것처럼 싱싱한 육질을 자랑했다.

"일단 술부터 한잔하세."

"그러죠."

진파와 용백은 항아리를 끼고 마주 앉아 권커니 받거니 대작을 하기 시작했다.

"카아—"

용백은 시원스럽게 목청을 울리고는 진파의 얼굴을 차근차근 뜯어보기라도 하듯 바라보았다.

"왜 그러시오? 뭐 묻었소이까?"

"아니, 약간 신기해서 그러네."

"뭐가 말이오?"

"세상 어디를 가나 가신들에 대한 대접은 똑같네. 도구일 뿐이지. 도구를 위해 분노하는 사람은 당연히 신기하지 않을까?"

진파는 고개를 저었다.

"사람에게 도구란 말이 어울리기나 합니까? 그 말은 잘못된 말이외다."

"그럴까?"

"당연한 걸 왜 자꾸 물어보는 거요?"

"후후. 자네가 아직 세상의 때가 덜 묻어서 그리 말하는 걸게야."

용백은 기분이 좋아 보였다. 진파를 바라보는 눈에도 정감이 넘쳐흘렀다. 진파는 한 잔 술을 들이키고는 용백의 눈을 마주 대했다.

"그럼 나도 물어보죠. 단주께서는 수하들을 도구라고 생각하십니까? 저 사람들이 단주의 도구요?"

"물론 아니지."

"그럼 나도 아니오. 사람은 누구나 사람일 뿐이오. 도구로 사람을 대하는 놈들은 쓰레기요!"

용백은 진파의 얼굴을 바라보다 다시 웃음을 터뜨렸다. 유쾌함이 묻어나는 웃음 속에 진파에 대한 호감이 짙어져 가고 있었다.

"좋아, 좋아. 아주 좋아!"

용백과 진파의 화기애애한 분위기를 보며 공철은 흐뭇한 기분이었다.

'비무도 안 하고 창룡단주의 마음을 얻다니. 허어……. 주인, 이걸 봤어야 우리 부부의 노고를 알 텐데. 우리가 저렇게 키웠소이다. 우리가!'

손일연과 함께 잔을 나누는 공철의 얼굴에는 긴장감이 풀려 흐뭇한 기색만 흘렀다. 손일연도 공철의 기분을 아는지 진파를 바라보며 미소를 짓고 있었다.

진파의 목소리가 들려왔다.

"아까 물은 것에 대한 대답이나 해주시오. 가문이 금제를 한 게 아니라면 왜 나에 대한 살기가 그렇게 셌던 것이오?"

용백은 진파를 바라보다 풋 하고 웃음을 터뜨렸다.

"정말 이상하구만. 어째서 그 사연을 모른단 말인가? 잠룡단이 어떻게 전승되는지 정말 모르나?"

“모르오. 내가 들은 건 당신들의 위치와 사천교의 발호가 확실해졌을 때만 잠룡단을 움직일 수 있고, 단주들은 가주를 시험한다는 것뿐이었소.”

“거죽만 가르쳤군.”

“내 주위 어른들이 대개 그런 편들이오.”

입 안 가득 고기를 씹으며 흐뭇한 표정을 짓고 있던 공철의 턱 운동이 진파의 그 소리에 뚝 멎었다.

“쯧쯧. 그다지 운이 좋지 않았나 보군.”

“이런 경우는 복이 없다고 말하는 거요.”

“그렇군. 복이 없었군. 쯧쯧.”

“술이나 한잔합시다.”

공철이 벌떡 몸을 일으키려고 했으나 손일연이 재빨리 허리를 끌어안았다. 철정도 공철의 다리를 붙잡았다.

진파의 목소리가 다시 들렸다.

“카아~ 술 맛 좋구려.”

“고맙네. 맛있게 먹어줘서.”

“이제 이유를 말하시오. 왜 초야에 묻혀 사는 삶을 감내하시는 거요? 정말 강요에 의한 것이 아니오?”

“강요에 의한 것이라면?”

“이제부터 그러지 마시오.”

“소주!”

공철의 목소리가 들렸으나 진파는 공철을 보지 않았다. 그는 진지한 눈으로 용백을 바라보고만 있었다.

용백 또한 진지한 눈으로 진파를 바라보았다.

"그 말 정말인가?"

"정말이오."

"잘못하면 무적다가의 가장 중요한 비밀 세력이 없어지는데도?"

"다른 이들의 희생에 의해 가문이 지탱된다면 그깟 가문 없어져도 사는데 아무 지장 없소."

"소주!"

마침내 공철이 벌떡 몸을 일으켰다. 손일연도 철정도 더는 공철을 말리지 못했다. 그러나 용백도 진파도 공철을 돌아보지 않았다. 그들은 서로의 눈만 바라보고 있었다.

"자네 가문에선 원치 않을걸?"

"이젠 내가 가주요. 내 맘이오."

"풋! 푸하하하하하—!"

용백의 입에서 씹다만 고기 조각들이 마구 튀어나왔다. 용백은 진파의 어깨를 팡팡 소리를 내며 힘차게 쳤다.

"정말 통쾌하구나! 그 맘 변치 않길 바라네. 자넨 나이는 어릴지 몰라도 진짜 사내야. 무적다가의 가주 자격이 있어! 푸하하하!"

용백의 웃음소리가 높아지자 여기저기서 호쾌한 웃음들이 터져 나왔다. 진파도 기분 좋게 목청을 드러냈다.

용백이 만면에 웃음을 머금은 채 진파를 바라보았다.

"하지만 오해 말게. 어떤 금제 때문에 우리가 이 삶을 대대로 사는 건 아니라네."

"그럼 이유가 뭐요?"

"사내의 결기 때문이지."

"결기?"

"자존심이라고도 할 수 있을까?"

용백은 툴툴 웃으며 술 한 잔을 입속에 털어 넣었다.

"잠룡단의 네 단주, 그러니까 나를 비롯해서 벽호(碧虎)단주, 적룡(赤龍)단주, 혁호(赫虎)단주는 모두 무적다가의 가주들에게 패한 분들의 자손이네."

진파의 눈이 반짝였다.

"패한 대가로 복속을 요구한 거요?"

"아니, 우리 선조들이 원한 건 승부였지. 선조들이 원한 건 당신들이 추구한 무(武)의 끝이었지, 명예나 권력이 아니었네."

용백은 진파 쪽으로 몸을 기울인 채 눈을 빛냈다.

"우리 선조들은 모두 한계에 부딪친 채 진보를 못하다 무적다가의 가주를 만났네. 바로 그 한계 때문에 비무에서 패배했지. 그 한계를 극복하는 방법으로 무적다가의 가주가 권해준 삶을 살기로 하셨다네. 스스로 선택한 삶이지."

"그럼 엄밀히 말해 가신이 아니라 경쟁자지 않소? 그런 이유라면 무적다가의 잠룡단이라 부르는 이유가 뭐요?"

"당시 선조들은 한계 극복을 위해 한 가지 이상의 비결을 그대 선조에게서 얻었네. 그냥 신세를 지는 것은 싫다고 선조들께서 뭐든 한 가지를 요구하라고 그대 선조에게 말했다네. 그러자 힘이 필요할 때 함께 싸워줄 것을 요구했다더군."

"그럼 그냥 친구 사이지 않소?"

"그렇다고는 할 수 없지. 그대 선조는 동료 관계로 싸우는 게 아니라 명에 따라 움직이는 관계를 요구했으니까."

"그럼?"

용백은 진파의 반문에 눈을 빛냈다.

"맞아. 그대는 날 이겨야 내 협조를 받을 수 있네. 그래야 자네 명에 따라 움직이지. 이게 우리의 전통이네."

"꼭 싸워야 하는 거요?"

"이백 년 만에 무적다가의 가주와 비무할 기회인데 그냥 썩힐 순 없지. 게다가 우린 우리 삶을 꾸려 나가기에도 바쁘네. 바쁜 시간을 쪼개 뭔가를 하라고 요구하려면 그 정도는 해줘야지."

"사천교의 발호로……."

"아아, 그만."

용백은 조용히 손가락을 들어 진파의 말을 막았다.

"대의를 따지는 건 무적다가로 충분해. 우린 대의 같은 것에는 움직이지 않아. 우리가 원하는 건 우리가 익히는 참백도(斬魄刀)의 극의를 깨닫는 것이지 딴 건 관심없네. 세상이 어떻게 변해도 우리가 변하지 않는 이상엔 우리 삶은 이대로 계속될 거네."

진파는 묵묵히 용백을 바라보았다. 용백의 눈은 진파의 의향을 묻고 있는 것이 아니었다. 뜨겁게 승부를 원하고 있는 투사의 눈일 뿐이었다. 대의 같은 것에는 움직이지 않는다는 그 말이 진파의 마음을 크게 움직였다.

진파의 입이 천천히 열렸다.

"혼을 베는 칼? 이름만 들어도 무시무시하군. 그래서 아까 그런 살기를 보인 거요?"

"맞네."

"당신이 추구하는 참백도의 끝은?"

"살기를 발하지 않는 칼. 죽여야 하겠지만 죽이지 않는 칼. 죽이는 것이 아니라 삶을 완성하게 해주는 칼이네."

진파는 용백을 바라보다 천천히 술잔을 들었다. 술을 마시는 동안 꿀꺽이며 진파의 목젖이 꿈틀거렸지만 그의 두 눈은 용백의 눈을 계속 바라보고 있었다.

"내일 해가 뜰 때 합시다."

"고맙네."

"드쇼."

술잔을 높이 들어 서로의 잔을 마주친 용백과 진파는 단숨에 술을 들이켰다. 용백이 술잔을 털며 벌떡 일어섰다.

"자! 오늘은 밤새 마시는 거야!"

"와아―!"

용백의 호통 소리에 화답하듯 호쾌한 함성이 울려 퍼졌다.

진파는 왠지 가슴이 뜨거워지는 것을 느꼈다. 조용한 호숫가에 엷은 파문이 일 정도로 미약한 움직임이었지만 진파는 오랜만에 맛보는 반가운 긴장감에 빙긋 웃음을 짓고 있었다.

철정은 왁자지껄한 술판에서 떨어져 홀로 밤하늘을 바라보고 있었다.

참으로 묘한 기분이 들어 그대로 자리에 앉아 있을 수가 없었다.

자신이 추구하는 무리(武理)의 완성만이 살아가는 이유라는 용백의 말은 철정에겐 충격이었다. 그것이야말로 철정이 꿈꾸던 삶이기도 했다. 그러나 철정은 알고 있었다, 자신의 아비 철극양이 진정 원해서 눈치를 보며 산 것이 아니라는 것을. 용백처럼 산다는 것이 얼마나 어려운 삶이라는 것을 철정은 잘 알고 있었다.

용백과 함께 술을 마시는 진파는 그런 마음이 아니었던 것일까? 진파는 참으로 당당하고도 호방하게 용백과의 비무를 받아들였다. 그런 진파를 바라보던 철정은 정말로 묘한 기분이 들었다.

황산의 운중곡에서 잠깐 맛보았던 생경한 기분. 가슴속이 아릿해지며 뭔가 머리 속을 간질거리게 하는 어색함. 철정은 그 기분의 정체를 알고 있었다. 그것은 질투였다.

'못난 놈…… 지애 복수도 해야 하는데 이 무슨 못난 생각인가…… 친구를 질투하다니.'

입맛이 썼다.

아니라고 자꾸 부정하려 해도 벽화와 함께 있는 진파를 보면 속이 쓰라렸다. 지애를 잃은 자신과 대조되었기 때문일까. 무적다가라는 대단한 가문의 가주가 된 친구에 대한 질시일까. 진파가 결코 쉽게 그 자리에 오른 것이 아니란 것을 알면서도 철정은 자꾸 초라허지는 자신을 발견하고 있었다.

계속 변화하고 성장하는 진파와 항상 제자리에 서 있는 것만 같은 자신의 모습이 비교되어 씁쓸하기만 했다.

"철 소협."

흔들리는 목소리를 듣고 철정은 고개를 돌렸다.

불빛이 없어 혼자 마음을 삭이고자 나왔던 나무 그늘 아래에 뿌연 형체가 일렁였다. 사후 막수옥이었다.

철정은 저도 모르게 미간을 모았다.

막수옥이 자신을 남자로서 대하고 있는 것을 눈치챈 후부터는 막수옥과의 비무도 피했던 철정이었다. 철정의 목소리는 절로 가라앉았다.

"웬일이시오?"

철정의 곁에 다가선 막수옥은 원망스러운 눈으로 철정을 바라보았다. 그리고는 고개를 돌려 검푸르게 여명이 밝아오는 지평선을 바라보는 철정을 안타깝게 바라보았다.

"너무하시는군요."

막수옥의 목소리가 조금씩 떨려 나왔다.

"조금만…… 옆 자리를 비워주시면 안 되겠어요?"

철정은 퉁명스럽게 대답했다.

"내 옆 자리는 한 사람이 앉을 자리밖에는 없소."

"그분은…… 이제 당신 옆에 있지 않아요."

철정의 고개가 획 돌려졌다.

바로 곁에 서 있는 막수옥을 바라보는 철정의 눈이 활활 불타올랐다. 적의까지 내비치는 철정의 눈빛에 막수옥이 움찔하며 한 걸음 뒤로 물러섰다.

"말을 삼가시오! 지애는 항상 내 옆에 있소이다!"

철정의 눈이 하늘로 치떠져 무섭게 일그러져 있었다. 막수옥은 철정의 싸늘한 말투와 얼굴에 움찔거렸지만 고개를 흔들며 한 걸음 다시 앞으로 내디뎠다.

"그걸…… 그분이 바라실까요?"

"닥치시오!"

닥치라는 말에 막수옥은 순순히 따랐다. 무언가 더 할 말이 있어 보였지만 막수옥은 차마 말을 잇지 못했다. 주르르 한줄기 눈물이 흘러 막수옥의 볼을 적셨다. 막수옥은 그 자리에 선 채 눈물을 흘리며 철정을 바라보기만 하였다.

철정은 가슴속이 답답해져 옴을 느꼈다. 막수옥이 얼마나 활발한 여자인지 잘 아는 철정으로선 자신의 한마디에 이렇게 말없이 울기만 하는 막수옥의 아픔을 너무나 절실하게 이해할 수 있었다.

'하지만 이건 아니다. 지애가 흘린 피가 아직 내 가슴속에서 식지도 않았어!'

철정은 이를 악물었다. 말없이 철정을 바라보기만 하던 막수옥이 마침내 고개를 떨구고 어깨를 들썩였다. 철정의 손이 꿈틀거렸지만 철정은 막수옥을 향해 손을 뻗지 않았다. 고막을 울리는 커다란 음성이 들려오지 않았다면 아마 막수옥의 어깨에 손을 얹었을지도 몰랐겠지만.

"자! 이제 시작하지!"

호쾌한 용백의 음성과 함께 들끓는 함성이 울렸다. 철정은 막수옥을 향해 무언가 말을 하려다 그대로 걸음을 옮겼다. 막수옥은 어깨를 들썩이며 계속 그 자리에 서 있었다.

뿌옇게 여명이 밝아져 오고 하늘은 붉게 물들기 시작했다.

지평선에서 시작되어 점차 세력을 넓히는 붉은빛은 호호탕탕 평원을 질주하는 야생마 무리처럼 빠르게 검푸른 창공을 밝히고 있었다.

용백과 마주 선 진파는 빙긋 웃음을 흘렸다.

동이 터 시야가 밝아져 오며 서서히 피가 끓어오르기 시작했다.

'아주 무감각해진 건 아니로구나.'

진파는 화도 나지 않고 좀체 흥분도 되지 않는 자신의 상태가 어쩐지 비인간적인 것만 같아 혼자서 쭉 그 이유에 대해 생각해 온 터였다.

처음엔 광협에게 무언가 속은 것만 같은 찜찜한 기분 탓이라 여겼는데 그것만이 아니었다.

전 같으면 쉽게 짜증이 나고 화가 날 일이 일어나도 진파는 아무렇지도 않았다. 전 같으면 억울하고 비통해 할 일이 일어나도 아무 감정도 생기지 않았다. 그저 외부에서 일어나는 일들은 외부에서 일어나는 일일 뿐이었다. 마치 자신의 내부에 또 다른 자신이 도사리고 있어 이건 이런 감정을 자아내지, 이건 화낼 거리가 아냐 하며 미리 판단해 주는 것처럼 생경한 느낌이 들었다. 갑자기 도(道)라도 깨달은 것처럼 모든 게 평온하게만 느껴지는 이상한 심경에 진파는 당황했었다.

하지만 이젠 아니었다. 자신의 마음을 흩어놓는 감정에는 둔감했지만 자신의 마음을 일으키는 승부욕이나 의기 같은 긍정적인 마음은 그대로 작용하는 것을 안 지금엔 오히려 그런 상태가 반갑기까지 했다. 생각은 많이 하지만 한 번 결정하면 뒤를 돌아보는 성격이 아닌 진파였다.

'뭐…… 어찌 되었든 난 나잖아. 그거면 됐어.'

조용히 용백을 바라보다 보니 서서히 시야에서 색(色)이 사라지고 있었다. 무적심공을 완성한 이후 자신이 원하는 대상에만 시야를 고정시킬 수 있게 되었다. 모든 외부의 자극에 극도로 민감한 상태가 오는 것은 분명하건만 어째서 세상이 흑과 백으로만 보이는지는 알 수 없었다. 하지만 이제 자신의 상태는 별로 고민이 되지도 않았다. 그저 받아들이기만 할 뿐이었다.

용백의 음성이 들렸다.

"참백도는 일격필살을 요체로 한다네. 극도의 살기를 필요로 하지. 하지만 어느 순간에 이르면 그 살기가 오히려 방해가 되네. 살기를 넘어서 살기를 죽이는 경지까지 다다라야 하건만 잘 되지 않더군. 자넨 그 이유를 알겠나?'

진파는 고개를 끄덕였다.

“용 단주도 이유는 알고 있을 거요. 그렇지 않소?”

용백은 진파에게 회심의 일격을 허용하기라도 한 것처럼 눈을 크게 떴다. 곧 그의 눈이 즐거움으로 물들었다.

“역시 무적다가의 가주로군. 맞네. 머리로는 이유를 알고 있지. 살기를 버려야 진정한 참백이 가능하다는 것은 백정질을 오래 하다 보면 누구나 알게 되는 요체라네. 다른 생물의 목숨을 끊어놓는다는 것은 성스러운 신의 사명이라 생각하지 않으면 견디기 어려운 직업이지. 하지만 아는 것과 실행하는 건 정말 다르더군. 가득 채운 그릇을 비워야 하는데, 그건 아무나 가능한 게 아니라는 것을 깨달았을 뿐이네.”

“그게 바로 무적심공의 진정한 요체이기도 하오.”

“알고 있네.”

진파는 두 팔을 늘어뜨리고 용백의 앞에 허허롭게 섰다.

“한순간에 끝날 것이오.”

용백은 진파의 허리춤을 바라보았다.

“자넨 그 검을 쓸 건가?”

용백이 철우를 보며 말하자 진파는 씨익 웃음을 지었다.

“내겐 숨겨진 검이 이것 말고 스무 개가 더 있소이다. 팔목에 찬 비갑 속에 연혼사가 숨겨져 있소. 내겐 연혼사도 검이라오. 오늘은 연혼사를 쓰겠소.”

“그런 건 알려주지 않아도 되네.”

“참백도에 대해 말해 준 답례요.”

삼 장을 격하고 선 용백과 진파의 얼굴에 거의 동시에 웃음이 피어올랐다.

용백이 반 보 앞으로 오른발을 내디디며 그들의 웃음은 멈추었다.

허리 뒤로 돌린 오른손이 박도의 도병을 단단히 움켜쥐고 있었다.

진파는 용백의 자세를 보며 슬쩍 왼발을 뒤로 뺐다.

오른쪽 어깨를 극단적으로 앞세운 용백의 자세는 시위를 가득 먹인 활처럼 팽팽한 긴장감을 내포한 상태였다.

'찰나의 대결이 되겠군.'

진파는 뱃속을 뜨겁게 덥히는 술기운을 느끼며 기분 좋은 긴장감에 몸을 이완시켰다.

아직 살기를 제거하지 못했다는 용백의 말처럼 팽팽히 당겨진 용백의 자세에는 무시무시한 살기가 농축되어 있었다. 피부를 따갑게 할 정도로 강력한 살기였다. 그러나 진파는 왠지 긴장이 되지 않았다. 용백의 참백도가 불을 뿜으면 최악의 경우 자신이 목숨을 잃을 것이라는 것도 잘 알고 있었지만 진파의 마음은 담담하기만 했다. 오직 한줄기 묘한 열기만이 가슴팍에서 피어올라 아른거렸다.

'저런 날카로운 자세에서 살기마저 없어진다면 정말 고금 최강의 쾌도가 탄생하겠군.'

진파는 용백의 눈을 바라보면서 점차 거대한 한 자루의 칼을 마주 대하는 것만 같았다. 아직 칼을 뽑지도 않았건만 용백의 틀어진 자세가 그대로 한 자루 투박한 박도로 변하는 것만 같았다.

'신나는군. 이런 기분이 드는 것이 얼마 만이더라?'

진파의 입가에 묘한 미소가 어리고 있었다.

"벽화야, 네가 보긴 어떠니?"

손일연의 전음을 듣고 벽화도 전음으로 답을 보냈다.

"저분의 칼은 빠름을 장기로 하는 듯하지만 그것만은 아닌 것 같아요. 굉장한 집요함이 느껴지네요."

"그럴 게다. 언젠가 들은 기억이 나. 백정들은 소를 잡는 걸 실제 굉장히 성스러운 작업으로 여긴다더라. 나중엔 살아 있는 생명이 아니라 뼈에 들러붙어 있는 고깃덩어리로 소가 보인다고 들었다. 그 결을 잘라 버리는 것이 진정한 백정의 칼이라고 들었단다."

"아마 저분은 그 경지도 넘어섰을 거예요. 묘한 건 오빠네요."

"가주의 기세는 어떠니? 난 아무런 기세도 느낄 수 없다만. 너도 그러니?"

"예. 저도 그래서 이상하게 생각하고 있어요. 오빠가 싸우는 건 저도 많이 본 편인데, 오빤 투기가 굉장히 강한 편이었어요. 그런데 지금 오빠에게선 그런 투기가 보이지 않아요. 무적심공을 절정으로 연마하면 저렇게 되나요?"

"그게 이상해……. 주인도 저렇지는 않았거든. 그래서 네게 묻는 거란다. 내가 알기론 무적심공은 익히는 자에 따라 다른 모습으로 나타난다고 들었다. 가주의 성격상 굉장한 투기를 보일 줄 알았는데 너무 의외여서 네게 묻는 거야."

"제가 지금 오빠 앞에 서 있다면 굉장히 당황스러울 거예요. 한 점을 노려야 하는데 어느 한곳을 노릴 수가 없어요. 이상한 자세네요. 앞에서 느끼는 건 아마 더 다를 거구요."

"너도 잘 모르겠다는 말이구나."

벽화는 순순히 고개를 끄덕였다.

"솔직히 말하면요. 아예 아무도 없는 것처럼 보이지 않을까요?"

벽화의 말처럼 용백은 잔뜩 놀라고 있는 참이었다. 아니, 정확하게 말하면 심장이 쿵쾅거리며 요동칠 정도로 충격을 받고 있었다.

벽화가 보는 건 진파를 마주 대하지 않은 자의 피상적 관찰일 뿐이었다. 용백은 진파의 존재감을 너무도 확실하게 느끼고 있었다. 숨이 막힐 정도로.

용백은 사십 평생 참백도를 손에서 놓아본 적이 없었지만 지금처럼 놀란 적은 처음 소를 잡던 날을 빼고는 없었다.

소를 놀라게 하지 않을 작정으로 귀와 눈을 막고, 어른들이 당부한 대로 그야말로 개미 새끼 한 마리 밟아 죽이지 못할 정도로 조심스럽게 접근했지만 설익은 백정의 거친 기세만으로도 자신의 운명을 감지한 소는 비참하게 허우적거렸었다.

그때 용백은 단칼에 소를 죽이지 못했다. 피라는 것이 그렇게 뜨겁다는 것도, 한 생명을 끊어버리는 살행의 무게가 그렇게나 무겁다는 것도 그때 처음 알았다. 평생 잊을 수 없을 정도로 심혼에 새겨진 기억이었다.

그런데 용백은 바로 그때처럼 놀라고 있었다. 이젠 나이를 먹어 웬만한 충격에는 요동도 않을 그의 심장이 밖으로 튀어나올 듯 격렬하게 뛰고 있었다.

진파의 자세가 문제였다.

양팔을 허허롭게 늘어뜨리고 그저 편안하게 서 있기만 하는 듯한 자세.

아무런 살기가 느껴지지 않았다.

아무런 투기도 느껴지지 않았다.

한 가닥 미풍이 흔들리는 것처럼 용백의 자세가 응축되면 될수록 진파의 자세는 허허롭게 나부낄 뿐이었다. 그런데도 막중한 존재감이 용백을 내리눌렀다.

'이것이 무적다가의 힘인가? 저 나이에 벌써 살기를 버릴 수 있다는 것인가? 저 나이에?'

세 살 때부터 참백도를 익혀왔던 자신이 꿈꾸던 경지.

너무나 갖고 싶었던 그 기백을 진파는 갖고 있었다. 아무런 기세도 뿜어내지 않으나 너무도 존재감이 뚜렷한 거대한 기백을.

용백의 이마에 식은땀이 돋고 있었다. 눈썹을 향해 흐르기 시작하는 땀방울을 느끼며 용백은 질끈 이를 물었다.

'칼도 뽑아보지 못하고 패배를 인정할 수는 없다!'

칼자루를 잡은 용백의 손가락 마디마디에 힘이 들어갔다. 그의 살기가 점점 강해졌다.

'지금은…… 지금은 이것밖에 할 수 없다. 내가 쓸 수 있는 최고의 칼질을 보여주리라. 그 끝에 죽음이 있더라도!'

용백은 자신이 전개할 수 있는 참백도의 최고 초식, 일섬참(一閃斬)을 쓸 작정이었다.

일격필살의 도법.

일격에 상대를 베지 못하면 자신이 죽을 수밖에 없는 그런 초식이었다. 수유의 순간을 꿰뚫고 지나가 한 점만을 노리는 칼질이 바로 일섬참이었다.

용백은 궁보를 디딘 오른발에 힘을 주며 서서히 몸을 꼬았다. 응축될 대로 응축된 탄력이 풀려 튀어나갈 때쯤엔 그의 칼은 진파의 목을 딸 것이다. 성공한다면 진파가 죽을 것이요, 실패한다면 자신이 죽을 것이다.

'과연 거대하구나……. 무적다가여…….'

이미 패배가 기정사실이란 것을 용백은 잘 알고 있었다. 칼을 뽑기도 전에 이미 그가 졌다는 것을 너무도 절실하게 깨닫고 있었다. 그러나 이대로 질 수는 없었다. 그것은 이백 년 만에 찾아온 무적다가의 가주를 대하는 예의가 아니었다.

"타하아―!"

가슴속에서부터 토해지듯 뿜어나온 기합성과 함께 용백의 오른발이 질끈 바닥을 움켜쥐며 내달렸다. 그와 동시였다. 용백의 허리춤에서 새파란 도기(刀氣)가 불을 뿜었다. 한줄기 뇌전이 작렬하듯 채찍처럼 휘어진 새파란 칼날의 궤적은 눈 깜짝할 사이에 진파의 목으로 쇄도했다.

"악!"

소수마후들 몇몇이 깜짝 놀라 비명을 질렀지만 용백의 귀에도 진파의 귀에도 그것은 들리지 않았다.

한 가닥 번개라는 초식명처럼 공간을 제압해 일직선으로 허공을 가르는 박도의 궤적을 용백은 똑똑히 볼 수 있었다. 자신이 보기에도 최고의 칼이었다. 진파의 존재감에 눌려 긴장할 대로 긴장한 날카로움이 숨 막히도록 터져 나온 칼질이었다.

그 궤적 끝에 놓인 진파의 얼굴을 용백은 볼 수 있었다. 진파는 웃고 있었다. 그윽한 미소를 머금은 진파의 눈이 용백을 향해 다정히 반짝이고 있었다.

그 웃음과 함께 진파의 오른팔에서 한줄기 섬광이 반짝이는 것을 용백은 똑똑히 보았다.

공간을 찌르고 강제로 발라 버리는 일섬참의 흐름이 그 고요한 섬광으로 인해 조각조각 산산이 흩어지는 것을 용백은 보았다.

진파의 눈이 웃고 있었다. 그와 동시에 용백은 전신 혈맥이 터져 나가는 강렬한 충격을 받고 뒤로 내팅겨졌다.

"컥!"

용백은 뒤로 나자빠지며 자신을 향해 눈이 부실 정도의 속도로 쇄도하는 진파를 볼 수 있었다.

진파의 손이 그의 몸을 턱하고 받치는 것을 느낄 수 있었다.

단 한 번의 부딪침이었지만 용백은 분명히 보았다. 살기를 거둔 검이 어떤 위력을 보일 수 있는지를. 그가 도전해 왔던 참백도의 끝이 어떤 모습인지를.

용백은 진파의 품에 안겨 울컥 피를 토했다.

그러나 그의 얼굴은 웃고 있었다.

진파도 그를 향해 활짝 웃고 있었다. 엄지손가락을 치켜 올려 용백의 눈앞에 들이댄 진파가 속삭였다.

"과연 단주의 칼은 최고였소. 참백도의 끝은 보시었소이까?"

용백은 고개를 끄덕이려 했으나 슬쩍 입 꼬리를 말아 올리는 대답밖에 할 수 없었다. 그러나 용백의 눈은 진파를 바라보며 활짝 웃고 있었다.

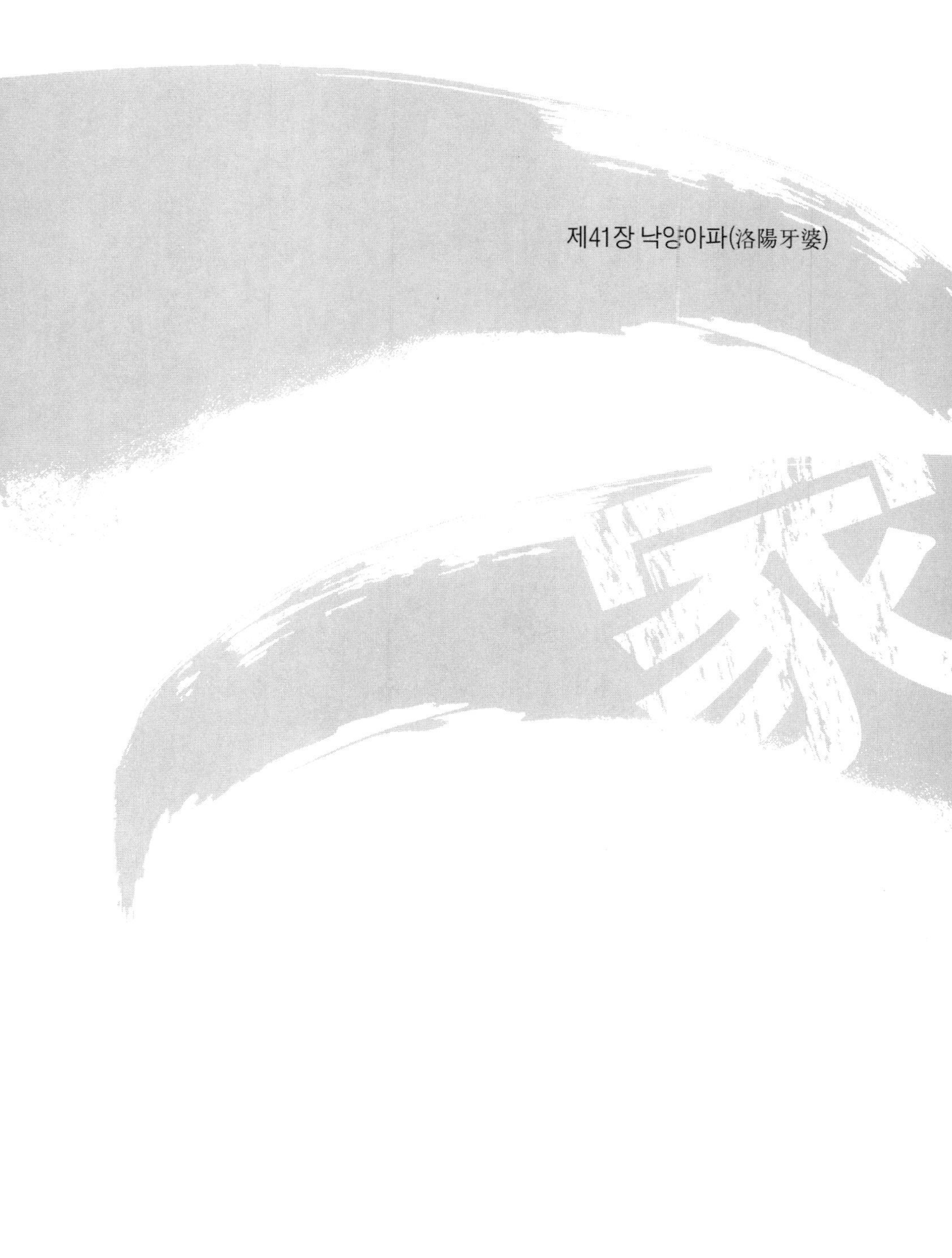

제41장 낙양아파(洛陽牙婆)

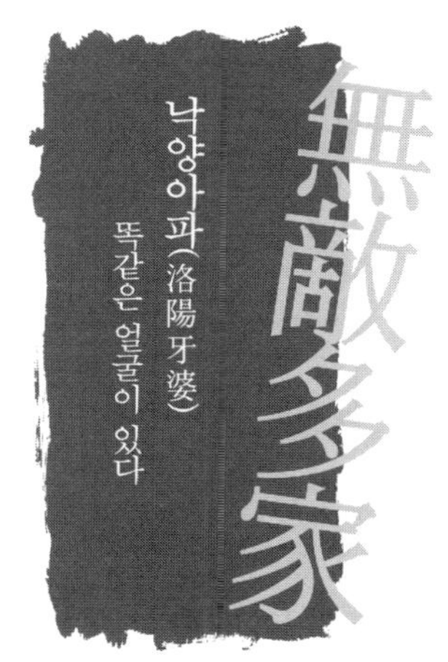

낙양(洛陽)의

거리에는 묘한 매력이 있다.

장안으로 불렸던, 당 시대 최고의 전성기를 보낸 이 오래된 도성은 수많은 예술가들과 풍류객들을 탄생시킨 후에도 그 생명이 다하지 않고 끝없는 향취를 뿜내는 특이한 곳이었다.

낙양 서대가(西大街)의 번화가에 우뚝 서서 그 아름다운 자태를 뽐내고 있는 우희루(優喜樓) 이층에는 다섯 명의 사내가 창밖을 바라보며 간단한 식사를 하고 있었다. 한눈에도 불량기가 덕지덕지 묻어나는 네 명의 사내와 중후한 인상의 중년인으로 이루어진 기묘한 일행은 동그란 탁자에 모여 앉아 의견을 나누는 중이었다.

"어르신, 정말 그것밖에 아시는 것이 없습니까?"

정면에 마주한 양린을 바라보며 유현은 고개를 끄덕였다.

양린이 난감하다는 듯 미간을 모았다.

험악한 인상과는 달리 눈썹을 다듬고 얼굴에 간단한 화장까지 한 양린은 여전히 심각한 얼굴이었다.

양린의 바로 옆에 앉아 있던 고전륜이 젓가락을 흔들며 침을 튀겼다.

"난감해, 난감해. 가명일 게 뻔한 아연이란 이름하고 이십 년쯤 전에 여기서 일했다는 걸 갖고 이 바닥에서 어떻게 그 여자, 아니, 아니, 그 분을 찾아?"

엄창직과 칠무종이 오랜만에 고전륜의 의견에 동감을 표했다.

"형님 말이 맞수."

유현의 얼굴에도 곤란한 표정이 묻어나 있었다.

"게다가 그 사람이 벽화 어머니가 맞다고 해도 문제지. 벽화 친어미는 삼협 어림의 삼나무골이란 곳에서 죽었다고 했으니 말야. 급한 대로 이곳부터 찾았으나 정말 난감하군."

"개방에 도움을 요청할걸……."

고전륜이 다시 불퉁거렸으나 양린은 단호하게 고개를 저었다.

"형님도 참. 풍, 아니, 그 어르신의 명예가 걸린 문제인데 그걸 어떻게 동네방네 이야기합니까? 그리고 이 바닥 생리는 우리가 더 잘 알지 않습니까?"

"그렇긴 하다만 여기 총관도 이십 년 전의 일은 모른다지 않더냐. 너무 오래된 일이야. 도대체 어디서 흔적을 찾는단 말야?"

"그걸 이제부터 궁리해 보자는 거 아닙니까."

유현은 전륜파 네 명이 서로 의견을 나누는 것을 바라보며 난감한 와중에도 흐뭇함을 느끼고 있었다.

개왕의 말이 없었더라도 전륜파 네 명에게 각별한 친근감을 느끼고 있던 유현이었다.

사천의 절곡에서 위기의 순간에 보여준 전륜파의 밑바닥 의리라는 게 흔히 볼 수 있는 부박한 그것이 아니었기에, 전륜파 네 명에 대한 유현의 인상은 처음부터 좋은 편이었다.

본래 사람에 대해 개방적이면서도 분명한 선을 그어 사귀는 유현에게 전륜파의 네 파락호는 웃기면서도 끈끈한 정감을 느끼게 하는 특이한 자들이었다.

명목상 두목은 고전륜이었지만 이들 네 명을 잇고 있는 중심 인물이 양린이란 것은 처음 파악한 그대로였다. 그 이어지는 관계의 핵이 복잡 미묘한 애정(?)에 가깝다는 것이 특이한 점이었지만 유현은 그런 점에 있어서는 관대한 편이었다. 그렇기에 음양수사 곽자양과도 오누이와 같은 관계를 유지하는 유현이었다.

진파와 소수마후들에 대한 소문을 퍼뜨리는 대가로 간단한 무공이나 가르쳐 파락호가 아닌 무인으로 살 수 있게 해주려 했던 것이었으나 양린의 충심은 유현의 기대를 뛰어넘는 것이었다.

유현 같은 절정의 고수에게 한두 수만 배우고도 이류를 오가며 고수 소리를 듣고 살 수도 있을 법했건만, 양린의 충심은 그것을 넘어 강호에서도 흔히 듣기 힘든 미담을 만들어냈던 것이다.

처음 개왕에게 그 이야기를 듣고 유현은 진심으로 양린의 됨됨이에 탄복을 금치 못했다. 개방의 방주인 황개가 권했음에도 개방도가 되는 것을 거부하고 자신과의 의리를 지킨 양린의 이야기 말이다.

낙양까지 급하게 오면서도 전륜파 네 명의 무공 수련을 꼼꼼히 돌봐주었던 것은 그들이 보인 의리에 대해 유현 나름의 의리를 보인 것이었다.

유현의 마음을 알아챘는지 나날이 파락호의 잔때를 벗고 무림인의 기풍을 갖추어가는 전륜파를 보노라면 어쩐지 진짜 제자들이 생긴 것만 같은 기분이 드는 유현이었다.

양린은 이런 저런 의견을 형제들과 나누다 유현에게 고개를 돌렸다.

"아무래도 여기선 저희가 나서는 게 좋을 것 같습니다."

"무슨 수가 있겠느냐?"

양린이 고개를 꾸벅하고 직각으로 숙였다. 아직은 파락호 시절의 버릇을 완전히 버리지는 못한 양린이었다. 나름대로 유현에게 보내는 존경의 표시였기에, 유현도 쓴웃음을 지을 뿐 그것을 말리지는 않았다.

양린이 고개를 들고 말을 건넸다.

"낙양은 정말 오래된 곳이죠. 이런 도회엔 나름의 역사를 기억하는 늙은 자들이 항상 있기 마련입니다. 일단 우희루부터 시작해 보도록 하지요."

"조금 막연하군."

"의외의 곳에서 성과를 거둘 수도 있습니다."

유현이 고개를 끄덕이자 양린은 이층을 지나가던 점소이 한 명을 불러 세웠다.

"부르셨습니까?"

우희루에서 가장 촉망받는 장궤(掌櫃:지배인) 후보인 점소이 왕일은 그가 자랑하는 산뜻한 미소를 머금고 숙였던 고개를 들었다.

'윽!'

양린의 얼굴을 본 왕일은 그만 얼어붙었다. 험악하긴 했지만 엷은 화장기와 다듬은 눈썹. 한눈에 보아도 남색가(男色家)였다.

'빌어먹을! 퉤퉤!'

양린은 왕일의 마음을 모르는지 싹싹한 응대가 마음에 든다는 듯 미소를 띠고 있었다.

"내가 원하는 대답을 할 수 있다면 이것을 주마. 원하는 대답이 나오지 않으면 요걸 주도록 하고."

양린은 품속에서 은자와 동전들을 꺼내 양손에 쥐어 보였다.

왕일의 눈은 양린의 양손을 오가다 싹싹한 태도로 손을 비벼 보였다. 적당한 아부와 적당한 굴종이 섞여 있었지만 우희루의 점소이다운 품위를 간직한 나름의 절도를 잃지 않았다. 물론 속마음은 부글부글 끓고 있었지만 말이다.

'빌어먹을! 빨리 장궤가 되어야지 이런 꼴 안 보는데. 젠장!'

"하문하시죠. 저에게 행운이 돌아오길 기대하겠습니다."

"혹시 이십 년 전부터 우희루에서 일했던 사람이 이곳에 있는가?"

왕일은 별로 아쉽지도 않았지만 얼굴 가득 아쉬운 표정을 지어 보였다.

"아쉽습니다만 원하시는 대답을 못 드릴 것 같습니다. 쩝. 이곳에서 제일 오래 일한 이는 손님들의 말을 돌보는 양 노대인데. 그분도 여기서 십 년 정도밖에 일을 하지 않았는뎁쇼. 이십 년이나 한곳에서 일한다면 이 바닥에선 실패한 인생이기 쉽습니다요."

"그런가?"

양린이 실망한 표정으로 동전 몇 푼을 떨구자 왕일은 재빨리 머리를 굴렸다.

'어째 좀 수상한 놈들이군. 아까 먹은 소면 가락이 넘어올 것 같지만 좀 더 알아볼까? 잘하면 공을 세울 수도 있겠는걸?

왕일은 아쉽다는 듯 입맛을 다시며 양린의 손에 놓인 은자를 바라보았다.

"어째서 이십 년 전에 여기서 일한 분을 찾는지 알 수 있을런지요?"

"이십 년 전에 여기서 일하던 가기(歌妓) 한 명에 대해 알고자 한다네."

왕일은 갑자기 조심스러운 표정으로 한 걸음 물러섰다. 그 얼굴에는 경계심이 떠올라 있었다.

"혹시…… 육선문(六扇門)에 계신 분들이십니까?"

"하하. 우리 몰골을 보게. 관(官)에서 우리 같은 사람들을 받아주겠나?"

양린은 호쾌하게 웃음을 터뜨리고는 몸을 일으켰다.

왕일의 어깨에 한 팔을 두르고 이층의 구석으로 걸어간 양린은 은근한 귓속말을 건넸다.

"사실은…… 우리가 모시는 대인이 이번에 상처를 하셨다네. 젊으실 적 이곳에서 여독을 푸신 적이 많았다 하시더군. 그때 우리 대인을 모셨던 가기가 생각나신 모양이야. 왜 있지 않은가? 어르신들의 추억 더듬기 말일세."

"아…… 예."

'제, 젠장! 이 팔 떼란 말야, 이 새끼야!'

왕일은 속마음과는 달리 양린의 어깨 너머로 유현을 흘깃흘깃 바라보며 그럴 법하다는 듯 고개를 끄덕여 주었지만, 우희루 제일을 자랑하는 빠른 머리는 세차게 굴러가고 있었다.

어깨를 감싼 힘이 만만치 않으니 이자는 힘깨나 쓰는 놈이 분명할 터였다. 허리에 찬 검을 보면 무림인일지도 몰랐다.

'희한한 건 저놈이야. 어째 이런 소도둑 같은 놈들만 끼고 사는 거 야?'

양린이 모신다는 말을 오해한 왕일은 유현을 바라보며 똥물을 퍼마 신 듯한 불쾌감을 느끼고 있었다. 왕일은 유현을 중심으로 앉아 있는 고전륜과 엄창직, 칠무종을 훑어보고 내심 모든 계산을 마친 후였다.

'저 털투성이 놈들하고 그 짓을……? 우웩! 저놈은 멀쩡하게 생긴 놈이니 깔리는 걸 좋아할지도……. 젠장할! 상상을 해버렸잖아!'

다시 양린의 목소리가 귀를 간질였다. 가뜩이나 비위가 상하던 판이 었던지라 온몸에 소름이 쫘악 돋았다.

"어떻게 알 수 있는 방법이 없겠는가?"

'이, 이 새끼들 정말 수상해! 일단 파파께 보고해야겠군.'

왕일은 드디어 생각이 났다는 듯 손가락을 딱 하고 튕겼다.

"어쩌면!"

"오! 뭔가 생각난 게 있나?"

"예. 근데 그것이……."

왕일이 말을 끌자 양린은 왕일의 손바닥에 동전을 몇 푼 더 떨어뜨 려 주었다.

"쓸 만한 정보다 싶으면 내 이 은자를 다 주도록 하지. 설마 이야기 를 하기도 전에 은자부터 받을 생각인 건 아니겠지?"

"그건 아니지만……."

왕일은 망설이는 듯 좌우를 둘러보다 양린의 귀에 손나팔을 갖다 댔 다. 볼따구니에 왕소름이 돋는 것 같았지만 왕일은 오런 점소이 경력 으로 그 모든 고난을 극복했다.

왕일의 귀엣말을 들으며 고개를 끄덕이던 양린은 왕일의 손에 은자를 쥐어주었다.

“가, 감사합니다, 대인.”

“음? 뭘 말인가?”

양린이 아무 일도 없었다는 듯 몸을 돌리자 눈치 빠른 왕일도 재빨리 품속에 은자를 챙겨 넣고는 아무 일도 없었다는 듯 자연스럽게 계단을 내려가 버렸다.

“뭐야? 확인도 안 하고 준 거야?”

엄창직이 불만이라는 듯 양린에게 묻자 양린은 피식 웃으며 고개를 저었다.

“상당히 일리있는 말이라 주었지요. 어르신도 그렇게 생각되지 않으십니까?”

귓속말이었지만 유현이 못 들었을 리 없다고 생각했던지 양린은 유현에게 의견을 물었다.

“홍미있는 이야기더군. 지금은 지푸라기라도 잡고 싶은 심정이니까 양 노대라는 마굿간지기도 만나보고, 그곳도 방문해 보도록 하세.”

“재밌는 하루가 되겠군요.”

“별로 그럴 것 같지는 않은데?”

엄창직과 칠무종은 알 수 없는 둘의 대화에 어안이 벙벙해 보였지만, 고전륜은 재빨리 남은 음식들을 입에 퍼 담고 있었다. 과연 고전륜의 생각대로 유현이 몸을 일으켰다.

“가지.”

입 안 가득 음식물을 넣고 주억거리며 고전륜이 얼른 일어나 유현을 따랐다.

“대형은 갈수록 눈치가 느는군.”

"그쪽으론 거의 도사 수준이지."

엄창직과 칠무종이 투덜거리며 고전륜을 따라 일어섰다. 고전륜이 퉁방울 같은 눈을 부릅뜨자 둘은 움찔했으나 핏 소리와 함께 고전륜을 지나쳤다.

이제 어느 정도 무공을 익힌 산적과 쌍도끼는 예전의 토끼 심장을 이미 떼어낸 후였던 것이다. 뜻밖의 반항에 당황한 고전륜은 꿀꺽거리며 입속의 음식물들을 삼키고는 산적과 쌍도끼의 뒤통수를 노려보았다.

'이것들이 감히 서열을 무시해?'

고전륜은 내심 기회를 보아 뜨거운 맛을 보여주겠다 다짐을 했다. 콧구멍을 파는 고전륜의 손가락이 결의로 가득 차 떨렸다.

낙양의 외곽, 쨍쨍한 햇빛이 비치는 언덕 위에 거대한 몸을 비틀고 서 있는 노송 그늘 아래 서서 한 채의 전각을 내려다보고만 있는 다섯 명이 보였다. 유현들이었다.

양린은 입맛을 다시며 유현을 바라보았다.

"아무래도 저곳을 방문해야겠습니다, 어르신. 양 노대라는 노인이 뭔가 알고 있었으면 좋았을 텐데 그렇지 못했으니 남은 끈은 이제 여기밖에 없습니다."

"차라리 지금 정식으로 배첩을 보낸 후에 격식을 갖춰 들어가는 게 어떨까?"

"별로 좋은 방법은 아닌 듯합니다. 음지(陰地)에서 사는 사람들이란 낮에는 활동을 하지 않으니까요. 더구나 지금 저 안에는 우리가 찾는 사람이 없을 겁니다. 이 시간이면 어딘가 비밀스러운 장소에서 휴식을 취하고 있을 겁니다.”

유현은 미간을 찌푸렸다.

“그래도 밤도둑처럼 월담을 하는 건 영 마음에 들지 않아.”

“어쩔 수 없습니다. 어차피 아파(牙婆)들은 경계심이 많아 강제로 쳐들어가지 않으면 만나기 힘드니까요.”

“아파?”

견문이 적지 않은 유현으로서도 처음 듣는 말이라 짧게 되물었다.

“이 바닥에선 포주들을 그렇게 부릅니다.”

유현은 고개를 끄덕였다. 어느 곳이나 독특한 자신들만의 행화를 만들기 마련인지라 뒷골목 세계에도 그가 모르는 말들이 있을 수 있다 여겼던 것이다.

양린이 우희루의 점소이에게 얻은 정보가 바로 이곳에 사는 노파에 대한 것이었다. 하지만 양상군자처럼 몰래 침입하자는 양린의 제안이 못내 마음에 걸리는 유현이었다.

“그녀의 행방을 알지 모를지도 확실하지 않은데…….”

“알고 있을 확률이 높습니다. 우리가 찾는 고 파파(婆婆)는 낙양에서 뼈를 녹인 기녀 출신으로, 낙양제일의 아파라고 들었으니까요. 여러 경로로 알아보았으니 틀림없습니다. 아연이란 분의 행방을 알고 있을 확률이 높습니다.”

잠시 침묵을 지키던 유현은 마침내 마음을 굳힌 듯 고개를 끄덕였다.

“그런데 경계가 꽤 심해 보이는군.”

“아파들은 원래 적이 많은 법입니다. 인신매매라는 건 가장 지저분한 장사 중 하나니까요.”

유현의 눈이 절로 찌푸려졌다.

"인신매매?"

"포주를 하려면 할 수밖에 없는 장사지요. 아이를 사고 파는 건 원래 흔한 일이니까요. 어린 딸들을 살림 밑천으로 쓰는 사람들도 흔합니다. 돈을 벌기 위해 스스로 몸을 파는 경우도 있지요."

유현은 마땅치 않다는 듯 끌끌 혀를 찼다.

"사는 방법으로는 최악이로군."

"어쩔 수 없이 선택하는 삶이기도 하지요."

"정말 그렇게 생각하나?"

"제 어미도 저렇게 살았습니다."

유현은 말을 잇지 못했다. 그러고 보니 전륜파 네 명이 어떤 삶을 살아왔는지 전혀 알지 못한다는 데 생각이 미쳤다. 굳게 입을 다물고 전각의 지붕을 바라보는 양린의 무표정한 얼굴을 보고 있자니 씁쓸한 감정이 가슴을 쳤다. 유현은 문득 깨달았다. 처음엔 장난처럼 거두었던 전륜파 네 명이 어느새 그에게 꽤나 소중한 존재들이 되었다는 것을.

유현은 가볍게 한숨을 쉬고는 고전륜과 엄창직, 칠무종을 돌아보았다.

"여기서 해가 질 때까지 기다릴 수는 없으니 밤이 되면 다시 오세나."

"알겠습니다."

장원을 다시 한 번 흘깃 본 유현은 발걸음을 옮겼다. 그 뒤를 전륜파 넷이 뒤따랐다.

＊   ＊   ＊

털썩!

눈과 귀를 가린 소의 미간에서 한줄기 피가 솟구치며 그대로 풀썩 자리에 주저앉았다.

용백의 얼굴에 만족한 미소가 떠올랐다.

짝짝짝짝짝—

용백은 진파의 박수 소리에 멋쩍다는 듯 빙긋 웃어 보이고는 양옆에 있는 장한들에게 짤막하게 지시를 내렸다.

"연기를 씌워 드리는 것까지는 자네들이 하게."

"옙, 용백!"

장한들의 인사를 뒤로한 채 용백은 진파를 향해 곧장 발걸음을 옮겼다.

"가주, 이곳까지 어이 납시셨소이까?"

용백은 이제 스스럼없이 진파에게 가주라 부르고 있었다.

"이틀 만에 칼을 드신다기에 직접 보고 싶어서 왔습니다."

진파의 말에 장한들의 어깨가 움찔했다.

용백이 다급하게 손을 저었다.

"가주, 어서 나갑시다. 나가서 얘기하도록 하지요."

"그러죠."

당황하는 용백의 반응이 이상했지만 진파는 순순히 용백을 따라 몸을 돌렸다.

깨끗한 물에 박도를 정성 들여 닦는 용백을 보며 진파가 물었다.

"내가 뭐 실수했습니까?"

용백의 얼굴에 피식 웃음이 서렸다.

“실수도 아주 큰 실수를 했습니다. 산영감을 보내는 길에 ‘칼’ 이라는 말을 쓰셨으니까요.”

“그게 무슨 말입니까?”

진파가 어리둥절해하자 용백은 잘 닦은 박도를 칼집에 넣으며 몸을 일으켰다.

“가면서 얘기하지요.”

진파들이 머물고 있는 객사로 발걸음을 옮기며 용백은 천천히 이야기를 시작했다.

“도살이란 작업은 굉장히 신성시되는 일입니다. 그래서 그 자리에서는 모든 작업에 따로 행화(行話:은어)를 쓰지요.”

“아, 그럼 아까 그 ‘연기를 씌운다’ 는 말도?”

“맞습니다. 그것도 행화지요. 고기를 처리하는 일을 우리는 연기를 씌운다고 합니다. 소는 산영감이라 하고 칼은 신팽이라 부릅니다.”

“아, 그렇군요. 제가 그럼 대단한 실수를 한 것이군요. 사과드립니다.”

“모르셨으니 하실 수 있는 실수지요. 그나저나 제 칼질은 어땠습니까?”

진파가 빙긋 미소를 머금었다.

“본인이 더 잘 아시지 않습니까?”

“물론 그렇습니다만 가주의 칭찬을 한 번 더 듣고 싶어서 말입니다.”

진파가 엄숙한 얼굴로 엄지손가락을 치켜들었다.

“분명히 한걸음 더 나가셨습니다. 벌써 살기가 줄어들기 시작하셨더군요. 아주 죽이는 신팽이질이었습니다.”

“신팽이질이요? 으하하하하!”

용백의 홍소가 터져 나왔다.

“쾌차하신 걸 감축드리오.”

“감사합니다.”

공철과 수인사를 건넨 용백은 진파를 상석에 앉히고 자리를 잡고 앉았다. 공철과 손일연이 함께한 자리에는 네 개의 찻잔이 놓여 소담스럽게 훈기를 내뿜고 있었다.

“이제 명을 내리시지요, 가주.”

용백의 말에 진파는 고개를 끄덕였다.

“일단 창룡단은 제남에서 그대로 대기하도록 하시지요. 모든 건 현성교와 나머지 삼천교의 본거지를 얼마나 빨리 알아내느냐에 달려 있습니다. 지금 개방과 우리 쪽에서 최선을 다해 찾고 있지요. 그동안 여기 계신 공 노인과 언제든지 연락을 취할 수 있는 통로를 만들어주세요. 공 노인과 상의하시면 될 겁니다.”

“알겠소이다.”

“나는 그동안 나머지 잠룡단주님들을 만나봐야 할 것 같습니다. 시간이 없으니 오늘 출발할까 합니다.”

“아니, 벌써요?”

“너무 대접이 융숭해서 이곳에 있다간 돼지가 될 것 같아서요.”

진파의 말에 모두 큰 소리로 웃음을 터뜨렸다.

잠시 후 용백이 웃음을 멈추고 진파와 공철, 손일연을 모두 보며 말을 건넸다.

“그런데 가주와 두 분께서는 나머지 잠룡단에 대해서도 그들이 어떤 과제를 풀기 위해 무얼 하며 살고 있는지 모르시는 겁니까?”

“그렇습니다. 위치밖에는 모르지요. 벽호단이 제남에서 가까운 곡부(曲阜)에 있고, 적룡단과 혁호단은 하남에 있다는 것밖에는 모릅니다. 어디에 표지를 남겨야 만날 수 있다는 것밖에는 전해 받지 못했습니다.”

“허참. 왜 그것만 가르쳐 주셨을꼬?”

“보나마나 장난을 치신 걸게요. 역대 가주들이 다 그렸으니.”

공철이 고개를 절레절레 흔들며 대답하자 용백은 웃음을 머금었다.

“뭔가 깊은 뜻이 있겠지요. 무적다가의 가주들께서 단순히 장난으로 그러셨겠습니까?”

“그러고도…… 흠흠.”

공철은 용백의 말을 부정하려다 허벅지를 찌르는 손일연의 손짓에 입을 다물었다. 용백의 말이 이어졌다.

“적룡단과 혁호단은 왕래가 없어 잘 모릅니다만 벽호단주는 저와 개인적인 친분이 있습니다. 가주께 도움이 되었으면 싶군요.”

“그래요?”

진파가 상체를 바싹 기울이며 용백에게 물었다.

“예. 아무래도 가까운 곳에 있다 보니 예전부터 왕러가 있었지요. 거기다 저와 금전적인 관계도 있고 해서 꽤 안면이 있는 편입니다.”

“벽호단은 뭘 합니까?”

진파가 눈을 빛내자 용백은 빙긋 웃음을 머금었다.

“그들은 반(牛)은 무인이라 할 수 있지요. 우리완 달리 정보망도 갖추고 있으니 가주께 많은 도움이 될 겝니다.”

공철과 손일연도 궁금하다는 듯 눈을 반짝이자 용백은 곧 말을 이었다.

“벽호단은 곡부에서 표국업을 하지요. 산동표국이라고 하면 아마 두 분도 들어보셨을 겁니다.”

“의업제일(義業第一) 산동표국(山東鏢局)?”

공철이 깜짝 놀라 외치자 용백의 입가에 매달린 미소가 짙어졌다.

“맞습니다.”

*　　　*　　　*

유현은 깜깜한 밤하늘을 바라보며 시간을 어림잡고 있었다.

어느덧 해시(亥時)가 가까운 듯 보였다.

양린이 유현의 뜻을 읽은 듯 부스스 몸을 일으켰다.

“어르신, 슬슬 가봐야 할 때인 듯합니다.”

“정말 월장을 해야 한다고 보는 거냐?”

양린이 빙긋 미소를 지었다.

“그렇게 하지 않으면 고 파파란 노파는 만나기 어려울 겁니다.”

“어째서?”

“관에서 항상 감시의 눈길을 보내고 여기저기에 적도 많을 겁니다. 아파란 업이 원래 그렇지요. 누군가 정식 절차를 밟아 방문한다고 해도 모르는 사이라면 절대 만나주지 않습니다. 약간의 소란만 일어나도 쥐도 새도 모르게 모습을 감춰 버리지요.”

“흠.”

유현은 엉거주춤 엉덩이를 들려는 고전륜과 칠무종, 엄창직을 향해 말을 건넸다.

“너희는 여기에서 기다리거라. 린이만 데리고 들어가는 것이 빠르겠
구나. 곧 돌아오마.”

양린의 얼굴에 감격 어린 표정이 스쳤다. 유현의 다정한 호칭에 움
찔한 것은 양린만이 아니었다. 고전륜 등도 감격한 얼굴이었다.

“알겠습니다.”

유현은 양린의 허리를 끼고 획 몸을 날렸다. 밤하늘을 가르는 비조
와 같은 유현의 뒷모습을 고전륜 등은 묵묵히 바라보고 있었다.

전형적인 사합원(四合院)으로 지어진 전각을 바라보며 유현은 주인
이 기거하고 있을 장원을 향해 쏜살같이 몸을 날렸다.

‘포주란 직업이 돈은 많이 버나 보군.’

인신매매를 업으로 삼는 자의 거처라고 보기엔 지나치게 거대한 건
물이었다.

지붕에서 지붕으로 건너뛰면서도 아무런 파공성도 울리지 않는 절
정의 신법을 발휘하던 유현은 문득 미간을 찌푸렸다.

‘너무 조용해.’

확실히 낮보다도 오히려 허술해 보이는 경비였다. 게다가 지나치게
조용했다. 흔한 풀벌레 소리 하나 들리지 않는 것이 유현의 신경을 곤
두세웠다. 그러나 유현은 자신의 능력을 믿었고, 한낱 포주에 지나지
않는 자의 경비가 얼마나 될까 싶어 곧 마음을 풀어버렸다.

‘위험이 있더라도 물러설 수는 없지. 시간이 없어.’

하루라도 빨리 진파와 합류하려면 벽화의 출생에 대해 한시라도 빨
리 밝혀내는 것이 최선이었다. 더구나 풍협 또한 유언처럼 부탁한 일
이 아니던가.

유현은 양린에게 짧게 전음을 던졌다.

"조용한 게 아무래도 이상하구나. 그래도 뚫고 들어갈 테니 긴장을 늦추지 말거라."

유현의 전음에 양린도 고개를 끄덕였다.

그 또한 너무 조용한 것에 잔뜩 긴장한 터였는지 딱딱하게 얼굴이 굳은 채였다.

사합원의 중앙에 보이는 전각의 지붕으로 몸을 날린 유현은 귀신이 움직이는 것처럼 유려한 움직임으로 지붕에서 몸을 내렸다. 품에 양린을 안고 있는 것이라고는 믿기 어려울 만큼 매끄러운 움직임이었다.

격자 무늬가 선명한 창을 조심스럽게 열어본 유현은 쉽사리 열리는 창문을 통해 전각 안으로 들어설 수 있었다.

'상당히 많은 자들이 매복해 있군.'

유현은 전각 안으로 들어서자마자 어찌 된 영문인지 곧 알 수 있었다. 불 하나 밝혀 있지 않아 어둡기 짝이 없었지만 사방에서 긴장감 넘치는 거친 숨소리들이 들려왔다. 유현의 얼굴에 미소가 드리워졌다.

'나름대로 준비를 했다는 건가? 우리를 기다린 건가? 아니면 날을 잘못 택한 것인가?'

유현은 양린을 내려놓고 그의 어깨를 툭툭 두드렸다.

"아무래도 이자들이 우리나 다른 누군가를 기다리고 있었던 듯싶구나. 매복한 자들의 수준으로 보아 별일은 없겠지만 준비하거라."

양린이 고개를 끄덕이자 유현은 곧 목청을 돋우었다.

호방한 목소리가 크게 울렸다.

"검치 유현이 이곳의 주인을 만나뵙고자 하오."

유현의 말이 끝나기도 전에 날카로운 호통 소리가 들렸다.

"쳐라!"

곧 사방에서 폭죽 터지듯 파공음이 터져 나왔다.

피이이이—

유현은 어둠 속에서 슬쩍 미소를 지으며 허리춤에서 검을 빼 들어 어둠을 갈랐다.

챙챙거리는 금속성이 전각 안에 가득 울려 퍼졌다.

투두둑 하는 소리와 함께 잘린 화살촉들과 암기들이 유현과 양린의 주위에 떨어져 내렸다.

유현은 다시 목청을 돋우었다.

"사정이 있어 담을 넘었으나 결코 악의가 있어 찾아온 것은 아니외다! 주인을 뵙고 여쭐 말씀이 있을 뿐이오! 나는 검치 유현이오!"

나직한 목소리였으나 내공이 약한 자들은 고막이 울렸을 것이다. 여기저기서 울리는 신음 소리에 고소하며 유현은 한 걸음 앞으로 발길을 옮겼다.

그때 나직한 목소리가 울렸다. 여인의 목소리가 분명한 청아하고 다듬어진 음성이었다.

"당신이 검치라는 것을 무엇으로 믿지요?"

"나를 아시오?"

"당신을 아는 분을 압니다."

'날 아는 자를 알아?'

유현은 자신이 아는 몇 안 되는 지인들 중에 흑도와 연관이 있는 자가 있나 생각해 보았으나 적어도 하남에 근거를 둔 자들과는 안면이 없었기에 고개를 갸웃거렸다.

"부인이 나에 대해 들었다면 나를 보는 것으로 분간하실 수 있으실 게요.”

유현의 말을 잠시 생각하는 듯하던 청아한 목소리의 주인공은 곧 누군가에게 명을 내렸다.

“불을 밝혀라.”

“파파!”

“어차피 우리 실력으론 감당할 수 없는 고수이다. 불을 밝혀라.”

곧 사방에서 화섭자를 밝히는 소리와 함께 전각의 내부 여기저기에서 환하게 관솔불이 밝혀졌다.

유현은 경계 어린 눈빛으로 자신을 바라보는 오십여 명의 사내를 보며 내심 고개를 끄덕였다. 칼과 활, 암기 등으로 무장한 것이 분명한 인물들은 유현과 양린을 중심으로 여전히 엄중한 경계 태세를 갖추고 있었다.

‘나름대로 잘 준비된 집단이군. 생각보다 규모가 큰 곳인가 보다.’

강호인이라 부르기엔 어설픈 무기술이나 간단한 권각술만을 익힌 자들로 보였지만, 자신을 바라보는 눈빛만 따진다면 여느 고수들 못지않았기에 유현은 은근히 감탄하는 마음이 들었다.

‘이런 자들을 다스리는 자가 여자라…….’

유현은 정면에 보이는 휘장을 바라보고 있었다. 휘장 안에 은은히 보이는 여인의 자태가 유현의 눈길을 모았다.

여인의 목소리가 들렸다. 아무리 들어도 파파라고 불리기엔 젊은 목소리. 기껏해야 유현과 비슷한 나이로 들리는 중년의 음성이었다.

“저는 검치란 분을 직접 뵌 적은 없습니다. 하지만 제가 듣기로 검치란 분의 환월십오식은 마지막 초식으로 거대한 달무리를 만들 수 있다고 하더군요. 오직 검치란 분만이 가능하다고 들었어요.”

여인의 말에 검치는 다시 한 번 고개를 갸웃했다. 그의 마지막 초식 환월만강(幻月萬康)이 달무리를 만들어낸다는 건 그야말로 몇몇 소수의 절정고수들만이 아는 것이라, 이런 곳에서 그의 무공을 아는 여인을 만나리라곤 생각지도 못했기 때문이다.

'일개 포주가 아닐지도 모르겠군.'

유현은 내심 쉽게 보았던 마음이 은근히 긴장되는 것을 느꼈다. 쉽게 상대할 수 없는 여인임이 분명했다.

"맞소이다."

"제게 달무리를 보여주실 수 있으신가요?"

"그 안에서 볼 수 있겠소?"

"물론이예요."

"좋소이다."

양린의 곁에서 몇 발짝 떨어져 선 유현은 어쩐지 속이 간질거렸다. 이렇게 많은 시선을 받으며 시무를 한다는 건 유현의 성격상 해본 적이 없는 일이었다. 필요하지 않은 곳에서 검을 뺀다는 건 상상도 해본 적이 없는 유현이었기에.

'풍협, 자넨 참 나쁜 친구야.'

유현은 툴툴거리면서 휘장 속 여인이 잘 볼 수 있도록 천천히 그의 묵정검을 떨치기 시작했다.

내공을 일으키지 않은 초식만의 휘두름이었으나 어찌나 검이 빨리 움직이는지 불빛에 반짝이는 검빛만 보일 뿐이었다.

유현의 전면에 점점 검빛이 많아지고 있었다. 둥실 뜬 만월의 주위를 뿌옇게 감싸고 도는 휘황찬란한 달무리처럼 마침내 등그스름한 검기의 광휘가 찬란하게 불을 뿜었다.

“아~”

휘장 속에서 작은 탄성이 울리자 유현은 묵정검을 거두었다.

“이제 내가 검치인 것을 인정하시겠소?”

“그래요.”

“내가 적이 아니란 것도 인정하시겠소?”

“그건 어떤 목적으로 여길 오셨느냐에 따라 달라지겠죠. 당신의 실력으로는 우리를 해치는 건 손바닥 뒤집기만큼 쉽겠지만요. 하지만 그리 쉽지는 않을 거예요.”

“나는 절대……”

유현의 말은 이어지지 못했다.

쿵 하는 소리가 뒤에서 들렸기 때문이다. 번개같이 뒤로 돌아선 유현의 눈에 쇠창살에 갇힌 낭패한 얼굴의 양린이 보였다. 천장에서 갑자기 떨어진 쇠우리에 꼼짝 못하고 갇혀 버린 것이다. 그 주위에는 새파랗게 빛나는 칼을 들고 양린을 겨누고 선 두 명의 사내가 보였다.

“이게 무슨 짓이오!”

유현이 분노해 소리쳤으나 휘장 속 여인의 목소리는 침착하기만 했다.

“당신이 적의를 갖고 온 게 아니라면 저분도 무사히 이곳을 나가실 수 있을 거예요. 하지만 서툰 짓은 하지 않으시리라고 봐요. 저들이 들고 있는 칼에는 치명적인 독이 발라져 있으니까요. 스치기만 해도 생명을 잃을 수 있어요.”

유현의 눈썹이 꿈틀거렸다. 강호행을 하며 강압에 몸을 숙인 적은 결코 없었던 유현은 진정 분노하고 있었다. 그러나 여인의 말이 더 빨랐다.

"약한 자들의 자구책이에요. 이해해 주시겠죠?"

"나도 경고하겠소. 저 아이에게 서툰 짓을 한다면 내 이름을 걸고 결단코 용서하지 않겠소."

"저는 그렇게 어리석지 않아요."

"얼굴이나 보고 얘기합시다."

"그러죠."

여인이 휘장 속에서 무언가를 잡아당기자 엷은 휘장이 춤추듯 위로 올라가기 시작했다.

태사의처럼 육중하게 보이는 의자에 다리를 꼬고 앉은 여인의 하체가 보일 때부터 유현은 뭔가 모를 예감에 사로잡혀 가슴이 두근거리는 것을 느꼈다.

여인의 손이 드러나고 상체가 드러나고 마침내 얼굴까지 모두 드러나자 유현은 헉 하며 숨을 들이킬 수밖에 없었다.

그가 너무도 잘 알고 있는 얼굴.

그 의기에 탄복해 목숨도 걸려 했던, 그가 잘 아는 한 여인의 얼굴이 거기에 있었다.

벽화와 똑같이 생긴 얼굴이 거기 있었다.

제42장 무적양의(無敵兩意)

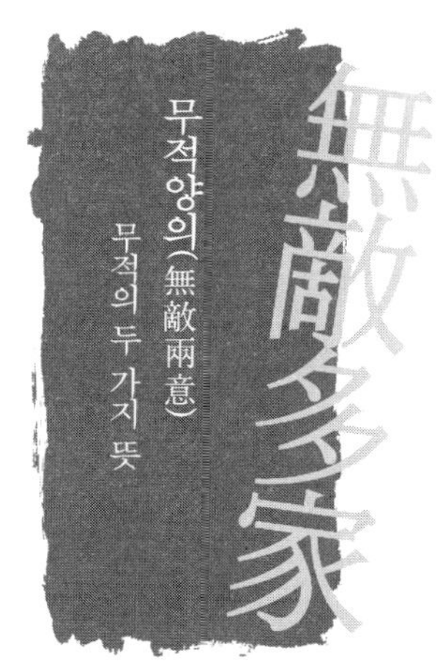

덜그덕거리는

마차의 마부석에는 세 명의 노소가 섞여 앉아 서로 툴툴대고 있었다.

"아니, 마차 몰 사람 한 명 정도 지원받는 걸 왜 거절하신 거요?"

공철이 고삐를 움켜쥐며 투덜대자 진파가 팔짱을 낀 채 반문했다.

"그러는 할배는 왜 안가에서 한 명도 안 데려왔어?"

"나야 잠룡단에서 충원하려고 그런 거요. 한 명도 아쉬운 판에 한가하게 마차나 끌게 할 인원이 어디 있소?"

"나도 마찬가지야. 한 명이라도 더 무공을 갈고닦아 놓아야 할 창룡단에서 뺄 인원이 어디 있어? 마차야 할아범이랑 나, 정이가 교대로 몰면 되잖아."

“아니, 가주의 체면이 있고 봉공의 체면이 있지!”

“체면? 할배도 그런 거 중요하게 생각해?”

“그걸 말이라고 하는 거요!”

공철이 버럭 소리를 지르자 진파는 가자미눈을 뜨고 공철을 흘겨보았다.

“흐음……. 할배 이제 보니 속물이었구나.”

“뭐요! 가주 되었다고 이제 막 대하는 거요?”

“무슨 소릴! 할배야말로 까먹었구나? 체면 따지고 절차 따지는 놈치고 속물 아닌 놈 없다고 가르친 게 누구더라?”

“끄응~”

공철이 고개를 돌리며 얼굴을 잔뜩 찌푸리자 진파는 턱을 젖히며 낭랑한 목소리로 웃음을 터뜨렸다. 오랜만에 말싸움으로 공철을 누른 터라 즐거움이 컸던 것이다.

고개를 돌리고 얼굴을 외면하는 공철도 그리 기분이 나빠 보이지는 않았다. 용백과 비무를 한 후 다시 예전의 명랑한 진파로 돌아와 준 것이 무엇보다 반가웠기 때문이다.

두 노소의 말싸움을 흥미진진하게 바라보던 철정이 진파의 옆구리를 찔렀다.

“왜?”

진파가 돌아보자 철정이 물었다.

“지금은 멀쩡하네. 너 도대체 왜 그런 거야?”

“아, 왜 멍청하게 굴었냐구?”

“그래, 임마.”

“그거 말하자면 긴데…….”

"짧게 말해 봐. 무적다가의 가주가 그 정도 능력도 안 되냐?"

"가주면 말솜씨까지 무적인 줄 아냐?"

"길어도 좋으니까 빨리 읊어봐라. 나만 그런 게 아니라 모두 다 궁금하게 생각한다."

진파는 빙긋 웃다가 철정의 말에 답하기 시작했다. 관문을 통과하고 나서 생긴 마음의 이상한 변화에 대하여.

진파의 말을 듣던 공철이 불쑥 물었다.

"그러니까 외부의 자극이 전처럼 감정에 심한 파문을 던져 주지 않는다는 거요?"

"음. 내 마음을 괴롭게 하는 감정에 한해서는."

"거참."

"왜 안 믿겨져?"

"아니, 믿소이다. 주인도 그런 말을 한 적이 있었소. 아마 무적관문을 통과하면 그렇게 되는 모양이외다."

"아버지가?"

공철이 고개를 끄덕였다. 해학적이던 표정이 진지하게 굳어 있었다.

"주인은 그 점 때문에 많이 고통스러워 했었소."

"고통? 왜?"

"자신이 마치 감정이 메마른 괴물처럼 느껴진다고 토로했던 기억이 나오이다. 관문을 통과하고 나서 주인은 매사 이성으로간 냉철하게 판단을 내렸소. 일 처리에 있어서는 그야말로 깔끔하기만 했으나 실제 주인은 그것 때문에 많은 고통을 받았소이다. 주모가 무공을 상실할 정도로 크게 다친 걸 보고도 아무 고통도 느끼지 못하는 자신이 괴물 같다고 고민했었소. 정말 괴로워했었지요."

“그랬구나…….”

“가주도 그런 거요?”

“아니, 난 좀 달라. 감정의 폭이 예전 같지는 않지만 지금도 장난을 치고 싶을 때가 있고, 신이 날 때도 있어. 괴로울 때도 있고. 다만 예전 같이 급격하게 흔들리지는 않는다는 말이지. 처음엔 너무 이상해서 왜 그러나 한참 동안 생각만 했는데, 어느 순간 아무것도 아닌 게 돼버리대. 뭐, 어때? 난 여전히 난데.”

“흠…….”

공철은 고개를 끄덕였다. 관문의 어떤 요소가 그런 기능을 하는지는 알 수 없었으나 진파에겐 오히려 좋은 결과를 준 듯해 다행이라는 생각이 들었다.

무겁게 흐르는 이야기가 싫었던지 진파가 화제를 바꾸었다.

“딴 얘기 하자구. 나도 산동표국에 대해 좀 듣기는 했는데, 할배는 훨씬 자세히 알겠지?”

“산동표국이라면 나도 많이 들었어.”

철정이 대답하자 진파는 철정을 향해 고개를 돌렸다.

“그래? 의업제일이란 게 어디서 나온 말인지 혹시 아니?”

“아니, 그것까지는…….”

“그걸 아는 사람은 그리 많지 않을 게요. 에헴.”

공철이 끼어들자 진파의 얼굴에 슬며시 미소가 떠올랐다. 아는 얘기 길게 하고 싶어하는 노인네 특유의 마음을 읽었는지라 진파도 살살 부추겨 주었다.

“정말~?”

눈까지 동그랗게 뜨는 과장된 반응을 보였으나 그게 놀리는 것인 줄 모르는 공철은 헛기침까지 해가며 자랑스럽게 그의 지식을 뽐내었다.

"산동이 원래 호한들의 고장이기도 하지만 산동표국의 전통은 두 글자로 압축될 수 있소. 성(誠)과 충(忠)이오."

"고객에게 충성하나 보지?"

"아~ 이런 단순 무지스러운 해석을 보았나. 쯧쯧."

"그럼 또 뭐가 있는데?"

"잘 들으쇼. 산동표국이 산동을 거점으로 해서 세력을 확장하지는 않지만 중원 곳곳, 아니 가는 데가 없는 까닭은 그들이 '의(義)로써 이(利)를 얻는다' 는 원칙에 그만큼 충실하기 때문이오."

"호~ 그 말 멋진데? 의로써 이를 얻는다라."

"그래서 흔히 산동표국을 가리킬 때, '의업제일' 이란 말을 앞에 붙여주는 것이라오. 그들이 표행을 할 때 깃발에 써서 들그 다니기도 하지만, 그 뜻이 가상하고 기백이 넘쳐 강호동도들도 그들을 존중해 주오이다. 일개 표국에 불과하지만 대단한 전통과 의기를 가진 집단이오. 그들이 벽호단이라니 노부도 의외라 생각하고 있소이다."

"흠, 그렇게 대단한 곳이 잠룡단 중 하나란 말이지? 그런데 그들은 잠룡이란 말이 별로 안 어울리는 것 같은데? 유명하잖아. 안 그래?"

"노부의 생각대로라면 충분히 그들을 잠룡이라 칭할 수 있을 거외다."

"어떤 생각인데?"

"산동표국이 유명하긴 하지만 그들은 어디까지나 표사 집단이지 무사가 아니오. 그런 그들이 창룡단과 같은 무력을 갖추고도 일개 표국으로 보인다면 그들이야말로 진짜 잠룡이라 할 수도 있을 것이외다.”

“흠……. 점점 구미가 당기네. 기대가 되는걸?”

진파는 관도를 따라 멀리 보이는 곡부를 응시하며 빙긋 미소를 짓고 있었다.

마부석이 화기애애한 것과는 달리 마차 안에는 무거운 침묵이 흐르는 중이었다.

벽화와 막수옥이 잔뜩 인상을 찌푸린 채 침묵을 지키고 있는 영향이 제일 컸다.

무거운 분위기를 깨려고 정가영이 나대다가 벽화에게 일침을 맞고는 입을 다문 이후, 마차 안에는 무거운 정적이 흐르고 있었다. 간간이 손일연의 코 고는 소리가 낮게 들릴 뿐 마차 안에는 바늘 떨어지는 소리마저 들릴 정도로 조용했다.

삼후 나령이 분위기가 너무 답답했던지 오후 양우에게 슬쩍 전음을 던졌다.

“양우야, 벽화 기분이 최악인 것 같다. 어쩌지?”

“어쩌긴요. 벽화랑 진파 문제인데 우리가 뭘 어째요.”

“지금, 우리도 진파를 좋아해도 되냐고 물으면 벽화가 폭발하겠지?”

“그걸 말이라고 해요? 당연하죠. 이럴 땐 납작 엎드려 있는 게 최고라고요.”

벽화의 눈은 정말 냉정하게 가라앉아 있었다.

마차 밖에서 진파와 철정이 웃는 소리가 들릴 때마다 벽화와 막수옥의 미간은 꿈틀대고 있었다.

특히 벽화의 눈에서는 한광(寒光)마저 비치고 있었다.

진파의 태도를 이해해 보려고 진짜 여러 방면으로 생각해 보았지만 절대 이해할 수 없었다.

진파와 보냈던 좋은 추억을 생각하면 할수록 지금 벽화에게 보이는 애매하면서도 매몰찬 태도가 더 원망스러웠다. 그러나 벽화는 강한 성격을 갖고 있었다. 울고 짜고 매달리는 건 벽화가 할 것이 아니었다. 지혜롭게 진파를 대하라고 손일연이 누차 충고했지만 벽화는 더 이상 그런 여유가 없었다.

'더 이상 사실을 얘기해 주지 않으면 오빠를 떠나겠어. 현성교에 대한 복수는 우리끼리 해도 돼!'

벽화의 눈은 점점 차갑게 가라앉고 있었다.

곡부 외곽에 도착한 마차가 관도를 따라가다 멈춘 곳은 커다란 장원 앞이었다. 바삐 움직이는 사람들을 바라보다 진파는 슬쩍 공철에게 전음을 날렸다.

"할배, 공묘(孔廟)로 가자구."

"아니, 위치도 아니 직접 방문하면 될 걸 왜 그리 가자고 하는 게요?"

"벽호단에서도 어차피 날 시험할 거 아냐."

"그렇겠지요."

"나도 그들을 시험해 보고 싶어."

"뭐요?"

"정말 의로써 이를 얻는 표국인지 알고 싶기도 해. 저렇게 바빠 보이는데, 사천교의 발호를 막자고 하면 얼씨구나 하고 도와줄까? 그들도 결국은 장사치잖아."

"어떻게 나오나 보고 싶다는 거요?"

"그렇지, 뭐."

"하여튼, 성격하곤. 알았수."

산동표국의 앞에 멈춰 섰던 마차가 다시 스르륵 움직이기 시작했다. 마차가 향하는 곳은 공자의 묘, 공묘였다. 공묘의 입구에 세워진 조천후(朝天吼) 상에 무적다가의 표지를 남기면 벽호단이 모습을 드러내기로 되어 있었던 것이다.

"흐~ 이게 묘야? 이건 궁전(宮殿)이잖아!"

마부석에 앉아 철정을 바라보며 진파는 쩝쩝 입맛을 다셨다.

공철이 표지를 남기러 간 사이 공묘의 외곽을 둘러보는 중이었다.

"몰랐냐? 자금성만 하지는 않지만 공묘도 방이 사백 개가 넘는다는 궁전이야. 황제까지는 아니지만 제후 대접은 확실하게 해드리는 거지."

"제후? 공자가 제후도 했었나?"

"아니니까 대접이라고 한 거지, 임마. 공부 좀 해라."

"공부? 하고 싶은 거라면 안 시켜도 한다. 별로 배우고 싶은 분야가 아니야."

"공자님 싫어하냐?"

"좋고 싫고가 어딨어. 그냥 따분하게 느껴질 뿐이지."

"너답다."

"칭찬으로 받아들이마."

그때 삐걱 하고 마차 문이 열리더니 벽화가 모습을 드러냈다.

벽화가 다가오자 철정이 진파의 옆구리를 쿡 찔렀다.

"왜 찌르냐?"

철정은 어이없다는 얼굴로 진파를 바라보다 그냥 외면해 버렸다.

'이런, 여심(女心)도 모르는 놈하곤.'

진파는 철정이 아무 말도 없자 벽화의 앞에 뛰어내렸다.

"엇차. 바람 쐬러 나왔니?"

벽화는 관찰이라도 하는 것처럼 진파의 얼굴을 물끄러미 바라보다 포옥 한숨을 쉬었다.

"왜 그래?"

다정하게 묻는 진파의 얼굴을 보자니 지금껏 생각해 왔던 여러 상념들이 정말 바보스럽게 느껴졌다. 벽화를 대하는 진파의 눈엔 아무 망설임도 보이지 않았다. 그저 따뜻함만이 일렁일 뿐이라 벽화가 오히려 당황할 지경이었다.

"오빠 이젠 괜찮아?"

"응. 괜찮다. 관문 통과 후유증 때문에 좀 불안정했어. 마음 쓰였다면 사과하마. 내가 원래 그런 면에선 좀 둔하잖아. 네가 이해해 주렴."

"정말이지?"

"그럼."

"이젠 나한테 말 안 하는 거 없는 거지?"

"전부는 말 못하겠지."

"그건 또 무슨 말이야?"

벽화의 목소리에 다시 날이 섰으나 진파는 하하 웃음을 터뜨렸다.

"너랑 얘기하다가 갑자기 똥이 마렵다거나 방귀가 뀌고 싶다, 트림이 나올 것 같다든지 하는 얘기는 못하지. 사내에게도 티밀은 있어야 하는 법이다."

"하필이면 지저분한 얘기만! 그런 얘긴 절대 하지 마!"

벽화의 목소리가 풀리며 가벼운 주먹이 콩콩 날아왔다. 진파의 대소가 터졌다. 어딘가 과장된 웃음이라는 것을 벽화는 알지 못했다.

*　　　　*　　　　*

단아하게 꾸며진 방 안에 다섯 명의 사내가 탁자를 가운데 두고 비잉 둘러앉아 있었다. 유현들이었다.

"정말 의외였습니다."

양린의 말에 유현은 고개를 끄덕였다.

"그랬지."

"아참! 우리한테도 실감나게 얘기 좀 해줘!'

고전륜이 양린에게 투덜대자 엄창직과 칠무종도 동의한다는 듯 고개를 주억거렸다.

양린이 빙긋 웃으며 이야기를 시작했다.

"그러죠. 파파를 만나기로 한 시간이 아직 좀 남았으니까요. 그때 어르신 심경이 어땠을지 저도 상상이 가더라니까요. 왜 우리 모두 벽화 소저 얼굴을 알잖아요. 고 파파 얼굴이 벽화 소저랑 똑같은 겁니다. 벽화 소저가 스무 살쯤 더 먹으면 딱 그런 얼굴이 되겠다 싶더라니까요. 눈앞이 깜깜해지더만요. 고 파파가 아연이란 분이 맞고, 벽화 소저의 어머니가 틀림없다고 생각했으니까요."

고전륜의 목젖이 크게 꿈틀댔다. 엄창직과 칠무종도 마찬가지였다. 양린의 말이 이어졌다.

"전 뒷모습만 봤지만 어르신이 든 검이 떨리는 것처럼 보이더군요. 어르신도 그때 아마 아찔하셨을 겁니다. 그때 어르신이 천천히 물어보셨습니다. 격동을 참는 듯 한 자 한 자 끊어서 물어보셨죠.

"당신이 혹시 우희루에서 아연이란 이름을 썼던 기녀요?"

어르신은 아니라는 대답을 바라셨던 게 틀림없었죠. 굉장히 길게 말꼬리를 끄셨으니까요. 그런데 고 파파는 서슴없이 고개를 끄덕이는 것이었어요.

"맞아요."

그 후엔 아마 전음으로 말을 건네셨던 모양입니다. 고 파파가 깜짝 놀라면서 절 풀어주고 따로 방으로 안내했으니까요."
고전륜은 유현을 향해 얼른 물었다.
"뭐라고 전음을 보내셨습니까?"
"'풍협과 함께 보낸 보름을 기억하시오?' 라고 물었지. 그러자 깜짝 놀란 표정으로 우릴 따로 안내하더군."
"그, 그래서요. 그분이 벽화 소저 친어머니가 맞습니까?"
엄창직이 묻자 고전륜이 냉큼 머리를 쥐어박았다.
"이놈아! 그걸 미리 들으면 김이 다 빠지잖아! 흥미진진한 얘기에 왜 초를 치려고 그래!"
"아니, 형님은 궁금하지도 않으세요?"
"누가 안 궁금하대! 넌 여자 알몸이 궁금하다고 한꺼번에 옷을 다 벗기냐!"
엄창직이 눈을 껌벅였다.

“그러는데요.”

칠무종도 고개를 끄덕였다.

“나도 그러는데.”

“이런 미련한 놈들!”

고전륜이 주먹을 들어 쾅쾅 엄창직과 칠무종의 머리를 후려갈겼다.

“아니, 왜 때리고 그럽니까!”

“불쌍해서 때렸다. 내 너희에게 색도(色道)에 대해 진지하게 가르쳐 주마. 자고로 여자의 옷을 벗길 때에는…….”

“그 얘긴 안 들어도 되우.”

고전륜의 말을 칠무종이 냉큼 끊어버렸다.

“뭐야? 형님이 가르쳐 준다는데 감히!”

“여자에 대해 배울 사람이 따로 있지. 형님한테 배워요? 허참.”

“아니, 이것들이! 천상천하 유아독존 화화공자 고전륜님을 뭘로 보고!”

“됐어요, 대형.”

날카로운 양린의 음성이 들리자 고전륜의 호탕했던 목소리가 갑자기 기어들어 갔다.

“어, 어.”

“전에 형님한테 분명히 말했죠? 다시 한 번 여자 얘기하면 똥구멍을 찢어버리겠다고.”

“그, 그거 아직도 유효한 거냐?”

“영.원.히.요.”

“크으…….”

고전륜의 얼굴이 처량하게 숙여지는 것을 보며 유현은 쿡쿡 낮은 웃

음을 터뜨렸다. 역시 전륜파의 중심은 고전륜이 아니라 양린이라는 것
이 확인되는 순간이었다.

엄창직이 유현을 보며 물었다.

"어르신, 그 다음 얘기 해주십시오."

사부에게 옛 고사를 듣는 제자들만 같은 전륜파의 태도에 실소를 지
으며 유현은 말을 이었다.

"따로 안내된 방에 셋이 앉아 내가 물었지. 혹시 풍흩의 아이를 낳
았느냐고. 돌려 묻는 건 내 성격이 아니거든."

"그, 그래서요?"

칠무종이 바싹 다가앉으며 묻자 유현은 탁자에 놓인 찻잔을 들어 입
으로 가져갔다. 천천히 차 한 모금을 마신 유현이 싱긋 웃음을 머금었
다.

"아니라더군. 오히려 어리둥절해하던걸?"

"와아~"

갑자기 고전륜과 칠무종, 엄창직이 모두 환성을 질렀다. 너무 지나
친 반응에 유현이 물었다.

"너희가 왜 좋아하냐?"

"저희 형제들 모두 그 두 사람이 잘되길 바랐거든요. 만난 기간은
정말 짧았지만 어르신께 얘기를 들을 때마다 친남매가 아니길 바랐지
요. 소수마후였던 소녀를 사랑하는 청년기협, 낭만적이잖아요."

"그랬군."

양린의 설명에 유현은 흐뭇한 미소를 지었다.

그때 고전륜이 뭔가 생각이 났다는 듯 급히 물었다.

"그럼 왜 그렇게 얼굴이 똑같았다는 겁니까?"

"나도 그 점이 궁금해 고 파파의 고향에 대해 물었지. 친정이 있던 곳이 삼나무골이라더군. 아마 고 파파는 벽화의 이모인 모양이야. 고향에 쌍둥이 언니가 있었다 하더군."

"아하!"

무릎을 치던 고전륜이 갑자기 음흉한 미소를 지었다.

"그렇다면. 후훗."

"왜 또 무슨 생각이 들어서 그런가?"

유현의 질문에 고전륜은 큭큭 웃음을 터뜨렸다.

"적협과 벽화 소저 사이는 아무 문제 없겠지만 풍협께서는 여전히 난감하실 듯해서 말입니다."

"왜?"

"고 파파와 풍협은 이제 사실상 사돈지간 아니겠습니까? 사돈과…… 으흐흐."

유현이 설레설레 고개를 저으며 양린을 바라보았다.

"전륜이의 저 병은 꼭 고쳐 주어야겠구나. 정말 변태스럽다. 쯧쯧."

"그렇죠. 본인만 그걸 모릅니다."

"너희가 많이 노력을 하도록 해라."

"알겠습니다, 어르신!"

고전륜은 삐치기라도 한 듯 모로 고개를 꼬았고, 유현은 그를 보며 웃음을 참고 있었다. 유현이 자리에서 몸을 일으켰다.

"시간이 된 모양이니 난 고 파파를 좀 만나고 와야겠다."

"적협한테 이 소식을 전해야죠. 무척 기뻐할 겁니다."

"일단 이곳에 도움을 주고 난 후에 가도록 하자꾸나. 낙양에 갑자기 어디서 나타났는지 알 수 없는 흑도 세력이 나타났다는 게 신경이 쓰

이기도 한다. 진파에겐 네가 개방분타를 이용해 서신으로 전하도록 해
라."

"알겠습니다."

*　　　　*　　　　*

산동표국으로 안내된 진파 일행은 객사에 모여 앉아 있었다.

진파 일행만 있는 객사가 아니었다. 산동표국의 성세를 말해 주듯
많은 사람들이 오가는 객사였다.

특이한 것은 진파 일행의 표정이었다.

진파를 제외하고는 하나같이 표정이 좋지 못하였다. 특히 공철의 얼
굴은 붉게 달아올라 있어 곧 터지기 직전의 폭탄처럼 보였다.

공묘에 찾아와 진파 일행을 산동표국으로 안내한 이는 표국주도 아
니고, 표두나 표사도 아닌 일개 쟁자수였다.

'벽호를 찾는 분이 댁들이시우? 따라오슈. 기다리슈' 이 세 마디만
남기고 쟁자수는 객사에 진파 일행을 떨구어놓은 채 사라져 버렸다.

그 후로 벌써 두 시진이 흘렀다.

진파 일행이 오기 전부터 객사에 앉아 있던 이들이 하나둘 객사에서
불려 나가고 새로운 인물들이 속속 나타날 때까지 진파들은 차만 마시
며 시간을 죽이고 있었던 것이다.

마침내 참다 못한 공철이 폭갈을 터뜨렸다.

"아니! 이자들이 우릴 이렇게 무시해도 좋다는 말인가!"

객사에 앉아 차례를 기다리고 있던 사람 중 하나가 공철을 향해 쯧
쯧 혀를 찼다. 공철만큼 나이가 들어 보이는 상인 복장을 한 사내였다.

“쯧쯧. 산동표국에 처음 오신 분들이신가 보구려.”

공철을 손일연이 달래는 동안 철정이 그에게 물었다.

“맞습니다.”

“얼마나 기다리셨소?”

“두 시진쯤 됩니다.”

“허……. 오래 기다리긴 하셨소이다그려. 국주를 만나러 오신 게로군. 그래, 미리 연통을 넣어 예약을 하고 오신 거요?”

“예약이오?”

“이런, 이런. 곧바로 오신 분들이구려. 그럼 노부보다도 늦게 만나겠는걸……. 쯧쯧.”

“그게 무슨 말씀이신지요?”

“산동표국은 불시에 찾아온 손님은 예약한 손님보다 훨씬 더 많이 기다려야 하오이다. 모르셨구려. 쯧쯧.”

“아…… 그렇군요.”

철정은 진파를 향해 고개를 돌렸다. 철정의 표정도 과히 좋지 않았다.

“그렇다는군.”

“그렇네.”

진파는 자신 앞에 놓인 찻잔을 들어 홀짝 차를 마셨다. 이미 훈기 하나 느낄 수 없는 식어버린 찻잔이었다.

“화 안 나냐?”

“화? 안 나는데.”

“너, 정말 변하긴 했구나. 예전 같으면 길길이 날뛰었을 텐데.”

“뭐, 꼭 그 탓은 아냐. 짐작이 가는 점이 있다.”

"짐작? 뭐요, 그 짐작이?"

손일연에게 잡혀 간신히 자리를 잡고 앉은 공철이 진파에게 시비라도 걸듯 와락 물었다.

진파는 공철을 돌아보며 피식 웃음을 보여주었다.

"할배, 진정하라구. 할배 나이에 머리로 피가 몰리는 건 극히 안 좋아."

"가주!"

"아, 진정해. 내 생각을 말해 줄게."

공철뿐만 아니라 손일연과 벽화들도 진파의 생각이 궁금한지 모두가 진파의 얼굴을 바라보기만 했다.

진파는 천천히 말을 이었다.

"아마 쟁자수가 우릴 부르러 온 시점부터 시작이었던 것 같아."

"뭐가 말이오?"

"시험 말야."

"시험이오?"

"응. 여기서도 뭔가 날 시험하리라 생각하고 있었어."

"하지만 그건……."

"꼭 무공 시험일 필요는 없지. 안 그래?"

진파의 반문에 공철이 대답을 못하자 진파는 싱그러운 웃음을 지었다.

"단순히 내 인내심을 시험하는 것일 수도 있고……. 좀 더 심오한 뜻이 있을지도 모르지 뭐."

"어떻게 그렇게 담담한 거야?"

벽화가 신기한 듯 진파에게 묻자 진파는 가볍게 웃음을 터뜨렸다.

“하하. 시험이야 예전부터 지긋지긋하게 준비해 왔는걸 뭐. 관문도 통과한 내가 이 정도 시험쯤이야.”

감탄한 듯한 눈으로 자신을 보는 벽화들을 둘러보며 진파는 내뱉지 않은 말 한마디를 속으로 끝냈다.

‘뭐, 사실 나도 이들을 시험하는 건데. 피장파장이야. 후훗.’

진파들에게 혀를 차며 안쓰러움을 표했던 상인이 나간 후 반 시진이 더 흐른 뒤에야 진파들을 부르는 소리가 들렸다.

진파를 부르러 온 표사 복장을 한 사내를 따라가며 진파는 내심 고소를 흘렸다.

잠룡쟁패부터 시작해 시험이라면 질색, 팔색을 했던 진파였다.

그리고 기분이 좋을 리가 없었던 것이다.

‘어떤 시험인지 잘 치러주지 뭐. 대신 이상한 시험이면 기대하는 게 좋을 거라구. 나 시험 진짜 싫어하거든?’

국주의 집무실 앞에서 공철은 또 한 번 얼굴을 붉혀야 했다.

국주를 직접 만날 수 있는 건 진파 한 명이라는 전언 때문이었다. 공철이 막 발작을 하려 했으나, 진파는 간단히 응낙하고 공철에게 기다리라고 한 채 홀로 걸음을 옮겼다.

두터운 문이 열리고 커다란 탁자가 하나 보였다.

산더미처럼 쌓인 서류 뭉치들 사이에 고개를 처박고 있는 희끗희끗한 머리카락이 보였다. 어지간히 일이 많은 듯 장정 몇 명이 뒹굴어도 여유가 있을 법한 커다란 책상 위에는 온통 서책과 서류들이 흩어져 쌓여 있어 쓰레기장을 방불케 했다.

조용히 문이 닫히는 걸 느끼고도 진파는 아무 말 없이 서류 뭉치 속에서 움직이는 흰머리 섞인 머리통을 바라보기만 하고 있었다.

"아, 잠깐이면 되니까 거기 좀 앉아서 기다려 주시겠소?"

흰 머리통이 얼굴은 보이지 않는 채 말을 건넸다.

진파는 탁자 앞에 놓여 있는 편안해 보이는 의자로 걸어가 털썩 자리를 잡고 앉았다.

집무실이란 데가 원래 그림 한 폭 정도 걸려 있고, 족자도 나부끼며 있는 품위, 없는 품위 다 떠는 곳인데 반해 이 방은 정말 단출하기 짝이 없었다.

한쪽 벽에는 국주의 무기인 듯한 칼자루들이 몇 개 진열되어 있고, 여기저기 늘어서 있는 건 서류들을 보관하는 것으로 보이는 함들뿐이었다.

한 번 쓰윽 훑어보는 것만으로도 더 이상 눈을 둘 곳이 없자 진파는 곧 눈을 감고 팔짱을 끼었다. 의자가 편안한 것이 마음에 들었던 터라 진파는 깊숙이 몸을 파묻었다.

곧 편안하면서 고른 숨소리가 울리기 시작했다.

그렇게 또 이각쯤 지난 후 자신의 앞 자리에 누군가 앉는 기척에 진파는 부스스 눈을 떴다.

흰머리가 많이 보이는 푸짐한 얼굴의 중년인이 진파를 보고 있었다. 부리부리한 눈이었지만 깊이가 잘 느껴지지 않는 서늘한 눈을 하고서 중년인은 진파를 찬찬히 바라보고 있었다. 진파 또한 중년인을 멀뚱히 바라만 보고 있었다.

한동안 서로 바라보더니 중년인의 큰 눈이 조금씩 가늘어지기 시작했다. 눈 꼬리에 잔주름이 하나둘 생기기 시작하더니 중년인은 곧 웃음을 터뜨렸다.

"허허허. 과연, 과연. 대단하외다. 어서 오십시오. 내가 바로 벽호단 주인 맹사달(孟士達)이외다."

"다진파외다."

그를 따라 간단히 포권을 취한 진파는 맹사달을 바라보며 물었다.

"산동표국주가 되시는 겁니까?"

"그렇지요. 하지만 가주께는 벽호단주라 호칭해야 옳겠지요."

"용 단주께 말씀은 조금 들었습니다."

"제 욕을 하지는 않았나 모르겠군요."

"그럴 리 있나요."

진파는 맹사달을 향해 짧게 물었다. 그가 묻고 싶은 핵심이 바로 그 것이었다.

"이제 시험은 끝난 겁니까?"

맹사달은 빙긋 웃으며 진파를 바라보았다. 깍지를 낀 손을 무릎에 얹어놓는 그의 태도가 여유있어 보였다.

"아직 시험 중이외다."

"용 단주보다 훨씬 까다로우시군요."

"그 친구와 나는 가는 길이 다르니 방법도 다른 법이지요."

맹사달의 부리부리한 눈은 진파의 눈을 향해 고정되어 깜박거리지 도 않았다.

"우릴 찾은 걸 보니 사천교가 준동할 조짐이 보이나 보오이다."

"그렇습니다. 현성교가 사천교의 하나임이 드러났지요. 그들이 마 제를 탄생시키려 시도했으니 나머지 세 곳도 어디선가 움직이고 있을 것이라 생각되오이다."

"가주께서는 왜 우리가 벽호단이 되었는지 알고 계시오?"

“모르고 있습니다.”

맹사달은 그럴 줄 알았다는 듯 고개를 끄덕였다.

“우리는 원래 상인이었지만 그전에는 유생의 집단이었소. 하고 많은 곳 중에서 곡부를 근거로 삼은 것도 그런 이유에서였소이다. 우리 선조가 무적다가의 가주를 만나기 전까지 우리는 상인이라는 직업에 대해 다소간 천대하는 마음을 가지고 있었소. 스스로 상행위를 하면서도 그 행위에 제대로 의미 부여를 할 수 없었기에 많은 혼란이 있었지요.”

맹사달의 눈은 진파의 내면을 들여다보기라도 할 듯 깊이 물결치고 있었다.

“그 상행위에도 의(義)와 성(誠)이 있음을 알려주신 이가 바로 무적다가의 가주셨소. 그리고 의를 지키기 위한 방법으로 상인보다는 표국업을 권하신 이도 그분이셨소이다.”

“그렇군요.”

“가주에 대한 내 시험은 이번 질문으로 끝나오. 가주는 어떤 마음으로 사천교의 준동을 보고 계시는 거요?”

맹사달의 눈빛은 찌르는 칼처럼 날카로웠다. 진파는 맹사달의 기이하도록 날카로운 눈빛을 받으며 되물었다.

“의(義)에 입각했는지 알고자 하시는 겁니까?”

“그런 명분이야 얼마든지 꾸며서 말할 수 있는 거요. 난 가주의 본심이 알고 싶을 뿐이오.”

“어려운 시험이군요.”

“생각하기에 따라.”

진파는 맹사달을 보며 의자에 파묻었던 몸을 일으켰다. 맹사달을 바라보는 그의 눈도 이젠 평온하지만은 않았다. 맹사달의 질문에서 무엇을 느꼈던지 진파의 목소리에는 한줄기 열기가 담겨 있었다.

"무적다가의 전통은 알고 계시리라 믿고 그 얘긴 건너뛰지요. 내가 무적다가의 적출이라는 걸 안 것도 얼마 되지 않습니다. 가주가 되고자 했던 적도 없었고, 무림 평화니 뭐니 하는 명분 같은 걸 생각해 본 적도 없었습니다. 그런데 지금 나는 무적다가의 가주로 단주 앞에 앉아 있습니다."

맹사달은 묵묵히 진파를 바라보고만 있었다. 그의 눈빛에는 아무런 변화도 없었다. 여전히 진파를 찌를 듯한 날카로운 안광만 번뜩일 뿐이었다.

진파의 목소리가 이어졌다.

"솔직하게 말하면 현성교가 중원무림에 대한 복수심에 불타는 건 이해가 가기도 합니다. 분명히 중원무림이 그들에게 먼저 몹쓸 짓을 했으니까요. 하지만 그들은 잘못된 선택을 했습니다. 수단이 정당하지 못하다면 아무리 이유가 정당하다고 해도 그 목적이 뒤틀릴 뿐이라 생각합니다. 소수마후란 존재를 만들기 위해 죄도 없는 인명을 희생시키고, 아무 관련도 없는 사람들까지도 희생의 도구로 삼는 것은 인정할 수 없습니다."

맹사달의 눈빛이 흔들렸다. 그는 진파의 말이 끝나기를 기다려 묵직한 어조로 물었다.

"이해는 가되 그 수단이 정당치 못하니 목적도 용납할 수 없다는 것이오?"

"이해는 그들이 복수심에 불타게 된 원인 제공을 중원무림이 저질렀다는 그 한 가지에 해당할 뿐입니다. 목적이야 중원을 피로 씻겠다는 것이니 중원인의 한 사람으로서 당연히 용납할 수가 없는 것이죠. 복수는 인정할 수 있습니다. 하지만 그 대상이 왜 죄도 없는 일반 백성들에게까지 미치는지는 이해할 수가 없습니다. 도저히 용납할 수가 없는 일이지요.”

“현성교에서 일반 백성을 해친 적은 없지 않소이까?”

진파는 고개를 흔들었다.

“그렇지 않습니다. 그들은 소수마후 열셋을 만들기 위해 백 명이 넘는 중원의 평범한 소녀들을 시험 도구로 희생시켰습니다. 지금도 소수마후들을 단지 마제를 완성시키기 위한 도구로만 여기고 있지요. 소수마후가 완성되기 위해선 많은 희생양들이 필요합니다. 그들은 소수마후들을 섬서에 몽땅 풀어놓아 버렸지요. 소수마후들이 기억하지도 못하면서 얼마나 많은 인명을 해쳤는지는 알지 못합니다. 하지만 상당수는 무인도 아닌 보통 사람들을 해쳤지요. 현성교는 중원인 모두를 복수의 대상으로 보고 있을 뿐입니다.”

맹사달은 깍지를 낀 채 의자에 파묻은 몸을 일으켜 진파를 향해 바싹 몸을 기울였다. 책상다리를 한 두 사람의 얼굴이 입김을 느낄 수 있을 정도로 가까워졌다.

“그래서 가주는 현성교를 아예 멸망시킬 생각이오?”

“되도록이면……..”

진파의 표정이 조금 복잡해졌다. 벽화들은 현성교에 희생된 친구들과 가족들의 복수를 원하고 있고, 철정 또한 선지애를 잃은 복수심에 불타 현성교도라면 이를 가는 처지였다. 그러나 진파의 생각은 조금 달랐다.

“최소의 희생만 내고 싶습니다. 힘으로 꺾는 것이 능사는 아닐지도 모른다는 생각이 요즘 듭니다. 물론 끝끝내 그들이 복수를 포기하지 않는다면, 마지막 남은 한 사람까지도 죽을 때까지 싸우길 원한다면 어쩔 수 없겠지만요."

맹사달은 다시 진파에게 질문을 던졌다.

"그럼 나머지 삼천교는?"

"마제가 출현하면 사천교가 모두 발호하는 것이 필연이라고 들었습니다. 그리고 마곡이 열린다고 하더군요. 조부님께도 그 얘길 들었지만 솔직하게 말씀드리면 회의적입니다. 과연 마(魔)라는 이름으로 아무 인과관계도 없는 이들이 현성교를 지지할지도 미지수고요. 하지만 없는 말이 전해지진 않았겠지요. 제 눈으로 확인하고픈 뿐입니다. 정말 그들이 중원무림을 피로 쓸어버릴 작정을 하고 있다면 막을 겁니다. 되도록 최소의 희생만 내면서요."

"그들 모두가 돌이킬 수 없는 악의 화신이 되었다면 어쩌시겠소?"

"그런 경우는 없을 겁니다. 문제가 되는 건 다수를 움직이는 소수이지 전체가 광기에 빠져 있진 않을 거라 믿습니다."

"흠……."

맹사달은 천천히 몸을 뒤로 뺐다. 다시 등받이 깊이 몸을 기댄 맹사달은 진파를 보며 빙긋 웃음을 지었다.

"가주의 생각은……."

세월의 무게가 느껴지는 아릿한 눈빛을 한 채 맹사달은 씁쓸한 어투로 말을 이었다.

"어찌 보면 대단히 순진한 생각이오. 집단이나 조직이 어떤 명분을 세우고, 그것을 정당화시키게 되면 그 명분은 대를 이어 전해지기도 하오. 우리가 의로써 이를 취한다는 기치를 내건 것처럼 말이외다. 현성교나 다른 삼천교에서 어떤 명분을 내세워 구성원들을 설득했는지는 알지 못하외다. 하지만 죽음도 불사할 만큼 강력한 명분을 주었을 거요. 가주의 생각처럼 수뇌부 몇을 해치운다고 그들의 움직임이 사그라지지는 않을지도 모르오.”

진파의 눈은 맹사달에게 고정되어 조금도 흔들리지 않고 있었다. 맹사달의 얼굴에 엷은 미소가 떠올랐다.

“하지만 가주의 생각이 마음에 드오이다. 과연 무적의 후예다운 생각이오.”

“무적이라는 건…… 너무 무거운 이름이지요.”

맹사달은 고개를 흔들었다.

“그렇지 않소이다. 눈앞에 보이는 모든 적을 굴복시켜서도 무적이 될 수 있소이다. 하지만 눈앞에 보이는 모든 것들과 공존할 때도 무적이 될 수 있는 것이오. 어찌 되었든 적이 없으면 무적이 아니겠소?”

“후자가 확실히 매력적이군요. 하지만 무림에서 그게 가능한 일일까요?”

“가능과 불가능은 중요한 게 아니오. 중요한 건 어떤 의지를 갖고 살아가냐는 것 아니겠소이까? 가주가 사천교를 생각하는 나름의 의지를 갖고 있는 것처럼 말이오.”

진파의 얼굴에도 빙긋 웃음이 피어올랐다.

“시험엔 통과한 것입니까?”

“그렇소. 무적이란 무게를 고뇌로 끌어안고 있으니 충분히 가주의 자격이 있을 뿐 아니라 벽호단을 이끌 자격도 갖추셨소이다.”

맹사달은 의자에서 몸을 일으켜 정중히 포권을 취했다.

“벽호단주 맹사달이 가주께 정식으로 인사를 드리는 바이오.”

“나도 반갑습니다.”

진파가 마주 일어서 포권을 취했다.

두 사람의 얼굴엔 똑같이 미소가 떠올라 있었다. 세대와 나이를 뛰어넘은 어떤 교감이 두 사람의 얼굴에 나타나 있었다.

“도움을 받을 것이 많습니다.”

“나도 가주께 알려 드릴 게 많이 있소이다.”

“그럼 밖에 있는 일행과 함께 얘기하도록 하지요.”

“지금 같이 나갑시다.”

“처리할 일이 많으신 것 아닙니까?”

“나 없어도 표국은 잘 굴러가오.”

“그럼 저 산더미 같은 일감은?”

“아, 그거야 그냥 바쁜 척할 뿐인 거지요. 너무 한가해 보이면 일감이 들어오질 않는 게 이 바닥 생리라오.”

진파와 맹사달은 함께 웃음을 터뜨렸다.

집무실을 나선 두 사람은 울그락불그락 칠면조 같은 화려한 얼굴을 하고 있는 공철을 만날 수 있었다.

*　　　*　　　*

“교주께서 드시오.”

“오!”

우렁찬 일갈과 함께 여기저기서 탄성이 터졌다.

요(凹) 자 형으로 배열된 탁자에서 여섯 명의 남녀가 급하게 몸을 일으켰다.

"드시지요."

칠성을 이끄는 수장이 된 탐랑이 정중히 허리를 굽혔다.

그 곁을 휙 지나가는 검은 안개에 휩싸인 휘장이 보였다. 망토를 두른 것처럼 보이는 검은 그림자는 안개에 가려 잘 보이지 않았으나 그 뒤를 따르는 두 명의 여인은 마치 유령처럼 소리도 없이 걷고 있었다.

두어 걸음을 더 떼다가 검은 그림자가 멈추었다.

허리를 굽힌 탐랑을 보며 임수가 입을 열었다.

"탐랑, 탁자 배치가 왜 저렇지?"

"선대 교주께서 칠성과 함께 자리를 하시던 곳입니다. 가운데에 교주께서 앉으시고, 그 곁에 문곡과 무곡이 앉게 되어 있지요."

"평등한 자리였다 이건가?"

"함께 의견을 나누기 위해서였다 알고 있습니다."

"내 자리를 따로 떼어놓아라."

탐랑은 안타까운 듯 입술을 깨물었다.

'다른 칠성들과는 처음 대면하시는 자리건만…….'

"탐랑!"

날카로운 임수의 목소리에 탐랑은 두 손을 모아 포권을 취했다.

"존명!"

허리를 편 탐랑이 재빨리 팔을 휘젓자 가운데에 끼어 있던 탁자가 뒤로 날아가 한 계단 위의 상석에 얹혀졌다. 놀라운 허공섭물의 경지였으나 임수는 아무렇지도 않게 신형을 움직여 자리를 굳고 앉았다.

임수가 양 옆의 탁자에 기립해 서 있는 칠성들을 말없이 훑어보자 탐랑이 나서 한 명 한 명 인사를 시켰다.

"문곡입니다."

“무곡입니다. 모시게 되어 무한한 영광입니다.”

정중하게 복지한 채 포권을 취하는 칠성들과는 달리 임수는 고개만 까닥이며 그들의 인사를 오연히 받고 있었다.

‘허…… 저리하시면 안 되는 것을…….’

탐랑은 안타까웠지만 심중을 내비치지는 않았다.

임수는 불구가 된 후 심성이 비뚤어졌는지, 전에 그가 알던 당당하고 명민했던 그 소교주가 아니었다. 군림하는 교주가 되고자 함인지 그는 언제나 독선적이었고, 배타적이었다. 탐랑으로서는 그런 교주라도 충심으로 보필하고자 노력할 뿐이었다.

인사를 끝낸 임수의 눈은 탐랑을 향해 있었다. 검은 안개에 휩싸여 있는 것은 선대 교주인 임후생과 같았으나 임수의 눈은 흑백이 분명하게 구분되어 있었다.

“탐랑, 그대에게 지시한 바는 어떻게 되었나?”

탐랑은 자신의 자리로 걸어가 임수에게 보고했다.

“문곡과 무곡, 염정은 이미 보신바대로 인선을 마쳤습니다. 각 성군들의 정비도 모두 끝난 상태입니다.”

“좋아. 무적다가의 동태는?”

“황산의 격돌 이후 우리의 위치를 찾는 데 주력하고 있는 것 같습니다. 개방이 그들을 돕고 있는 듯합니다. 무맹 측에선 아직 내부 혼란이 정비되지 않았는지 뚜렷한 움직임을 보이고 있지 않습니다.”

“무맹 놈들이야 원래 그런 놈들이니 신경 쓸 거 없다.”

‘그래도 계속 신경을 쓰셔야…….’

탐랑은 또 튀어나오려는 진언의 욕구를 지그시 억눌렀다. 지금 임수를 다그쳐 봐야 아무 변화도 없을 것이란 사실을 탐랑은 너무도 잘 알고 있었다.

임수의 말이 이어졌다.

“진파와 소수마후들의 동태는?”

“그 후로 아직 그들의 종적은 찾지 못했습니다.”

“찾지 못한 건가, 찾을 생각이 없었던 건가?”

날카로운 질문에 탐랑은 묵묵히 고개를 숙였다.

“대답해라, 탐랑!”

“교주께서 지시한 내용 중 그런 사항은 없었습니다.”

“무엇이!”

팡!

임수가 탁자를 손바닥으로 내려쳤다. 손바닥과 탁자가 닿지도 않았
건만 압축된 공기가 터져 나가듯 엄청난 소리가 실내에 울렸다.

그러나 탐랑은 깊이 허리를 숙일 뿐이었다.

“이제부터 알아보겠습니다. 지시하신 것만 이행하라고 하신 분은 교
주셨습니다.”

임수는 무서운 눈빛으로 탐랑을 노려보다 지그시 이를 다물었다.

뼈를 갈아붙일 듯한 음성이 울렸다.

“좋아. 지금 지시하지. 이제부터 최우선으로 진파와 소수마후들의
종적을 알아내라.”

“존명!”

임수는 탐랑을 노려보다 좌우를 둘러보며 칠성들을 모두 굽어보았
다.

“모두 내 뒤를 보라.”

임수의 뒤에는 검은 옷을 입은 두 여인이 좌우에 서 있었다. 창백한

얼굴과 대비된 희디흰 얼굴에는 병적인 아름다움이 서려 있었다. 추소예와 현정이었다.

"이후와 십후다. 내 명에 따라서만 움직인다."

추소예와 현정의 얼굴은 꼭 인피면구를 뒤집어쓴 것처럼 아무런 표정도 떠올라 있지 않았다.

"이들 곁에 열 명의 소수마후가 더 있어야 한다. 이들이 중원 정복의 선봉이 되리라."

'정복? 복수가 아니라 정복이란 말인가?'

탐랑의 눈이 미세하게 떨렸으나 그는 아무 말도 할 수 없었다.

임후생의 마지막 당부가 떠올랐다.

그러나 탐랑은 내심 탄식했다.

'교주님, 최선을 다하겠지만 제대로 보필할 수 있을지 자신이 없습니다. 소교주는 너무 변하셨습니다⋯⋯.'

탐랑의 탄식이 들리지도 않는지 임수의 거친 웃음소리가 실내를 가득 메우고 있었다.

추소예와 현정은 유리알 같이 표정없는 눈으로 멍하니 전면만을 바라보고 있었다.

『무적다가』 제6권에 계속⋯

청 어 람 신 무 협 판 타 지 소 설

「Go！ 무림판타지」를 점령한
최고의 인기와 화제를 뿌리는 대작!

화산질풍검(華山疾風劍) / 한백림 지음

화산에는 질풍검이 있고 무당에는 미검이 있으니, 소림에는 신권이 있어 구파의 영명을 드높인다.
육가에는 잠룡인 파천과 오호도가 있고, 낭인들은 그들만의 왕이 있어 천지에 제각기 힘을 뽐내도다.

겁난의 시대에 장강에서 교룡이 승천하니, 법술의 환신이 하늘을 날고,
광륜의 주인이 지상을 배회하며, 천룡의 의지와 살문의 유업이 강호를 누빈다.
천하 열 명의 제천이, 도래하는 팔황에 맞서 십익의 날개를 드높이고…
구주가 좁다 한들, 대지는 끝없이 펼쳤구나.

"잔잔한 미풍으로 시작한 한 사람이, 천하를 질주하는 질풍이 될 때까지.
그의 삶은 그의 이름처럼 한줄기 바람과 같았다."

FANTASTIC
ORIENTAL
HEROES